現代文学短編作品集

しみじみ読むアメリカ文学

松柏社

はじめに

近ごろは「文学」が読まれなくなったとよく言われるが、そんなことはないと思う。ただしばらく前から、とくに外国の文学について、むずかしい作品がふえたり、わざとむずかしく読むことが流行《はや》ったりしているので、一般読者から見れば、とっつきにくい印象がともするとあるのかもしれない。

いろいろむずかしいことが言われても、文学が人生の夕べの楽しみ、あるいは通学や通勤電車の楽しみである本質は、いつの時代も変わらないだろう。なぜなら文学はしかつめらしい教訓ではないし、ましてや政治論文ではないからだ。「それぞれの場所で、みんながんばってるんだなあ」と確かめることによって得られる静かなよろこびやなぐさめというものはあって、人はいつもしみじみ文学を読む。それが基本ではないだろうか。

そういうわけで、本書『しみじみ読むアメリカ文学』は上梓された。つまりこの際むずかしい議論はしばらくおいて、わかりやすい詩や短編小説、中でも読んで絶対しみじみする作品を選んで、文学の足元を読者のみなさんとともに確かめたいと思ったのである。だいたい戦後のアメリカ文学の中から選んでいるし、有名な作家、実力のある作家と、新しい、可能性のある作家とを取り混ぜて、読みごたえのある、間違いのない布陣をこしらえたつもりだ。結果としてアメリカ的人生の多様性が、ここでは一望のもとにうかがわれることにもなり、少年も少女もおとなもいるし、家族も恋人もいるし、白人も黒人も移民の子もいる。みんなそれぞれに、しみじみ生きている。

選と訳にあたったのは、アメリカ文学の専門家たちだから、日ごろはむずかしい文学（の議論）にマイシンしたりヘキエキしたりしている。ただしその誰もが、「文学の基本はしみじみだ」という確信を忘れたことのない人たちである。その人たちに基本に帰ってもらって、オススメの作品を選んでもらい、その上で「しみじみポイント」を解説してもらった。いや、たんなる解説ではなく、そこではしばしば文学とそれを読む感受性が、ぽつりと語られるしかけにもなっている。

だから、いままで文学というものをまったく読んだことのない人にまで、これはためしてもらいたい一冊である。「文学って、そもそもどんなもの？」と思っている若い読者にも、ぜひ読んでいただきたい。短くても、ここにあるようなのがまずは文学なのだと私たちは考えている。それからあとのことはあとのことだと。

なお、本書がもしおもしろかったら、姉妹編『しみじみ読むイギリス・アイルランド文学』もぜひ読みくらべてみてください。

平石貴樹

しみじみ読むアメリカ文学　もくじ

八〇ヤード独走

アーウィン・ショー
平石貴樹　訳・解説

大学時代、フットボールのスタープレーヤーとして華々しい頂点を極めたダーリングだったが、恐慌に見舞われ、状況が一転して……。

パスは高く、ずれた位置に飛んできたので、彼は飛びついて両手で受けとめ、パシッと両手にボールが当たるのを確かめながら腰をひねって、飛びかかってくるハーフバックのタックルを避けた。ディフェンス・センターの手がダーリングの膝のあたりを間一髪かすめ、センターはそのままつんのめって倒れていった。ダーリングは足を高く上げ、スクリメージ・ライン近くで味方のブロッカーと敵のラインマンが組みつきあって倒れたところを軽やかに跳び越えた。前方に一〇ヤードの空きスペースがあり、彼はスピードを上げ、軽く息をして、腿に入れたパッドが足を上げ下げするたびにこすれるのを感じ、耳は後ろから追ってくるスパイクの音に集中し、その音から逃げ、目はサイドラインのほうへ彼を方向転換させせようと襲ってくる前方のバックスたちを見すえ、突然その場面全体——迫ってくるディフェンス陣、スペースを確保しようとする味方ブロッカーたち、走り抜けるべき前方のフィールド、そのすべてが頭の中に明晰に捉えられた。生まれて初めて、それはもはや選手と歓声とスピードのわけのわからない混乱ではなくなっていた。彼は走りながら自分一人でいくらか微笑んで、ボールを両手で軽く胸の前に持ち、自力で敵をかわすランニングバック独特の動きで、膝を高く上げ、腰をほとんど女の子のようにひねりながら走っていった。ハーフバックに横からタックルされて片足をつかまれたが、最後の一瞬に彼はからだをひねって、肩から当たられてもスピードを落とさずに済み、スパイクの鋲をしっかりと芝生に食い込ませてそのまま相手を抜き去った。あとはセイフティが前方にいるだけだ。腕を曲げ、手を広げて用心深く彼に近づいてくる。ダーリングはボールを深く抱えなおし、膝を高く上げて足をはずませ、加速度をつけて飛ぶように敵に向かっていき、二百ポンドの全体重を一つのかたまりにして狙いをつけた。セイフティを抜き去ることは確実だと思っていた。頭で考えるのではなく、腕と足が自然にバランスよく動いて、セイフティにまともにぶつかっていきながら手を突き出して相手を押さえ、その瞬間相手の鼻から出た血が自分の手に飛び散るのを感じ、相手の顔がひきつり、横をむきながら口を一方にゆがめるのが見えた。彼はからだを反転させて離れ、ボールを持った腕をがっちり固め、セイフティを置きざりにすると、あとは楽々とゴールラインを目指し、後方のスパイクの音はだんだん遠く小さくなった。

あれから何年になるだろう? あのときは秋で、夜はもう寒くて地面も固くなり、風が強いとスタジアムのまわりのメイプルの並木から練習グラウンドに赤い枯れ葉が吹きつけてきたし、女の子たちが午後の練習を見に来るときには、セーターの上にラクダ織りのコートを着はじめたころだった。……一五年だ。ダーリングはいま、春の夕暮れの中、同じフィールドをゆっくりと歩いていた。ピカピカの靴を履き、ダブルの背広を着た三五歳の男になって、この一五年間に一〇ポンドだけ体重が増えたが太ったところはなく、ただ一九二五年から四〇年までの歳月を顔つきにはうかがわせていた。

監督は静かに自分だけで微笑み、コーチたちはうれしそうに顔を見合わせていた。控え選手が突然すごいプレイをしてコーチたちの評価を高め、年俸二千ドルを来年も確保するのにいくらかでも役立ってやると、彼らはいつもそうやって顔を見合わせるのだった。

ダーリングは微笑みながら、軽い駆け足で自陣へ戻っていった。息は深かったが楽だったし、最高の気分だった。練習の最後の最後でいま八〇ヤードも走ったというのに、疲れは感じなかった。汗は顔からしたたっていたし、着ているジャージはびしょ濡れだったが、あたたかい湿り気がオイルのようにからだを包んで動きやすくなる、その感じが彼は好きだった。フィールドの遠くの隅では何人かがパントを蹴る練習をしていて、ボールに靴の革がバシッと当たる音が午後の大気に響くのも心地よかった。隣のフィールドでは一年生がサインプレーで走る練習をしていた。クオーターバックのかん高い声、一一足のスパイクの音、「行け、さあ行け！」と叫ぶコーチたちの声、選手たちの笑い声……それらすべてがなぜだか幸福な気分を倍増してくれた。フィールドの中央まで駆けていくと、サイドラインに並んだ仲間たちから拍手や呼び声が起こり、あれだけの走りを見せた以上、監督は土曜日のイリノイ大学戦で自分を先発させないわけにはいかないだろうと彼は確信していた。

一五年か、とダーリングは考え、練習のあとのシャワーを思い出し、湯がからだから湯気を立ち上らせ、石鹸で泡まみれになり、湯を流しながら若々しい仲間たちの声がそろって歌を歌い、タオルが行き交い、マネージャーたちが出たり入ったりし、ヒメコウジ油のつんとする甘いにおいがただよい、服を着ていると全員が彼の背中をたたき、キャプテンのパッカードはキャプテン意識がすごく強い男で、わざわざ彼のところへやってくると握手をして、「ダーリング、この二年間できみは大躍進するぞ」と言ったのだった。

マネージャーの助手が彼につきまとい、脚の擦り傷をアルコールとヨードチンキで拭き、ちょっと沁みたのでかえってふいに、自分のからだがどんなにさわやかで元気で丈夫かわかった。マネージャーが傷口に絆創膏をペタンと貼ってくれた。見てみると、まっ白な絆創膏と、シャワーから出たばかりで赤らんでいる自分の脚との対照があざやかだった。

彼はゆっくり服を着た。シャツのやわらかさ、ウールのソックスやフランネルのやわらかいあたたかさは、肩の防具や腿や腰のパッドががちがちと当たっていた肌にはご褒美のようなものだった。冷水をコップに三杯飲んだ。水は冷たくからだの中を下っていき、練習のあいだ汗と走りと大声によって喉と胃に作られたごわごわと乾いた部分をうるおしていった。

一五年。

太陽は沈み、スタジアムの向こうの空は緑色で、木立ちよりも高くそびえるスタジアムのスタンドを見渡しながら、彼は静かに自分一人で微笑み、土曜日にチームがフィールドに入場すると七万人の大歓声が沸き起こる、その歓声の一部は自分に向けられるのだ、と考えていた。彼はゆっくり歩き、穏やかな夕陽に照らされた砂利の道が靴に踏まれて心地よくきしみ、あっさりした夕方の空気を吸い込み、やわらかい風がまだ乾かない髪にあたり、耳の後ろや襟あしにも最高に冷たくそよぐのを感じていた。

道に出ると、ルイーズが車の中で待ってくれていた。屋根は下ろしてあって、なんて可愛い子なんだろうと彼はまたもう一度思い直した。彼女に会うといつもそうなるのだ。無造作なブロンドの髪、問いかけてくるような大きな瞳、まっ赤な唇がいま微笑んでいる。

彼女はドアを勢いよくあけた。「調子、どうだった?」と彼女は尋ねた。

「よかったさ」と彼は言った。車に乗り込み、やわらかい革のシートにゆったりとからだを沈めると、足をできるだけ長く伸ばした。あの八〇ヤードのことを考えてまた微笑んだ。「なかなかよかったよ」

彼女は一瞬真剣に彼を見つめ、それから小さな女の子のようにぐるりとからだをまわして彼の隣に膝をつくと、彼のからだをつかまえ、耳のあたりを両手で押さえてキスをした。彼は座席のクッションにのびのびともたれて頭を後ろにつけていた。キスが終わっても彼女の顔は彼の顔のすぐそばに、すぐ上にとどまっていた。ダーリングはゆっくりと手の甲で彼女の頬をなでた。頬は百フィート先の街灯にやわらかく照らされていた。二人は互いを見つめあい、微笑みあった。

ルイーズの運転で湖まで行って、彼らは黙って岸辺にすわり、向こう岸の丘の後ろに月が昇るのを見つめていた。やがて彼は手を伸ばしてやさしく彼女を抱き寄せ、キスをした。彼女の唇はやわらかくなり、からだは彼にしなだれかかり、目に少しずつ涙が浮かんできた。彼女を思いどおりにしてもいいのだと、彼は初めてはっきりわかった。

「今夜会おう」と彼は言った。「七時半に迎えに行くよ。出てこられる？」

彼女は彼を見た。微笑んでいたが、目には涙がまだいっぱいだった。「いいわ」と彼女は言った。「出ていくわ。あなたこそどうなの？　監督が怒らない？」

ダーリングはにやりと笑った。「監督はぼくの思うがままさ」と彼は言った。「七時半まで待ってくれる？」

彼女もにやりと笑い返した。「待てない」と彼女は言った。

二人はキスをして、車をスタートさせ、夕食のために町へ帰った。道々彼は歌を歌った。


三五歳のクリスチャン・ダーリングは草の細い春の芝生にすわっていた。練習フィールドのこの芝生は、いまが一番緑あざやかだった。たそがれの中に打ち捨てられた旧スタジアムの建物を彼は感慨深げに見あげていた。彼は次の土曜日には第一チームに加わって先発出場したし、それからの二年間もずっとそうだったが、予想したほど華々しい結果は得られなかった。独走を見せることはできず、一番長いランでも三五ヤード、しかもすでに勝ちの決まった試合の中のことで、そのあとはあの、ウィスコンシン出のぼんやり顔のディードリックの奴が第三チームから上がってきて、雄牛みたいに走り、土曜日が来るたびに敵のラインメンを蹴散らして突進を重ね、怪我をすることもなく、表情を変えることもなく、ほかの選手を合計したよりももっと点を取り、獲得ヤードを稼ぎ、誰から見ても全米代表のアイドルになって、四回のうち三回は奴がボールを運ぶようになり、新聞の見出しも独占してほかの選手の出る幕はなかった。ダーリングはディードリックを守るブロッカーとして活躍して、毎週土曜日はミシガンやイリノイやインディアナのパデューで、タックルやエンドを務めるスウェーデンやポーランドからの移民の子らの巨体を相手に奮戦し、もつれて山になった選手たちのかたまりに突っ込んだり、肉切り包丁のようにふりまわす敵の手を頭をふって避けたりしながら、なんとか押し返してすき間をつくると、後ろからディードリックが機関車のように走ってそこを通り抜けていくのだった。でもそれはそれで悪くはなかった。みんな彼が好きだったし、彼は自分の役割を果たし、キャンパスを歩けば指をさされたし、男子学生たちはダンスパーティなどがあると、自分のガールフレンドを彼に紹介するのをいつも名誉だと考えていたし、ルイーズは彼を愛し、試合ではいつも、母親でも見分けがつかないほど全員泥まみれになった試合でも熱心に応援してくれたし、車の屋根を下ろしたままでどこへでも彼を連れてってくれたのは、彼を誇りに思い、自分がクリスチャン・ダーリングの恋人であることをみんなに見せびらかしたかったからだった。父親が金持ちなので、彼女はよく彼に驚くほど高価なプレゼントをくれた。時計、パイプ、煙草入れ、部屋でビールを冷やすためのアイスボックス、カーテン、財布、五〇ドルもする辞書。

「きみはオヤジさんの給料を全部使っちまうつもりかい」とあるときダーリングは抗議した。プレゼントの包みを七つ両腕に抱えて彼のアパートにやってきて、それをソファの上に放り出したときだ。

「キスして」とルイーズは言った。「そしてお黙りなさい」

「オヤジさんを破産させたいのか?」

「気にしないわ。あなたにたくさんプレゼントしたいんだもの」

「どうして?」

「気持ちがいいから。キスしてよ。どうしてかなんて、わかんないわ。あなたは大切な人なんだって、知ってた?」

「うん」とダーリングはまじめに言った。

「きのうあなたを図書館で待ってたら、女の子たちがあなたが来るのを見て、『あれがクリスチャン・ダーリングよ。すごい有名人なのよ』って一人がもう一人に言ってたわ」

「嘘だろ」

「わたし、すごい有名人に恋をしてるの」

「それにしても、どうして四〇ポンドもある辞書をくれなくちゃいけないんだ?」

「確かめたいのよ」とルイーズは言った。「わたしの愛情のしるしを、あなたが持っててくれることをね。わたしの愛情のしるしであなたの息を詰まらせたいの」

一五年前のことだ。

大学を卒業すると二人は結婚した。ほかにも女の子はいたが、みんな一時的な秘密の関係で、好奇心や虚栄心からつきあってみただけだった。自分から身を投げ出して彼を有頂天にした女たち。子どものためのサマーキャンプで知り合った美しい母親。急になまめかしくなった同郷の同い年の女。ルイーズの友だちは半年間むっつり彼のあとを追いかけていたが、そのうちルイーズが母親の葬儀で二週間郷里に帰った留守をうまく利用した。その子のことはたぶんルイーズも気がついていたのだが、何も言わないで完璧に彼を愛し、彼のアパートをプレゼントで一杯にし、土曜日の午後になれば忠実に、彼がスクリメージ・ライン上でスウェーデン人やポーランド人の巨体と取っ組みあいをするのを見守り、結婚の計画を立て、結婚後はニューヨークに住んで、一緒にナイトクラブや劇場や一流レストランに行くことを夢見て、背の高い、まっ白な歯をきらめかせた彼が微笑み、大きいのに動きは軽やかで、運動選手特有のしなやかさを見せ、夜会服に身を包み、劇場のロビーでは豪華に着飾った有名女性たちから合格の目で見られながら、横にかしずくように並んだルイーズと一緒に歩いていく姿を、彼女はいまから誇りに思っているのだった。

インク製造会社の社長だった彼女の父親は、ニューヨークに支店を開いてダーリングに経営をまかせるとともに、三百の得意先を紹介してくれ、彼らはビークマン・プレイスのハドソン川の見える部屋に年収一万五千ドルで暮らしはじめた。当時は誰もが何でも買いあさっていた時代で、インクも例外ではなかったのだ。二人はブロードウェイのショーを残らず観に行き、禁酒法の網の目をくぐる裏酒場にも全部行って一万五千ドルの年収を消費し、そのほか午後にはルイーズは美術館へ行ったり、ダーリングが終わりまで見ていられないまじめな劇の昼公演を観に行ったりしたし、ダーリングのほうは『ロザリー』のコーラスで踊っている女の子と寝たり、銅の鉱山を三つ持っている男の女房を寝取ったりした。ダーリングは週三回スクワッシュをやり、体格はいまでも石の納屋みたいに大きくてがっしりしていた。二人が同じ部屋にいると、ルイーズは彼から目を離さず、彼を見守り、ひそかな独占の喜びに微笑を浮かべた。混雑したパーティでも急に人ごみをかき分けて彼のそばにやってきて、まじめくさった抑えた声で何を言うのかと思えば、「あなたはわたしが一生で出会った中で、一番ハンサムよ。飲み物はいかが?」と言う、そんないたずらをときどきするのだった。

一九二九年の大恐慌はほかの誰もと同じように、ダーリングも彼の妻も、義父のインク会社社長をも襲った。義父は一九三三年まではもちこたえたが、それから頭に銃を当てて死んだ。会社の帳簿の具合を見るためにダーリングがシカゴに行ってみると、残されたものは借金と、数ガロンの売れ残りのインクだけだった。

「お願い、クリスチャン」とルイーズは言った。ビークマン・プレイスの清潔なアパートからは川が見えていたし、デュフィやブラックやピカソの複製画が壁にかかっていた。「お願い、どうして午後の二時からもうお酒を飲まなくちゃいけないの?」

「ほかにすることがないからさ」とダーリングは言ってグラスを置いた。四杯目がもう空になっていた。「ウィスキーをこっちへくれよ」

ルイーズはグラスに酒をついだ。「一緒に散歩に行きましょうよ」と彼女は言った。「川に沿って歩いてみない?」

「川に沿ってなんか歩きたくないよ」とダーリングは言い、デュフィとブラックとピカソの複製画を顔をしかめて睨みつけた。

「じゃあ五番街を歩きましょうか」

「五番街なんか歩きたくないよ」

「ひょっとして」とルイーズはやさしく言った。「どこかのアート・ギャラリーに行きたくない? クレーっていう画家の展覧会をやってるけど……」

「アート・ギャラリーなんか行きたくないよ。ここにすわってスコッチを飲んでたいんだ」とダーリングは言った。「いったいどこのどいつがあんな絵を壁にかけたんだい?」

「わたしよ」とルイーズは言った。

「どれもすごくいやだよ」

「じゃあ、はずすわ」とルイーズは言った。

「そのままにしておけよ。おかげで午後にすべきことが見つかったじゃないか。あの絵をみんな憎んでやることとさ」ダーリングはごくごくと酒をあおった。「ああいうのが最近の絵の描きかたなのかい?」

「そうよ。お願いだからもう飲まないで」

「きみはああいう絵が好きなの?」

「そうよ」

「ほんとに?」

「ほんとに」

ダーリングはもう一度壁の絵を注意深く見やった。「ルイーズ・タッカーのお嬢さんは、中西部を代表する美女だったんだぜ。ぼくは馬なんかが描いてある絵が好きなんだ。どうしてあんな絵を好きにならなくちゃいけないんだ?」

「ここ何年か、たまたまギャラリーにたくさん出かけたから……」

「午後にはそういうことをしてるのかい」

「そう、そういうことをしてるの」とルイーズは言った。

「ぼくは午後にはお酒を飲むんだ」

ルイーズは彼の頭のてっぺんに軽くキスをした。彼のほうは壁の絵を睨んで顔をしかめ、手にはしっかりウィスキーのグラスを握りしめたままだった。彼女はコートを着ると、それ以上何も言わずに出かけていった。夕方早く帰ってきたときには、彼女は女性向けファッション雑誌に仕事を見つけていた。

二人はダウンタウンに引っ越しをして、ルイーズは毎朝仕事に出ていき、ダーリングは家にいて酒を飲み、請求書がくると全部ルイーズが支払った。ダーリングのほうに仕事が見つかり次第、自分のほうは辞めるつもりだと、彼女は思い込もうとしていたが、雑誌社では日ごとに責任が大きくなり、作家にインタビューをしたり、イラストや表紙の画家を選んだり、ファッション写真のポーズをとる女優を探したり、しかるべき人たちと飲みに出かけたりして、数えきれないほど新しい友だちができた。友だちはみんな忠実にダーリングに紹介した。

「その帽子は気に入らないな」と、ある日彼女が夕方帰宅して、マティーニがはっきりにおう息をしながら彼にキスをしたとき、彼は言った。

「わたしの帽子がどうしたの、ベイビー」と彼女は指で髪を梳《す》きながら言った。「すごくスマートだって評判なのよ」

「スマートすぎるんだよ」と彼は言った。「きみには似合わないよ。そいつは金持ちの洗練された人向きなのさ。三五歳で、言い寄る男がわんさといるようなね」

ルイーズは笑った。「わたし、三五歳で言い寄る男がわんさといる、お金持ちの洗練された人になれるように練習してるの」と彼女は言った。彼は酔いがさめたような目で彼女を見た。「そんなふくれっ面をしないでよ、ベイビー。いまは前と同じ、ただの奥さんが帽子をかぶってるだけじゃない」彼女は帽子をとると部屋の隅へ放り投げ、彼の膝の上にすわった。「ほらね？　家庭好き主婦ナンバーワンよ」

「きみの鼻息なら汽車でも走るな」とダーリングは言った。嫌がらせを言うつもりはなかったが、ただ退屈しのぎにそう言ってみて、突然妙に妻が他人のように見えてショックを受けた。新しい帽子をかぶり、小さな縁の下に隠した目には新しい表情を浮かべ、秘密と自信と才能を覗かせていたのだ。

ルイーズは頭を彼のあごの下にさげて息がかからないようにした。「ある作家をカクテルに誘わなくちゃならなかったの」と彼女は言った。「オザーク山地の出身の若い男で、サカナみたいに飲むの。おまけにコミュニストなの」

「オザーク出身のコミュニストが、女性向けのファッション雑誌にものを書いて、いったいどうしようっていうんだい？」

ルイーズはくすくす笑った。「雑誌業界はこのごろ何もかもごた混ぜなのよ。出版社としては、どんな分野にも唾《つば》をつけておきたいわけ。それにどのみちこのごろじゃ、七〇歳以下の作家でコミュニストじゃない人なんか、見つかりっこないから」

「きみがそういう連中とつきあうのは、賛成できないな、ルイーズ」と彼は言った。「そういう連中と飲むっていうのはさ」

「その人はすごくやさしい、紳士的な人よ」とルイーズは言った。「アーネスト・ダウソンの愛読者なの」

「アーネスト・ダウソンって誰だい」

ルイーズは彼の腕を軽く叩くと立ち上がり、髪を直した。「イギリスの叙情詩人よ」

ダーリングは自分が彼女をいくらか失望させたのだと思った。「ぼくはアーネスト・ダウソンが誰だか、知ってなきゃいけないのかい？」

「そんなことないわ。ちょっとお風呂に入ってくるね」

彼女が行ってしまうと、ダーリングは帽子が落ちている部屋の隅に行ってそれを拾い上げた。たいしたものではなかった。ちっぽけな藁くずでできていて、赤い花とヴェールがついている。彼の大きな手の中では意味をなさなかったが、それでも彼女の頭に載ると、何かの合図になるのだ。……大都会。スマートで才能のある女が夫以外の男たちと酒を飲み、食事をする。普通の男があまり知らない話題について会話を楽しむ。絵筆の代わりに肘を使って描いたようなフランスの画家だとか、それらしいメロディが一つもないようなシンフォニーを作る作曲家だとか、政治についてやたら詳しい作家だとか、作家についてやたら詳しい女だとか、プロレタリア運動やマルクスだとかも混じり込んで五ドルのディナーを囲む、アメリカで一番の美女たちや、美女を笑わせるのがうまいホモ野郎たち、半分だけ言えば残りはすっかり理解してもらえて、自分たちだけで盛り上がって、夫のことを「ベイビー」と呼ぶ妻たちだ。ちっぽけな藁くずでできて赤い花とヴェールがついた帽子を彼はテーブルに置いた。ウィスキーをストレートでごくりと飲むと、浴室に行った。そこでは妻がバスタブの湯につかり、一人で歌いながらときどき少女のようにくすくす笑い、ゆっくりと湯を肩にかけて、愛用の入浴剤のほのかにスパイシーな香りを立ち上らせていた。

彼は彼女を見おろして立った。彼女は彼を見上げて微笑んだが、目は半分閉じたまま、彼女のからだはあたたかく香る湯に沈んでピンクに輝いていた。またあらためて、昔と同じように突然に、彼女はなんて美しいことか、どんなに自分は彼女を必要としていることかという思いに彼は心の奥で打たれていた。

「ここまで来たのはね」と彼は言った。「ぼくのことをベイビーって呼ぶのは、やめてもらいたいからなんだ」

彼女はバスタブから彼を見上げ、彼の言わんとする意味をわかりかけて、その目は早くも失望に満ちていた。彼はひざまずいて彼女に腕をまわし、袖が湯の中に入るのもかまわず、黙って彼女を抱きしめるとシャツも上着もびしょ濡れになったが、彼女を気が狂ったようにきつく抱きしめ、息ができないほど締めつけ、でたらめに、何か探すように、悔いるようにキスを重ねた。

その後彼は仕事についた。不動産と自動車を売る仕事だった。だが自分の名前のプレートを置いた専用のデスクをもらったにもかかわらず、そして勤勉に毎朝九時には会社に出たにもかかわらず、どういうわけか何も売ることができず、したがってまったく収入にはならなかった。

ルイーズは副編集長になり、二人の家はいつでも見知らぬ男や女であふれかえって、彼らはみんな早口でしゃべったり、街頭壁画だとか小説家だとか労働組合だとか、抽象的な話題で腹を立てたりした。黒人の短編作家も来てルイーズの酒を飲んだし、ユダヤ人もたくさん来たし、顔に傷があって節くれだった手をしたいかつい顔の大男たちも来て、炭鉱の坑道の入り口や工場の正門で行なわれるストライキのピケ隊だとか、鉄パイプや銃を使った乱闘について話した。そういうお客たちのあいだをルイーズは分けへだてなく、自信たっぷりに歩きまわり、彼らの話を理解もできたし、彼らが傾聴するような意見も言ったし、まるで男みたいに彼らと論争もするのだった。彼女は全員の友だちであり、誰にも偉ぶるところがなく、ダーリングが聞いたこともない本を次々にむさぼり読み、街の通りを闊歩し、家に帰ると興奮していて、このニューヨークの無数の潮流をすべて吸収し、怖がることもなく、つねに魅惑を感じていた。

彼女の友だちはみんなダーリングを気に入って、ときには知り合った男と二人で部屋の隅に引っ込んで、プリンストン大学の新人フルバックだとか、ダブル・ウィングバックの攻撃フォーメーションが近ごろはやらなくなった話だとか、さらには株式市場の状況について話をすることもあったが、たいていは話題の外にいて、猛烈な言葉の嵐の中でじっと静かにすわっていた。「状況の弁証法が……劇場は古株の奇術師たちに乗っ取られちゃって……ピカソ？　どんな奴だろうと、古ぼけた骨の絵を描いて一万ドルも稼ぐ権利があるかい？……ぼくはトロツキーを猛烈に支持するよ……ポーはアメリカ最後の批評家だったんだ。彼が死んだとき、人々はアメリカの批評の墓にユリの花を捧げたのさ。ぼくのこないだの本を、批評家連中がくさしたから言うんじゃなくて……」

ときどき彼はルイーズが、煙草の煙とがやがやいう話し声の向こうから、真剣に、何か考え込むように自分を見つめているのに気づいて、彼女の視線を避け、口実を見つけて台所へ行って、氷を追加したり新しいボトルをあけたりした。

「来いよ」とキャハル・フラハティが玄関で言った。彼のそばには女の子が一緒にいた。「こいつを観にこなくちゃだめだよ。一四番街の、元の市民劇場でやってるんだ。日曜の夜しか公演はないし、見おわって劇場を出たときには、間違いなくきみは口笛を吹いてるぜ」フラハティは背の高い、鼻のいびつな若いアイリッシュ系で、港湾労働者の組合の弁護士をしていた。ダーリングの家にここ半年ほど出たり入ったりしていたが、誰かと議論になると響きわたるような大声で相手を黙らせてしまう男だった。「新しい芝居でね、『レフティを待ちながら』っていうんだ。タクシー運転手の組合の話さ」

「オデッツ」と隣の女の子が言った。「オデッツって名前の人が書いたの」

「聞いたことないな」とダーリングは言った。

「新人なの」と女の子は言った。

「まるで爆撃を見るようなものさ」とフラハティは言った。「先週の日曜の夜観たんだ。きみも観るべきだよ」

「行きましょうよ、ベイビー」とルイーズはダーリングに言い、目にはすでに期待が浮かんでいた。「一日中タイムズの日曜版を読んでたんだもの、すごい気分転換になるわ」

「タクシー運転手なら毎日見てるさ」とダーリングは言った。本気でそう言ったわけではなく、フラハティが何か言うとルイーズがおかしそうに笑うし、ほとんどどんな話題についてでもフラハティの意見を彼女が受け入れるので、フラハティと一緒にいるのがいやだったのだ。「映画でも行こうよ」

「こんな芝居は、まず観たことはないはずだぜ」とフラハティは言った。「オデッツはこいつを、野球のバットで書いたのさ」

「行きましょうよ」とルイーズは甘えた声になった。「絶対おもしろいと思うの」

「その人、長髪なの」と女の子は言った。「オデッツがね。パーティで会ったことがあるの。役者もやってるんだけど、一晩中、まるきり一言も口をきかなかったの」

「一四番街まで行く気にはなれないよ」とダーリングはフラハティと女の子が帰ってくれないかと思いながら言った。「あそこは雰囲気が暗いし」

「そんなことないわ!」とルイーズが声を張り上げた。彼女はダーリングを冷たく見やった。まるで彼にいま紹介されたばかりで、どんな人かと値踏みをしているみたいで、しかもあまり好感は持っていないみたいだった。彼は自分を見つめる彼女を見返して、いままでにない危険なものが彼女の表情にあるように思えて何か言いたかったが、フラハティと余計なことばかり言う女の子がいたし、どっちみち何と言えばいいのかわからなかった。

「わたしは行くわ」とルイーズは言い、コートを取り出しはじめた。「わたしは一四番街の雰囲気が暗いなんて思わないもの」

「間違いないよ」とフラハティは彼女がコートを着るのを手伝いながら言った。「あの芝居は、ゲティスバーグの戦いをブルックリン式に再現したものなのさ」

「誰もあの人には一言も言わせられなかったのよ」と女の子が言いながら、三人は出ていった。

「一晩中、あの人はただじっとすわってたの」

ドアが閉ざされた。ルイーズは彼に「おやすみ」とさえ言わなかった。彼は部屋の中を四回ぐるぐるまわって、それからソファの『タイムズ』日曜版の上にぐったり横になった。五分ほどのあいだそのまま天井を見つめ、フラハティが二人の女に挟まれてそれぞれ肩を抱き、あのけたたましい声でしゃべりながら通りを歩いていくところを想像していた。

ルイーズの見ばえは文句なしだった。昼過ぎに髪を洗ったので、すごくやわらかくて軽く、頭にすっきりくっついた感じで、その姿で怒ってコートを着たのだった。ルイーズは毎年きれいになっていく。その理由の一つは、彼女がいまでは自分がどんなに美人か気がついて、それをうまく生かすようになったからだった。

「ちくしょう」とダーリングは言って立ち上がった。「ええい、ちくしょう」

彼はコートを着るとアパートを出て、最寄りのバーへ行って一人片隅にすわり、五杯飲んだところで持ち合わせがなくなった。

それからの歳月は、ぼんやり霧のかかった下り坂だった。ルイーズは彼にやさしかったし、ある意味では甘やかして気を使ってくれたし、喧嘩をしたのは一度だけだった。それは彼が三六年の大統領選挙でランドンに投票すると言ったときだった。(「まあ、なんてこと」と彼女は言った。「あなたの頭の中には変化ってものがないの？　新聞を読まないの？　貧乏なくせに共和党支持だなんて！」)　彼女はあとで後悔してひどいことを言ったと彼に謝ったが、子どもに謝るようなやりかただった。彼としても一生懸命やってみたのだ。ふさいだ気分でアート・ギャラリーにも行ったし、コンサート・ホールにも行ったし、書店めぐりもして、妻のあとをなんとかついて行こうとしたが、できなかった。退屈してしまい、見たものや聞いたもの、義務感から無理に読んだものはどれも意味がよくわからず、とうとうあきらめてしまった。ルイーズが遅く帰って、何の説明もなく黙ってベッドに入ることにも慣れ、一人の夕食を食べている夜には、何度も繰り返し離婚しようかと考えたが、彼女にもう会えなくなるさびしさ、よるべなさは、とても我慢できないと自分でわかっていた。だから彼はおとなしくして、完全に忠実な夫になり、いつでもどこへでも妻と一緒に出かけ、妻がしてほしいことなら何でもするつもりでいた。株式仲買人の事務所にちゃちな仕事を見つけさえして、それで自分の分は、せめて自分の酒代は支払うようにした。

それから衣料会社の販売員として、あちらこちらの大学をまわる仕事をやらないかという話が来た。「うちが欲しいのは」とローゼンバーグ氏は言った。「そいつを見るとすぐに『ああ、これは大学を出た男だ』とわかるような奴なんだよ」ローゼンバーグはダーリングのがっしりした肩や太り出していない腰、きちんとそろえた髪と皺のない率直そうな顔を満足げに見やっていた。「要するにね、ダーリング君、きみにはぜひ来てもらいたいと思っているんだ。きみのことは調べてみたんだが、昔の大学じゃ、いまでも伝説が残ってるそうじゃないか。アルフレッド・ディードリックと一緒にバックスをやってたと聞いたよ」

ダーリングはうなずいた。「あいつはいったい、どうなりました?」

「七年前から器具をつけて歩いてるよ。鉄の支柱みたいなやつをね。プロのフットボールに入ったんだけど、首の骨を折られちゃってね」

ダーリングは微笑んだ。少なくともそれだけは、願いがかなったわけだ。

「うちのスーツは売れ筋ぞろいなんだ、ダーリング君」とローゼンバーグは言った。「最高級の、オーダーメイドの衣類だからね。あのブランドのブルックス・ブラザーズにあって、うちにないものが何かあるか? 名前だけさ。それだけだよ」

「週に五、六〇ドルになるんだよ」とその夜ダーリングはルイーズに言った。「経費は別に出るんだ。貯金して、それからニューヨークに戻って本物の仕事を始めるさ」

「そうね、ベイビー」

「いまのところは」とダーリングは慎重に言った。「月に一度は帰ってこられるだろうな。それに休暇や夏休みもある。しょっちゅう会えるよ」

「そうね、ベイビー」彼は彼女の顔を見た。三五歳で、いままでよりもさらに愛らしかったが、この五年間のあいだに一種の我慢のような、やさしい、心が離れて退屈だというような気分の霧がかかっていた。

「どう思う?」と彼は尋ねた。「受けるべきかな?」心の奥では、彼女が「だめよ、ベイビー、ずっとここにいてくれなくちゃ」と言ってくれるのを、激しく、祈るように願っていたが、彼女は「それは受けたほうがいいと思うわ」と言っただけだった。そう言うだろうことはわかっていた。

彼はうなずいた。立ち上がって彼女に背中を向け、窓の外を見やらなければならなかった。彼の顔にははっきりと、彼女と知り合ってから一五年間のあいだ見せたことのなかった表情が浮かんでいたからだ。「五〇ドルと言えば大金だからな」と彼は言った。「五〇ドルをまた拝めるようになるとは、思ってもいなかったよ」彼は笑った。ルイーズも笑った。

クリスチャン・ダーリングはいま、練習フィールドの草の細い緑の芝生にすわっていた。スタジアムの影が伸びてきて彼を包んでいた。遠くでは大学の建物の明かりが、夕暮れの軽いもやの中でかすむように輝いていた。一五年だ。フラハティはいまのいまも妻を呼び出し、飲み物をおごり、どんな酒場にいるのかは知らないがそこをあの大声で、あの遠慮のない笑い声でいっぱいにしているだろう。ダーリングは半分目を閉じると、一五年前のあのパスをとろうと手を伸ばす若者が目に見えるようだった。ハーフバックをかわすと軽やかにはずむようにフィールドを走っていき、膝は高く、すばやく、しなやかで、セイフティは抜き去れるともうわかっているので一人で微笑んでいる。あれが頂点だった、とダーリングは思った。一五年前の秋の午後、二十歳で限りなく死から遠く、空気は楽々と肺に吸い込まれ、心の底に自分は何でもできるんだ、誰でもやっつけられるんだ、抜き去るべきものは何でも抜き去れるんだ、という深い確信があった。そのあとのシャワーと三杯の水、濡れた頭に当たる冷たい夜の空気、オープンカーで帽子もかぶらずに微笑んで待っていたルイーズ、彼女がとうとう本気になった最初のキス。頂点だった。練習場での八〇ヤードの独走と恋人のキス。それから先は全部下り坂だった。ダーリングは笑った。きっと自分は練習するものを間違えていたのだ。自分は一九二九年やニューヨークに対して練習していなかったし、女の子が一人の女に変わることに対しても練習していなかった。どこかに通過点があったはずだ、と彼は考えた。彼女が自分に近づいてきて、一瞬自分の横に並んで、そのとき自分がいまだとわかってさえいれば彼女の手をとって、しっかり握って、一緒にどこかへ行ってしまうことができたに違いない、そんな通過点が。だが、どこにそれがあるのかわからなかった。だからいま、自分はここに、一五年も離れた練習場に来ていて、妻は別の都会にいて、別の、自分よりましな男と食事をし、自分には誰も教えてくれなかった別の新しい言葉でそいつと話をしているのだ。

ダーリングは立ち上がり、少し微笑んだ。微笑まないと涙が出るだろうとわかっていたからだ。彼はあたりを見渡した。ここがその場所だった。オコナーのパスが外側へ滑って、ちょうどここへ来た……この場所がまさに頂点だったわけだ。ダーリングは両手を上げ、もう一度あのパスがバシッと当たるのを感じた。敵のハーフバックをふり切るために腰を揺すり、センターの内側にカットバックし、膝を高く上げ、スクリメージ・ライン付近でもつれたまま倒れ込んだ二人をしなやかに跳び越え、のびのび走り、ボールを両手に軽く持ってスピードを上げて一〇ヤード進むと、からだを反らせて飛びかかってくるハーフバックをかわし、さらに走り、自力で敵をかわすランニングバック独特の動きで、腰をほとんど女の子のようにひねりながら走ってセイフティに立ちむかい、靴をしっかり芝生に踏みつけ、腕に力を込め、肘をがっちり固めてからだを反転させ、あとはゴールライン目指して軽々と、得意満面に走るだけだった。

彼がゴールラインを走り抜けてスピードを落としてからようやく、男の子と女の子が芝生に並んですわって、不思議そうに彼を見やっているのに気づいた。

彼はあわてて立ち止まり、両手をおろした。「ぼく……」と彼はいくらかあえぐように言ったが、からだは何ともなく、走って息が切れたわけではなかった。「ぼく……昔ここで、プレイしてたんだ」

男の子も女の子も何も言わなかった。ダーリングは当惑したように笑い、ぴったりくっついてすわっている二人をじっと見つめ、肩をすくめ、まわれ右をしてホテルの方向へ歩き出した。汗が顔に浮かび、シャツの襟にも伝ってきていた。

解説

アーウィン・ショー（一九一三〜八四）は長いあいだニューヨークのおしゃれな雑誌『ニューヨーカー』や『エスクワイア』の人気作家だったので、かつて日本でもずいぶん翻訳が出された。都会的で、上手に作られた「読み物」的な作品が多く、ともすると物足りないと言われるが、ただ上手なだけではない短編ももちろんいくつかあって、「八〇ヤード独走」（一九四一）もその一つである。

青春の輝きは、人生の頂点なのだ。あとは下り坂だ。悲しいことに、そのことに気づくのは、はっきり下り坂になってからである。——そんな、誰にでも身に覚えのある感慨を、華やかなフットボールと、さらに華やかな、あわただしいほどにぎやかなニューヨークという大都会、どちらもあまりにアメリカ的な光景を道具立てにして描いた、これは好短編だと言えるだろう。いや、道具立てと言ったのではニューヨークに失礼なのかもしれない。ショーの作品がしばしばそうであるように、この作品もまた、変転するこの大都会をこそ、本当の主人公としているのかもしれない。

もちろん、時代はかなりさかのぼる。大恐慌の時代であり、その後のプロレタリア文学の時代である。作品中に言及されるクリフォード・オデッツの『レフティを待ちながら』は、ストライキに突入するタクシー労働者たちをあつかった怒りの演劇作品で、当時のプロレタリア文学の代表作である。だがいつの時代もかたちを変えて、大都会に流行はつきものだ。そして流行に遅れる者も、大都会にはつきものだ。そういうふうに読めば、ダーリングの物語はいまでも決して古びていないだろう。

ただしダーリングは、まだまだやりなおせる。いわゆる人生の底を、都会生活や夫婦関係のどん底を見たわけではない。そこが甘いと言えばまだ甘い。ショーはこの男に「ダーリング」と名前をつけたくらいだから、そしてプロレタリア文学を彼に対する対抗価値としてわざわざ出したくらいだから、彼が甘いことは十分に知っていただろう。

だが、底を見ないからこそこの作品はいいのだ、と言うこともできる。見てしまったら、一五年前の大学フットボールでの活躍など、なにほどのこともなくなってしまうだろう。ところが人は、そんな昔の活躍に、郷愁以上のもの、自信のよりどころのようなものを求めてしまうのではないか。特にダーリングのように、モテた男、大学までうまくいっていた男の自信喪失には、ときに呆然とするしかない無力感がただよってやるせないのではないか。底を見る文学とは、この作品はテーマが違うと考えるべきなのである。

この作品はむしろ、ほとんど同時代に書かれたフィッツジェラルドの「雨の朝パリに死す」を思い出させる。フィッツジェラルドと同様に、ショーは都会的で、坂を下る途中にある人間模様に深い共感を寄せた。

ショーはニューヨーク育ちのユダヤ系だから(「ショー」という姓はアメリカに来てから両親

が変えたものである）、ダーリングとはじつはかなり生い立ちが異なっている。自伝的な作品としては『富める者、貧しき者』がある。そこにもフットボールに熱中する少年が出てくる。ショー自身フットボールには熱中し、ショーとアメリカを結びつける重要なきっかけにもなったようだ。野球小説はリング・ラードナー以来いろいろあるが、フットボール小説と言えば、この「八〇ヤード独走」が最高作ではないかと訳者はかねがね考えている。いかがだろうか。

立場を守る

アーシュラ・K・ル＝グウィン
畔柳和代　訳・解説

人工中絶手術のために娘デラウェアとともにクリニックを訪れたシャリー。プラカードを掲げ中絶に反対する人々の妨害に遭いながら、やっと中絶クリニックに入った二人だったが……。

さあ来る。二人だ。メアリーは指先から震え出し、震えは腕から心臓に伝わった。立場を守るのだ。ヤングさんはしっかり守れと言った。それに、今日来てくれるかもしれない。来てくれれば、奴らはここを通れまい。ノーマンはプラカードをあんなにふり回さなきゃいいのに。そのせいで震えがひどくなる。あれはノーマンの手製で、ヤングさんの許可だって得ていない。何もかもあんなふうに独断で行なう権利はないはずだ。これは戦争です、我々は正義の軍です、とヤングさんは言った。我々は兵士なのです。二人が近づくにつれ、震えは両脚にも伝わったが、しっかり踏みしめ、立場を守っていた。

舗道の少し先に一人の老人が立って、持ち手のついた看板を掲げ、二人を目にするとそれを上下にふりはじめた。黒い文字とフクロネズミみたいな絵が描かれている。「あれ何?」シャリーに訊かれ、デラウェアは「ひかれた動物」と答えた。その看板のかげに隠れてしまいそうな女性も一人いた。女の人はエスコートかもしれない、とデラウェアは思った。こちらへ呼びかけている。「あの女の人は?」シャリーに訊かれてデラウェアは「知らない、行こう」と答えた。老人のせいで落ち着きを失ってしまっていた。フクロネズミの死骸で二人を切り倒すつもりみたいに、看板で物を切るような動作を始めている。女の人はきれいで服も素敵だったが、二人が近づくにつれ声を低めるどころか、ますます荒らげた。「祈ってるわ！　あなたたちのために！」「あの人、どうして教会に行かないの？」シャリーが尋ねた。デラウェアと手をつなぎ、早足になっていた。すると女が、シュートを防ごうと立ちはだかるバスケットボール選手みたいにさっと躍り出た。シャリーの目の前でその声は甲高い叫びと化した。「お母さん、お母さん！　止めてあげて！　止めてよ、お母さん！」わめく女を見ないで済むよう、シャリーは空いている腕で両目を覆い、頭を下げて、建物正面の四段をのぼった。いまや男も叫んでいた。デラウェアは肩に看板が当たってぞっとしたが、それは痛みというよりは衝撃であり、侵害だった。予想していた気もするし、こうなるとわかっていたようにも思うけれど、ぞっとして足が止まり、動けなくなった。クリニックの、金枠のついたガラス砂利《ペブル》の扉までシャリーが手を引き、ドアを押してくれたが、ドアはびくともしない。鍵をかけているのかな、締め出されたんだ、とデラウェアは思った。突然、ドアが外向きに開き、押し戻された。怒り心頭の体の女性が立っていた。「敷地立ち入りに対する裁判の差し止め命令をお忘れなく！」シャリーはデラウェアの手を離し、しゃがんで両腕で頭を覆った。デラウェアはあたりを見回し、怒れる女性の視線の先を追った。「あの人たちに言ってるんだよ」「だいじょうぶ」と言って、再びシャリーの手をとり、怒っている女性の横を通って中に入った。彼女はドアを押さえてくれていた。

奴らはもう中だ。入りやがった。〈汚れ女〉はドアの内側に立ち、俺を笑ってやがる。声を立てて。メアリーはキーキーほざいている。叫び、キーキー、悪魔の笑い。ノーマンはプラカードを掲げてふり下ろすと〈肉処理場《ブッチャーショップ》〉前の舗道沿いの芝生に横ざまに突き立てた。キーキーメアリーは飛びのき、じっとこちらをうかがっていた。プラカードを抜き、上向きに立て直した。機嫌は直っていた。「コーヒー飲んでくる」そう告げると、コーヒー屋まで五ブロック、プラカードをきっちり掲げて歩きつつ、〈肉処理場〉でなされている所業について考え続けた。若い女を横にして麻酔ガスをかがせ、両脚を広げ、中に手をのばし、子を見つけ、器具を使ってなんとか引っぱり出す。器具をどんどん差し込んで、つかみ、震える血だらけの状態で引っぱり出す。両脚のあいだにナイフを差しこむ。女はもだえ、うめき、歯を見せ、背中をそらせ、はあはあとあえぐ。男児を引っぱり出すと、小さく、ぐったりして、死んでいる。「神は我がために證《あかし》し給ふ」とノーマンは声を出し、プラカードの棒の部分を舗道に叩きつけた。なんとしてもあそこに入ってやる。入って、義務を果たす。

コーヒー屋のカウンターの向こうに、例のデブがいた。若い女だが太っていて、そばかすのある白い腕をひけらかしている。店は気に入らないが、クリニック周辺でコーヒーが飲めるのはここだけだった。カウンターに外国じみた商品を記したメニューが置かれていた。高級服を着た連中が来て、外国風のものを注文する。ノーマンがいつものように「普通のアメリカンコーヒーをひとつ」と言うと、〈シロブタ〉はうなずいた。あのプラカードを作って持ち込むようになって以来、もう話しかけも笑いかけもせず、用心深くこちらをうかがうようになっていた。望むところだ。女は満たしたカップをカウンターに置いた。彼はちょうどの小銭を置き、窓辺のテーブルまでカップを運び、プラカードを窓ガラスに立てかけて座った。どっと疲れが出た。腰がまたきりきりと痛み出し、コーヒーは薄く苦かった。プラカードをじっと見た。木のざらざらしたへりに長い巻き毛が一本引っかかり、ガラス越しに注ぐ日差しを受け、金色のワイヤーのごとく輝いていた。手をのばし、毛を抜いた。指先に毛髪の感触がしなかったのは、今朝ずっとプラカードをかざして指がすっかりこわばり、感覚が半ばなくなってしまっていたからだ。


二人は受付に行き、怒れる女性は受付の向こう側に回った。そしてデラウェアに言った。「シャリーですね」

「シャリーはわたし」シャリーが言った。

「この人が受けるんです」デラウェアが言った。頭と肩を動かし、少し前に出て、受付係の視線を母から自分に引き寄せた。「予約は私がとりました。ローク先生の診察は受けました」

受付係は交互に二人を見た。しばし間をおき、口を開いた。「妊娠しているのはどっち?」

「この人」デラウェアは言った。シャリーと手をつないでいた。

「わたし」シャリーは言った。デラウェアと手をつないでいた。

「じゃあ、こちらがシャリー・アスク？　あなたは？」

「デラウェア・アスクです」

キャスリンという名札をつけた受付係は一瞬沈黙したのち事態を受け入れ、シャリーのほうを向いた。「ではサインがいる書類がもう一枚あります」プロらしいきっぱりした口調だった。「それから今朝は何も食べていませんね？」病院特有の声の調子にシャリーはすぐ反応した。「食べてません」頭を左右にふって答えた。「サインがいる書類にサインします」

受付係が思いやりのあるまなざしをさっと送ってきたことにデラウェアは気づいたが、それを表には出さなかった。自分が怒る番だった。「どうして外であの人たちに怒鳴られなきゃいけないんですか？」不意に震える声で尋ねた。

「打つ手がないのよ」受付係は言った。「敷地には入れない。でも、舗道はみんなのものだから」落ち着いた声だった。

「エスコートがいるんだと思っていました」

「ボランティアが来るのはたいてい火曜日、それがいつもの日なの。ローク先生がお二人の予約を今日入れたのは、今度先生がお休みをとる予定だからです。そこね、いい？」署名すべき箇所をシャリーに示した。

「帰るときもあの人たちあそこにいますか？」

「車はどこに停めたの？」

「バスで来たんです」

キャスリンは顔をしかめた。しばし黙ってから答えた。「帰りはタクシーに乗るべきね」

タクシーに乗るといくらかかるのか、デラウェアには見当がつかなかった。十一ドルはあるし、シャリーのバッグにもおそらく十ドルくらい入っているだろう。途中までタクシーで帰れるかもしれない。何も言わなかった。

「ここから頼めるのよ。裏口に来てもらえばいい。ドクターたちの駐車場のほう。はい、けっこうです。そちらにおかけになってください。すぐにナースが来ます」。キャスリンは書類をまとめ、奥のオフィスらしきところに行った。

「こっち」デラウェアはそう言って、ソファ、椅子二脚、雑誌が置かれたテーブルのほうへ向かった。シャリーはしばらくついて来ず、受付のあたりできょろきょろしていた。デラウェアはまだ気が立っていた。「こっち！」

シャリーが来てソファにかけ、あたりを見回した。今日のためにデニムの新しいスカート、白いカウボーイブーツ、青いサテンのカウボーイジャケットをまとっている。先週、ヘッドショップ美容院でデビが髪の毛をダフォディルゴールドという金色の濡れているみたいなカールにしてくれたばかりだ。ときどき絡まりすぎているが今日は決まっていて、ライオンの黄金のたてがみのように乱れ、ふさふさしていた。黒っぽい瞳は恐怖と興奮に輝いていた。見ていてデラウェアは奇妙な感じと悲しみとを覚え、雑誌を手にとり、読みはじめた。

ここ、けっこうきれい。ソファも椅子もアクアマリン、いちばん好きな色。デラウェアは雑誌をじっと見て、怒っているみたい。ときどき何でも知っているふうにする。たしかにいっぱい知っているかもしれないけれど、デラウェアはママじゃないし、ママになったこともない。そのことは何も知らない。わたしはよく知っている。ぜんぶ覚えている。ピアノみたいに前が突き出て、しょっちゅうおしっこに行かなきゃいけなかったし、ママはすごく怒ってた。ママはいつも怒っていた。ママがデーヴィッドと一緒にアラスカに行ったあとのほうが楽ちんだった。ママがいなくて、アパートにわたしとデラウェアしかいないほうがずっと楽だし、だいたい、そうあるべきなのだ。デラウェアのことは最初から覚えている。あの深い深いやわらかさ、小ささ。まるで世界じゅうのよいものを集めたみたいで、それを抱いて、抱きしめていられて、お乳が出て、とても気持ちがよくて、自分が赤ちゃんなのか、赤ちゃんが自分なのかわからなくなるくらい。デラウェアは覚えていないだろう。でもわたしは覚えている。

今度は次の朝、すぐわかった。デラウェアのときはわからなかったのは、赤ちゃんのことをまだ考えてなかったし、まだママじゃなかったし、ずっとドニーのことだけ、彼を愛することだけを考えていたから。そのうちお腹が突き出て、生理のことをママに訊かれたときはもうドニーと別れてロディーとつきあっていた。そうしたらママがものすごく怒って、もうロディーとも誰ともつきあってはいけなくなった。でも、今度は違う。今度は自分が怒っている。ドニーとは愛しあっていた。だけど今度は違う。ドライブインで車の中でマックがしたあれは動物園のサルみたいで、終わったあとも映画をおしまいまで観させられた。やっと家に送られてゆっくりシャワーを浴びているとき、何かが起きていると思った。次の朝も、何かが起きていると思った。そして生理が来なかったから、わかった。はじめから来ないとわかっていた。それでものすごく怒ったのだ。怒らないと思われているが、実は怒るのだ。怒りはお腹の中の、やはり同じ部分から生まれ、熱い赤い光の玉になってわたしのまわりに広がる。わざわざ言わないけれど、そうだ。何でも知っているわけじゃないけど、自分のものはわかる。自分の中にあるものは、自分のものだ。マックは腕をねじって、口をふさいで、動物園のサルみたいにあれを突っ込んできたけれど、自分の中で起こることは自分のもので、起こるようにするかしないかは自分で決める。デラウェアはわたしのものだからできて、わたしのものだから、できるようにした。今度は違う。自分の一部だけれど、イボとか、はがしてしまうかさぶたとかと一緒だ。マックのせいで痛い目にあい、切られ、体の中にこの傷をつけられたみたいなものだ。傷の上にかさぶたができたからとってもらって、また自分自身に戻るのだ。わたしはどこかの動物園のサルじゃないし、傷みたいなものじゃなくて、自分という人間だ。特別クラスに行ってたころ、リンダがいつも言っていた。あなたになるのよ、シャリー。あなたは一人の人間、素敵な人よ。それに素敵なお嬢さんもいる。娘さんのこと、誇りに思っているんでしょ？　あなたはいいお母さんよ、シャリー。わかってる、といつもリンダに答えたし、いまも頭の中でそう言った。ときどきデラウェアは自分がママだと思っているけど、違う。ママはシャリー。中絶したいと言ったとたん、デラウェアは仏頂面をしていばって、ねえ本気、本気なのと言いつづけ、なぜそう言い切れるかをシャリーは説明できなかった。で、ママじゃないとわからないの、と言った。ときどきあたし、ママみたいな気分、とデラウェアは言った。言いたいことはわかった。でもシャリーが言いたいのは、そういうママじゃなかった。あのね、あなたはあなたになる前、わたしだったの。デラウェアに話した。わたしがあなたを作ったの。あなたがいるようにしたの。でも、今度は違う。わたしじゃない。自分の中のいらない部分みたいなの、さかむけみたいな。ジーザス、ママったら！　デラウェアがそう言ったので、ののしっちゃだめとシャリーは言った。とにかく、自分が何をしているかわかっていることをデラウェアは理解してくれて、本気なのとはもう訊かないで、ローク先生の予約をとってくれた。いまはアクアマリンのソファに座って再び悲しげに見える。シャリーは彼女の手をとった。「わたしの甲冑かがやく騎士よ」。デラウェアはとてもびっくりした顔をして、「ジーザス、ママったら」と言ったが、怒ってはいなかった。「ののしっちゃだめ」シャリーは言った。

廊下からナースが来た。ナースが着るうす緑の醜いパンツとスモックをまとった白人女性だった。どちらにも視線を送り、ほほえんだ。「ハイ！」彼女は言った。

「ハイ！」シャリーは言い、ほほえみ返した。

ナースは手にしている書類を見やった。「ええと、ちょっと確認します」「シャリーですね」とデラウェアに言った。「シャリー、おいくつですか」

「三一」シャリーが言った。

「はい。あなたはいくつ？」

「私はつき添ってきただけです」デラウェアが言った。

「はあ」ナースはわけがわからないという顔をしていた。まず書類を見つめ、次いでデラウェアを見つめた。「じゃあ処置を受けにきたのはあなたではない？」

デラウェアは首をふった。

「でも、年齢は教えていただかないと」

「なぜですか？」

ナースは役人風になった。「未成年でしょうか？」

「ええ」とデラウェアは嫌な口調で言った。

ナースはうしろを向き、無言で立ち去った。

ケビン・コスナーが表紙を飾っている雑誌をシャリーが手にとった。「怒ってるみたい」写真をじっと眺め、そう言った。「フロスティーに来る男の人でいつもこんなふうに怒っているみたいな人がいる。でもすごくかっこいいの。注文はいつもハンバーガー、ポテトなし、いちごソフト。わたし、ソフトクリームは嫌い。味がしないから。かたいアイスが好き。昔風の。昔風のかたいアイスクリーム。一緒でしょ？」

デラウェアはうなずいたあとで「うん」と言った。シャリーは相手に何か言ってもらう必要があるのだ。デラウェアは泣きたい気分であることに気がついた。つまり、いつでも泣けるが、いまは泣きたくはない。理由は、男の看板が当たってしまった肩の部分。そこが痛いせいだ。怪我はなかった。デニムのジャケットにも痕はない。たぶん小さな傷があるだけで、傷があれば今夜服を脱ぐときに目にするだろうし、ひょっとしたら無傷かもしれない。でも木の看板の端が当たった部分は、独自に生き、傷むように思われた。そのせいで心が冷えびえし、喉が腫れ上がっている。深呼吸した。ナースが戻ってきた。

「どうぞ！」ナースはシャリーとデラウェアのあいだの空気に言った。

シャリーはぱっと立ち上がった。踊る番が来たのだ。デラウェアの手をとり、引っぱり上げた。「行くわよ！」そう言って、興奮している様子はとてもきれいに見えた。

ノーマンはあんなふうに消える権利はないはずだ。なんて無礼で勝手な人だろう。女の子の肩に看板は当たらなかったけれど、もしも当たっていたら、また二人で窮地に立たされてもおかしくなかった。あんなことする権利はないはずだ。あんなふうにふり回すなんて。あの子に当たってもおかしくなかった。あんな権利はない。あの人、命令に従ったことがない。あんなに頼りにならないなら、ヤングさんに報告せざるを得ない。

九時を過ぎたから、他には誰も来ないだろう。街路を見やったが、歩行者はなく、走ってくる車は一台もスピードを落とさなかった。しょうもない女がブーツを履いて、まるでサーカスに出ているみたいなサテンのジャケットを着て、女の子を引きずっていった。実の娘だ、そっくりだもの。かわいそうな女の子のためにお祈りしなきゃ。だが頭に血がのぼっているから、お祈りはしにくい。赤ちゃんのためなら祈れる。父親のためにも。どこかの哀れな少年だ。ひょっとして軍人、兵士で、きっとこのことは何も知らない。あいつらは彼の権利なんて考えていやしないのだ、ぜんぜん。自分、自分、自分のことばっかり。そんな権利はない。あいつらは獣だ。

　喉が痛いし、再び両手が震え出した。手が震えると本当に嫌になってしまう。戦場で兵士は怯えるという。だが自分はこの震えが来ると、あの暗い、尿のにおいがする部屋で椅子にかけていたケヴォリーおじいちゃんみたいになってしまった気がする。大きな、白い両手はかたかた震え、メアリー、コップを持つのを手伝ってもらわんとなと言って、わざと頭をがっくりと動かすので水があごをつたい、おそろしい震える手でメアリーを揺さぶる。誰も来てくれない。

　私がここに一人で立つことを求める権利は彼らにはない。ノーマンがいるべきなのだ。申し出たのだから。このあいだの火曜、私は学校で秘書の代理を務めなくてはならなかったので休み、休んだ分は必ず埋めあわせるから来た。ヤングさんに約束したから来た。私は約束を重んじるのだ。ほかの人々はまったくおかまいなしだ。気が向いたら来て、都合が少しでも悪くなれば、来ないことについては意に介さない。あんなふうに去る権利は彼にはないはずだ。プラカードも何もなしに一人で残すなんて、自分のことしか考えていない。ヤングさんが車で通りがかって、立場と信条を守る姿を目に留めてくれるのではないかと思ったが、通りを走ってくる車はない。誰の姿も見えない。誰も来てくれない。

私は兵士。そう思うと、例によってその思いは全身に行きわたり、力づけられた。勇敢な兵士たちが遠くで国旗を守っている。油ぎった黒い雲の上にくっきりと清潔な国旗が見えた。見張るときにアメリカ国旗を掲げてもいいか、ヤングさんに訊いてみよう。いまモールで黄色いリボンをつけたアメリカ国旗を売っている。私は「命《ライフ》」の兵士。警護中。背筋を伸ばして立ち、クリニック前の舗道を行き来し、芝生の端に来るとかかとでくるりと回った。兵士であることが喜びであり、誇りだった。

廊下を歩きながらデラウェアはナースに言った。「私も入っていいですか?」だが、年齢を言わなかったのでまずってしまった。ナースはずんずん進み、言った。「ドクターに訊きましょうね」くそくらえといった声だった。

なんでこの人たちは幼児語をしゃべるの? ナースが来ますからね、ドクターに訊きましょうね、なんて?

ローク先生は挨拶してくれた。「ハイ、デラ」まあまあ近い。シャリーにつき添っていていいかと尋ねると、経験上、処置するあいだは患者のそばに親戚や親密なパートナーはつき添わないほうがいいことになっていると説明された。シャリーはにっこり笑って手を離した。ハンサムで血色がいい赤毛のローク先生を気に入っていて、かっこいいわと何度かデラウェアに言っていた。彼女はナースに続いてスウィングドアの向こうへ意気揚々と去っていった。先生はデラウェアとともに廊下に残った。「だいじょうぶだよ」デラウェアはうなずいた。「吸引は、髪の毛を切る程度のことだから」いつもの感じのいい声だった。彼女がうなずくのを見届けてから彼は続けた。「えーと、こないだ話した卵管結紮《けっさつ》だってできる。たいしたことじゃないし、本人に違いはわからない」

「それが問題なんです」とデラウェアは言った。

彼には通じなかった。

「これなら本人が理解できるんです」とデラウェアが言った。

「結紮のことならぼくが説明する。もう避妊の心配がなくなるとわかるように」思いやりに満ち、寛大さを以て促していた。

「しばったのをまたほどくことはできますか?」

「でも、もう産むべきでは……」そして沈黙。

「生まれたときに脳に損傷を受けたんです」何度も口にしてきた言葉だった。「遺伝性じゃありません」その生きた証拠として、医者をじっと見つめた。医者は怒っているような顔になった。ケビン・コスナーやほかのみんなと同じく。

「そう、わかった」医者は決して間違いは犯さないのだ。「でもまたペッサリーをうっかり忘れる恐れはけっこうあるんじゃないかな？」

「忘れたんじゃありません。絶対忘れないんです。知り合いの悪い奴がドライブインに連れていって、迫ったんです。デートレイプの置き土産は欲しくないってことです」医者を見つめ、相手がいらついているように見えたので、先を急いだ。「いつかまた赤ちゃんが欲しいと思うかもしれません。それは私には決めることはできません。そんなことできます？」

彼は深く息を吸い込み、ふうっと吐き出した。

「わかった」そう言って顔をそむけた。「だいじょうぶだよ」とまた言った。「朝飯前だ」彼はスウィングドアの向こうへ歩いていった。

デラウェアはしばらく廊下に立っていたが、そこで待つのは馬鹿らしいと思い直した。化粧室はどこか、受付係に尋ねに行った。バスに乗っているときからおしっこをしたかったのだ。六番街でウェストサイドのバスに乗り換える前から。


キーキーメアリーはもういなかろうと確信できる時間まで待ってノーマンは戻ったつもりだったが、戻ってみると彼女は〈肉処理場〉の所有者であるかのごとくとり澄ました様子で前を往復していた。背筋を伸ばし、ねじ巻き式のおもちゃのように芝生の両端でくるりと回る。あんなふうに通りで人目につかせておくなんて、亭主はどういうつもりだ？　女どもはみんな同じ穴のむじなで、持物を見せびらかし、棒みたいな脚の上で澄ましてみせる。ヤングにおべっかを使う。

あーら、ヤングさんはこう言ったわ、ああ言ったわ。ヤングの言ったことはわかっている。たとひ我もろもろの國人の言および御使の言を語るとも、だ。俺はヤングの話も、自分の仕事もわかっている。奴らは余計なことをしやがる。家にいて、家事をして、邪魔にならないようにすべきだ。ノーマンはいま来た道を戻りかけ、この角に戻ったときには女が姿を消していることを願いつつ隣のブロックをひと回りしはじめた。自分のしていることにはっと気づいて、急停止した。大股で女のところへ直行すると、「よし」と言った。「あとは俺がやる」

「いまは私が当番です」例の甲高い、震える声で女は答えた。

「俺が引き継ぐと言ってるんだ」そのあと、女の頭がびくりと上下に動き、震えるのを見ていた。だが女は動かなかった。「あなたの行動、ヤングさんに報告します」彼女はキーキー声で言った。

「俺はここに立つ」

「いいですよ。そこに立ってらっしゃい」彼女はそう言うと、再び悠々と行ったり来たりした。彼はプラカードを掲げて立っていた。目の前を彼女は何度も通り、左から来ては右から来て、かかとでコツコツ舗道を鳴らし、両手を脇におろして、猫背で過ぎていった。看板の持ち手を突っこんで背筋をのばしてやれ！　彼女を一顧だにせず、〈肉処理場〉正面の段の前で持ち場に立ち、プラカードを掲げた。神は我がために證《あかし》し給ふ。

　きわめて清潔な緑色の仕切りの中でデラウェアは泣くことにした。一人きりのうちに、母親がよそで用のあるうちに涙と鼻くそを出しておこうと思ったのだが、いざとなると当然どちらも出てこなかった。喉が痛くなっただけ。シャツのボタンをはずし、シャツをするりと下げて首と右肩の真ん中あたりの、男の看板が当たった痛みが感じられる部分を見た。どうもなっておらず、少し赤くなっているだけで、それはきっとシャリーとつないでいないほうの手でずっとこすっていたせいだ。

待合室のソファに戻り、あの雑誌を手にとってそのかげに隠れた。目は活字を追いながらもそのあいだじゅう、祈りについて叫んでいた女の脚があざやかに浮かんだ。肌色のストッキングにすらっとした小さなヒールの紺色の靴を履いていた。スカートは紺地に白の細かい水玉で、プリーツがある。そこから上は見えなかった。お母さん、お母さんという叫びしか聞こえなかった。男はスラックスをはいていた。茶のスラックス、茶の靴、縞のシャツ。歳だから腹はたるんでいたが、顔はなかった。顔のまん前にフクロネズミの看板を掲げて例の断ち切るような動作を見せていたためで、斧のように、最初は上下にふっていて、だんだんシャリーとデラウェアが近づくにつれ、だんだん近くでふるようになり、ついに当たった。

彼女はひるんだ。

「デラウェアって素敵な名前ね」キャスリンが受付デスクの向こうから話しかけ、デラウェアは少し経ってからそれに気づいた。「誰がつけたの?」

「母が響きを気に入ったんです」

「珍しい名前よね」

「映画のインディアナ・ジョーンズがいます」

キャスリンは笑ってうなずいた。書類を分類してファイルしていた。「二人暮らし?」

デラウェアは気にならなかった。キャスリンの声がくつろいでいたせいか、茶色い顔がいまは怒っていなくて疲れて見えたせいかもしれない。「うん」

「高校生?」

「うん」

「仕事は?」

「夏はしてます。母はフロストTマンで働いています。仕事はずっとしてるんです」

「それはいいわね」キャスリンはそっと言った。さらに書類の仕分けを続け、やがて口を開いた。

「高校ではちゃんとやれている」質問ではなく、そうとわかっているかのような口調だった。

「うん」

「でしょうね。大学に進むの?」

「うん、たぶん」

「それはいいわね」キャスリンは再び言った。「きっとできるわよ」

涙は不意に静かに出てどっと流れ、やがて乾いた。デラウェアは映画評を読んだ。女性を二十人殺した男をめぐる映画と、悪魔にとり憑かれた子どもたちをめぐる映画の評。ナースが廊下の端に来て言った。「お友だちは回復室です」

　デラウェアはナースのあとから廊下を歩いた。ナースはふり向かずに話しかけてきた。「少し不安そうでしたのでドクターが精神安定剤を投与しました。まだしばらくもうろうとするでしょう。三十分くらいしたら、服を着てけっこうです」デラウェアが連れていかれた先は、清潔で窓のない緑色の部屋で、三つのベッドのうち二つは空いていた。シャリーは寝かされ、ふさふさした巻き毛は後ろに引っぱられ、すっぴんで子どもみたいに見えた。彼女はデラウェアに視線を注ぎ、眠そうに微笑んだ。そして「ハイ、ベイビー！」と言った。

解説

作者アーシュラ・K・ル＝グウィン（一九二九〜二〇一八）は『ゲド戦記』シリーズ、『闇の左手』などSF作品で主に知られるが、このような現実に即した作品も書いている。半日ほどの時間を切りとり、アメリカ国内の中絶クリニック周辺の人々を描く「立場を守る」は、一九九二年に『ミズ』という女性月刊誌に発表された。ここで背景となっている戦争は、第四一代アメリカ大統領ジョージ・H・W・ブッシュの任期中に起きた湾岸戦争である。

登場人物はクリニックに向かう三十代の母と、アメリカの州名のひとつでもあるデラウェアという名の高校生の娘、クリニックの前に立ちはだかる男女、そして医療関係者だ。大まかに分ければ、処置を受けに行く者、人工中絶に反対する者、処置を行なう者の三つの立場がある。さらに見れば、母娘それぞれの思いがあり、反対派の二人はそりが合わない。医師、ナース、受付係の個性も垣間見える。胎児に基本的人権はあるか。妊娠中絶を受ける選択権は女性にあるか。各々の信念や状況を通して、妊娠中絶をめぐる論争の一端が描かれている。

中絶をめぐる戦いは、言葉をめぐる戦いでもある。反対派は「生命を擁護する」プロライフ派（"pro-life"）、支持派は「選択権を擁護する」プロチョイス派（"pro-choice"）と自称する。「立場を守る」はこの呼び方を用いることなく、登場人物の内面からその立場と思想を示す。たとえば胎児の捉え方を見ると、中絶手術を思い描くときノーマンは胎児を"he"と呼ぶ。彼の場合、男性形の代名詞を使うことは一種の癖と思われるとはいえ、この胎児も一人の男として見ていることになる。メアリーは性別にはこだわらないが、"the baby"という。当事者シャリーは「何かが起きている」「傷」「かさぶた」と表現する。クリニック関係者は母娘に対して「ベイビー」という言葉は一度も発しない。

ノーマンが避けている言葉もある。神、黒人、女性に関するノーマンの言葉は彼がキリスト教右派であることを示唆する。コーヒー屋を出た彼が思い浮かべる言葉は『新約聖書』「コリントの信徒への手紙一」第十三章第一節からとられている。「たとひ我もろもろの國人の言および御使の言を語るとも、愛なくば鳴る鐘や響く鐃の如し」これは愛をめぐる章だが、ノーマンは「愛」という言葉が出てくる直前で引用を終えている。一方、ノーマンから見れば殺人者に等しいシャリーにも信心はあり、神の名を汚すなと娘を諭す。この作品ではどちらが正しいというのではなく両者が描かれ、同じ重さで存在している。

有名な『ゲド戦記』シリーズとこの短編小説に通じる点のひとつに、問答を挙げることができるだろう。ゲドたちが決断を下すとき、対話は重要な意味を持ち、強者が弱者に直接問いかける。それは知識や心を試したり、圧力をかけたりするためではなく、相手に選択を求めるためであり、彼らは相手の答えに耳を傾ける。魔法使いオジオンは少年ゲドに、青年ゲドは闇に閉じ込められている少女テナーに、大魔法使いゲドは年若い王子アレンに、巨大な竜は少女に、あなたはどうしたいですかと意思を問う。今回の物語の医師と高校生デラウェアの会話にこのパターンの変形が見られる。母に中絶以上の処置を施すかという選択肢を示されて、デラウェアは否と答える。いや、自分はその問いに答えることはできない、と応じている。おそらくル＝グウィン作品においてその問いに答えることができるのは、シャリー一人なのである。

シャリーが下す決断とそれを守る未成年の娘を描くことを通して、ル＝グウィンもまた自分の立場を守っていると言えるかもしれない。一九八二年、ル＝グウィンは「ある王女様の物語」という講演を行なった。ある王女が大学に行き、恋をし、妊娠し、振られて困りはてるという御伽噺になぞらえて、自分が学生時代に受けた妊娠中絶について語ったのである。人工中絶が犯罪だったころ、王女は両親の理解と尽力と借金によりニューヨークで一番の中絶手術を受けたという。王女は自分の無知を恥じた。でもこれは、務めを果たすにはどうしてもせざるを得ないことだった、務めを果たそう、それが自分の責任のとり方だと考える。その後、講演の中の王女もル＝グウィンも勉強を続け、結婚し、作家となり、四回妊娠し、三人の子どもに恵まれた。

一九六一年以降、半世紀以上にわたって、ル＝グウィンは多くの詩、絵本、短編小説、長編小説、脚本、エッセイを発表している。二〇〇四年に新シリーズ「西のはての年代記」第一作として『ギフト』、二〇〇六年にシリーズ第二作『ヴォイス』および詩集『すばらしい幸運』が刊行された。なお、「ある王女様の物語」は篠目清美訳『世界の果てでダンス』に収録されている。

家なき者

カート・ヴォネガット

舌津智之　訳・解説

孤児院で暮らす六歳の黒人少年は、「お前の父さんが森の中にいる」という村人の言葉を真に受けて一人森へ入っていくが……。

とある孤児院に、八一の小さな命がきらめいていた。ライン川を見晴らす広い地所に、かつてはその番人が住んでいた家を、カトリックの尼僧たちが再利用した施設である。戦後のアメリカ占領地内、カールスヴァルトというドイツの村でのことだった。もしも子どもたちがその場所に守られず、暖と食事と衣服とを求めて得られなかったなら、彼らは世界の端の向こう側にさまよい出ていたかもしれない。とうの昔に彼らを探すことをやめてしまった親たちを探して——。

穏やかな日の午後にはいつも、新鮮な空気の供給に、森を抜けて村へ続く道を往復し、二人一組で尼僧が子どもたちを歩かせていた。仕事の手を休めて物思いにふける年老いた村の大工は、いつも店先に出て、跳ね回って賑わしい陽気なぼろ着の行列を眺め、暇つぶしに店へ集まる連中とともに、通り過ぎる子どもたちの親の国籍に話を咲かせていた。

「あのフランス人の女の子ときたら！」ある日彼は言った。「目の輝きが違うわな！」

「それにあの腕をふってるポーランド人の男の子。行進好きですねえ、ポーランド人ってのは」

若い機械工が言った。

「ポーランド？　どこにいったいポーランド人がいるかね？」大工が尋ねた

「ほらあそこ——前の方の、痩せっぽちでまじめそうな子」相手が答えた。

「ああ、ああ。ありゃポーランド人にしちゃ背が高すぎる」大工は言った。「だいたい、あんな亜麻色の髪のポーランド人がいるかね？　ありゃドイツ人だ」

機械工は肩をすくめてみせた。「どうせ今じゃみんなドイツ人なんだから、別に違いもありゃしませんけど」彼は言った。「親が誰かなんて、証明できます？　あなたもポーランドで戦ってれば、ああいうタイプはよくいるってわかるんですがねえ」

「おい——おい、お出ましだぞ」大工がニヤニヤして言った。「お前さんがいかに議論好きでも、あの子については議論の余地もない。アメリカ人の登場だあ！」彼はひとりの少年に呼びかけた。「ジョー——チャンピオンに返り咲くのはいつだ？」

「ジョー！」機械工も呼びかけた。「〈褐色の爆撃機〉は今日、ご機嫌いかがかな？」

行列の一番後ろから、ひとりきりで歩く青い目をした六歳の黒人少年が、毎日彼に呼びかけてくる大人たちの方をふり返り、可愛らしくも不安そうに微笑んだ。そして礼儀正しくうなずいて、彼が唯一話せる言語、ドイツ語で挨拶の言葉をつぶやいた。

尼僧たちがでたらめに選んだ彼の名は、カール・ハインツ。けれども大工は、彼に忘れがたい名前をつけた。これまでに村人たちの心をつかんだことがある唯一の黒人、ボクシングの元ヘビー級世界チャンピオンの名前、ジョー・ルイスである。

「ジョー！」大工が呼びかけた。「元気出さんかい！　白い歯を光らせてみい、ジョー」

ジョーは、恥じらいながら言われた通りにした。

大工は、機械工の背中をパンと叩いた。「それにあの子にゃドイツ人の血も流れとるんじゃ！　この国からまたヘビー級チャンピオンを出すとなりゃ、もうこれしかないかもしれんなあ」

ジョーは、最後尾の尼僧に追い立てられて道の角を曲がり、大工の視界から消えていった。その尼僧とジョーは、ずいぶん長い時間を共に過ごしていたが、というのも、ジョーは行列のどこにいても、いつのまにか一番後ろに遅れてしまうからだった。

「ジョー」彼女は言った。「あなたはいつも空想していますね。あなたの一族の人たちはみな空想好きなのかしら？」

「ごめんなさい、シスター」ジョーは言った。「考えごとをしてたの」

「空想ですね」

「シスター、ぼくはアメリカ人の兵隊の子どもなの？」

「そんなこと、誰が言いましたか？」

「ペーターだよ。ペーターはね、ぼくのお母さんはドイツ人で、お父さんはアメリカ人の兵隊でどっかに行っちゃったって言うの。お母さんも、シスターにぼくをあずけていなくなっちゃったんだって」彼の声に悲しみの色はなかった——あるのは当惑だけだった。

世間ずれした一四歳の老人とも言うべきペーターは、孤児院の最年長で、自分の両親もきょうだいも家も戦争のことも、そしてジョーが想像もできないようなあらゆる食べ物についても知っているドイツ人の少年であった。ペーターはジョーにとって雲の上の存在で、あたかも天国と地獄を何度も往復したかのように、自分たちがどうして今いる場所にいるのか、どうやってそこへ来たのか、そしてどこにいたはずなのか、はっきり分かっているようだった。

「そんなことを気にしてはいけませんよ、ジョー」尼僧は言った。「あなたのお母さんとお父さんが誰なのかは、わかるはずもありません。けれども大変いい人たちだったに違いありませんね、だってあなたはこんなにもいい子なのですから」

「アメリカ人ってどんな人なの?」ジョーが言った。

「私たちとは別の国の人ですよ」

「ここの近く?」

「ここの近くにいる人たちも、家はずっとずっと遠いところなのです——たくさんの水を越えた向こう側なのですよ」

「川みたいに?」

「川よりたくさんの水ですよ、ジョー。あなたがこれまでに見たことがないくらい、たくさんの水です。向こう岸さえ見えません。ボートに乗って何日も何日もこぎ続けても、まだ向こう岸にはつかないのです。いつか地図を見せてあげましょうね。でもペーターの言うことは忘れるのですよ、ジョー。あの子は作り話をします。本当はあなたのことなど何も知らないのです。さあ、列に遅れますよ」

ジョーは急ぎ足で列の後ろに追いつくと、しばらくのあいだ、気持ちを引き締めてきびきびと行進した。が、やがて再びぐずぐずと遅れ出した彼の小さな頭の中を、亡霊のような言葉たちが駆けめぐった……兵隊……ドイツ人……アメリカ人……一族……チャンピオン……〈褐色の爆撃機〉……あなたがこれまでに見たことがないくらいたくさんの水。

「シスター」ジョーは言った。「アメリカ人ってぼくみたいなの？　褐色なの？」

「そういう人も、そうでない人もいるのですよ、ジョー」

「ぼくみたいな人もたくさんいるの？」

「ええ。とてもたくさんいます」

「どうしてぼくはその人たちに会ったことがないの？」

「この村には来ないのです。その人たちには自分自身の場所があるのです」

「その場所に行ってみたい」

「ここにいて楽しくないのですか、ジョー？」

「楽しいけど、でもペーターはね、ここはぼくのいる場所じゃない、ぼくはドイツ人じゃないし、この先も絶対ドイツ人にはなれない、って言うの」

「またペーター！　彼の言うことはもう忘れるのです」

「どうしてみんなはぼくを見るとにっこりして、歌わせたりしゃべらせたりしようとして、ぼくがそうするとみんなは笑うの？」

「ジョー、ジョー！　ほらあれ」尼僧が言った。「ごらんなさい――あの木の上。足の悪い小さなスズメがいます。なんと、健気でたくましい小鳥ですこと――しっかりとがんばっていますね。見えますか、ジョー！　ぴょん、ぴょん、ほらピョン！」


とある暑い夏の日のこと、いつもの行列が大工の店の前を通り過ぎると、大工が出てきてジョーに新しいことを告げた――うれしくて、怖くて、どきどきするようなことだった。

「ジョー、おい、ジョー！　お前の父さんがやって来たぞ。もう会ったか？」

「いいえ――いいえ、会ってないです」ジョーは言った。「どこにいるんですか？」

「あの人は、からかっているだけです」尼僧がピシャリと言った。

「からかってるだけか、確かめてみな、ジョー」大工は言った。「いいか、学校の前を通るとき、よおく目を開いておけ。しっかり見るんだぞ、坂の上、森の中だ。そしたらわかるさ、ジョー」

「あの小さなスズメさんは今日、どこにいるのかしら？」尼僧が晴れやかに言った。「ほんとにまあ、足がよくなっているといいですね、ねえ、ジョー」

「うん、そうだね、シスター」

彼女は、学校へ続く道を歩きながら、スズメや雲の形や花についてのおしゃべりをしたが、ジョーはやがて返事をしなくなった。

学校の上の森は、物音もせず、人の気配もなさそうに見えた。

が、そのとき、ジョーは、大きな褐色の男が、上半身は裸、腰には拳銃をさした姿で木陰から歩み出るのを見た。男は水筒から水を飲み、手の甲で口を拭うと、眼下の世界を見下ろして堂々と尊大な笑みを浮かべ、再び森の薄暗がりの中へと消えていった。

「シスター！」ジョーはあえぎながら言った。「お父さんが――ぼくのお父さんがいたよ！」

「いいえ、ジョー、いませんよ」

「あの上の森の中にいるよ。見たんだもん。ぼく、あそこに行きたい、シスター」

「その人はお父さんではないのですよ、ジョー。あなたの顔も知らないし、あなたに会いたいとも思っていないのです」

「ぼくの一族の人だよ、シスター！」

「あそこへ行ってはだめです、ジョー。ここにいるのもだめです」彼女はジョーを歩かせようと腕をつかんだ。「ジョー――いい子になさい、ジョー」

ジョーは力なく言いつけに従った。学校から遠ざかる別の経路で帰途に着く残りの散歩道で、ジョーはもう一言も口をきかなかった。彼の素晴らしい父親を見た者は他に誰もおらず、見たというジョーの話を信じる者もいなかった。

その夜のお祈りの時間が来ると、彼はこらえきれずに突然泣き出した。

午後一〇時、彼のベッドが空になっているのを若い尼僧が発見した。

ボロ布がからまる網を広げた下、黒々と油の光る大砲が森の中に陣取り、その砲口を夜空に向けて屹立させていた。トラックやその他の兵器類は、坂の上の方に隠されていた。

ジョーがわずかな茂みの陰から怯えつつも目を凝らし、耳を澄ますと、暗闇にまぎれた兵隊たちが、大砲のまわりに塹壕を掘っていた。漏れ聞こえる言葉は、さっぱり意味のわからないものだった。

「軍曹、掘らにゃぁならんのですか、どのみち朝が来りゃ移動するってのに。そもそもの話が、こいつぁただの演習でしょう？　ちょいと力ぁ温存してですなぁ、掘ったあとがつくくらいに地面を引っかいときませんか――まぁそんなことに意味がありゃの話ですけどねぇ」

「案外、朝までに意味が出てこないとも限らんぞ、おい」軍曹が言った。「一〇分間だけやるから中国まで行って弁髪でもとってくるか、どうする？」

軍曹が、月明かりのさす場所に歩み出ると、腰に手を当てて胸を張ったその姿は、あたかも皇帝のように見えた。ジョーは、それがまさしく、午後に彼が見かけて惚れ惚れした人物であると気づいた。軍曹は、地面を掘り起こす音を満足げに聞いていたが、ふと、ジョーの隠れ場所の方へ大股で近づいてきたのでジョーははっとした。

ジョーはぴくりとも動かずにいたが、大きな足が彼の横っ腹を蹴飛ばした。「アァッ！」

「誰だっ？」軍曹はジョーを地面からつまみ上げ、強引にその場に立たせた。「なんてこった、おい、ここで何してる？　コラッ！　家に帰れ！　ここはガキの遊び場じゃないぞ」彼は懐中電灯をジョーの顔に当てた。「こいつぁたまげた」彼はつぶやいた。「どっから来た?」彼はジョーを持ち上げて、ボロ人形をあやすようにやさしく揺り動かした。「いったい、どうやってここに来たんだ——泳いだのか?」

ジョーは、口ごもったドイツ語で、お父さんを探しているのだと告げた。

「どうした——どうやって来た? 何してる? おかあちゃんはどこにいる?」

「何見つけたんですかぁ、軍曹?」暗闇から声が響いた。

「何と言っていいのかよくわからん」軍曹が答えた。「話し方はドイツ人、身なりもドイツ人だが、まぁ一目見てみろ」

ほどなく十数人の男たちがジョーを囲んで輪を作り、最初はガヤガヤと、それからヒソヒソと、口調を変えれば言葉が通じると思っているかのごとく、彼に話しかけてきた。

ジョーが自分の目的を説明しようとするたびに、兵隊たちは驚嘆の笑い声を上げた。

「どうやってドイツ語覚えたんだぁ? 聞きてぇもんだな」

「おとうちゃんはどこだい、坊や?」

「おかあちゃんはどこだい、坊や?」

「オランダイツ語、しゃびるかい《スプレッケン・ズィー・ダッチ》、坊や? おい見ろや。うなずいてらぁ。この子ぁちゃんと話すぜ」

「おぅお前、ずいぶんしゃべれるじゃねぇか、やるなぁ。もっとその子に聞いてみろや」

「中尉を呼んで来い」軍曹が命じた。「中尉ならこの子と話ができて、何が言いたいのか理解できる。見ろ、この子、震えてるぞ。すっかり怯えてるな。さあおいで、坊や。もう怖がらなくていい」軍曹はその太い腕にジョーを包み込んだ。「もう心配するな――ぜぇんぶすっかりだいじょうぶだ。これ食べてみるか? おいおい、この子はチョコレートを見たことがないらしいな。ほれ、味見してみな――死にゃあしないから」

ジョーは、たくましい筋骨に守られ、明るい瞳の輝きに包まれ、板チョコをかじってみた。ピンク色の口のまわりと、それから身体いっぱいに、あたたかく豊かな喜びが満ちあふれ、彼の表情が華やいだ。

「笑ったぁ!」

「うれしそうな顔だぁ!」

「いきなり天国に転がりこんだってかぁ! こいつぁ!」

「難民多しと言えども」ジョーを抱きしめて軍曹が言った。「この小さな坊やほどの難民はまるで見たことがない。さかさま、あべこべの境遇に、寄る辺なしだ」

「ほら坊や――もっとチョコレートがあらぁ」

「もうこれ以上やめとけ」軍曹が咎めるように言った。「腹をこわしたらどうする?」

「はぁ、軍曹、はぁ――腹をこわしちゃ困ります。了解しました」

「いったい何事だ?」小柄で品のいい黒人中尉が、懐中電灯の光を前方に踊らせて一団に近づいてきた。

「ここに少年がおります、中尉」軍曹が答えた。「砲台のところへ迷い込んで来まして。網をくぐって来たんでしょう」

「そうか、では家に帰せばよかろう、軍曹」

「はい中尉、そう思ったのですが」彼は咳払いをした。「しかしこいつぁ並の少年じゃありません、中尉」彼は、ジョーの顔に光が当たるよう、腕を広げた。

中尉は信じられぬといった様子で笑い、ジョーの前に膝をついた。「どうやってここへ来た?」

「その子はドイツ語しか話しません、中尉」軍曹が言った。

「きみの家はどこかな?」中尉はドイツ語で尋ねた。

「あなたがこれまでに見たことがないくらいたくさんの水の向こうです」ジョーは言った。

「生まれたのはどこかな?」

「神さまがぼくをお創りになりました」

「大きくなったら弁護士になりそうな子だな」中尉は英語で言った。「いいか、よく聞くんだ」彼は再びジョーに言った。「きみは何ていう名前で、きみの家族はどこにいるのかな?」

「ぼくはジョー・ルイス」ジョーは答えた。「それで、あなたたちが僕の家族です。ぼくは孤児院を抜け出してきました。ここがぼくのいるべき場所です」

中尉は首をふりながら立ち上がり、ジョーの言葉を通訳した。

森には歓声が響いた。

「ジョー・ルイスかい！　でっかくて強そうな奴かと思ってたんだがなぁ！」

「左パンチに要注意だ――食らったらおしまいだぁ！」

「こいつが米兵《ジョー》なら、なるほど、俺たち仲間を見つけて気分はジョージョーだな。この子の言うこたぁ一理あるぜ！」

「黙れ！」突然、軍曹が命令した。「お前たちみんな、もうやめろ。これは冗談じゃない。ちっともおかしい話じゃない！　この子はこの世にひとりぼっちだ。冗談じゃない」

その後に訪れた長い厳粛な沈黙を破り、小声のつぶやきがもれた。「まったくだ――まるで冗談なんかじゃねぇ」

「ジープに乗せて、この子を連れ帰す方がよさそうだ、軍曹」中尉が言った。「ジャクソン軍曹、君が運転してくれ」

「では引き渡すとき、ジョーはとてもいい子だったと、中尉から一言お忘れなく」ジャクソンは言った。

「さあ、ジョー」中尉がドイツ語で静かに言った。「行こうか。軍曹と私も一緒だ。お家に帰ろう」

ジョーは軍曹の腕の奥に指をこじ入れた。「パパ！　いやだ――パパ！　ここにいたい」

「なぁ、坊や、私はきみのパパじゃないんだ」どうしていいかわからず、軍曹が言った。「きみのパパじゃあない」

「パパ！」

「いやぁ、もうくっついちまったんじゃないですかぁ、軍曹？」ひとりの兵士が言った。「引き離そうったって無理みたいですよ。軍曹にゃ坊やができて、坊やにゃパパができたってわけで」

軍曹は、ジョーを腕に抱えたまま、ジープのところまで歩いていった。「なぁ、ほら」彼は言った。「ジョー君や、運転できるように放してくれ。きみがつかまってちゃぁ、運転できないだろ、ジョー。すぐとなりの中尉の膝の上に座ってくれ」

ジープのまわりに再び、今度は神妙に輪を作り出した男たちが、ジョーに離れてもらおうと必死な軍曹を見守っている。

「乱暴はしたくないんだ、ジョー。さあ――頼むよ、ジョー。放してくれ、なあ、ジョー、運転させてくれ。そんなふうにつかまってちゃぁ、ハンドルも何も動かせないだろ」

「パパ！」

「さあ、こっちの膝においで、ジョー」中尉もドイツ語で言った。

「パパ！」

「ジョー、ジョー、ほら」ひとりの兵士が言った。「チョコレートだ！　もっとチョコレートいらないか、ジョー？　どうだぁ？　一枚まるごと、ジョー、すっかりお前のものだ。その手を放して、中尉の膝の上に移ってみな」

ジョーは軍曹にしがみつく手の力を強めた。

「おい、ポケットにチョコレート戻すんじゃねぇよ！　とにかくジョーにやれよ」別の兵士が怒って声を上げた。「誰かトラックから配給チョコレート一箱持ってきて、ジョーの後ろに積んでやれや。このあと二〇年分のチョコレートはどうだい」

「なあ、ジョー」また別の兵士が声をかけた。「腕時計、見たことあるかぁ？　こいつが腕時計だぜ、ジョー。光るだろ、ほら。中尉の膝の上に移ったら、こいつの音、聞かせてやるぜ。チク、チク、チクだ、ジョー。さあ、聞きたいかぁ？」

ジョーは動かない。

その兵士は、時計をジョーに渡した。「ほれ、ジョー、とにかく持ってけ。お前のだ」そう言うと彼は足早に立ち去った。

「おい」誰かがその背中に呼びかけた。「気は確かか？　その時計、五〇ドルだろ。子どもが五〇ドルの時計もらってどうする？」

「ああ――気は確かだ。お前はどうなんだ？」

「そりゃぁ、俺も気は確かだ。どうやら、ここに気のふれた奴ぁいねぇみたいだな。ジョー――ナイフはいるか？　こいつぁ気ぃつけて使うって約束だぞ、なぁ。自分の反対側に向けて切れよ。

わかったか？　中尉、送り帰すとき、自分の反対側に向けて切るように言ってもらえますか」

「戻りたくない。パパと一緒にいたい」ジョーの頬には涙がこぼれた。

「兵隊はね、子どもと一緒にいられないんだよ、ジョー」中尉がドイツ語で言った。「それに明日の朝早く、ここをあとにする予定なんだ」

「戻ってきてくれるの？」ジョーが聞いた。

「できれば戻ってくるよ、ジョー。兵隊ってのは、自分が次の日どこにいるか、わからないんだけどな。できたら、またここへ立ち寄ることにするよ」

「ジョーにこの配給チョコレートを一箱やってもいいですか、中尉？」チョコレートの段ボール箱を腕に抱えた兵士が聞いた。

「私に聞くな」中尉が答えた。「私は関知しない。配給チョコレートの箱など見てはいない。噂に聞いたこともない」

「了解です」兵士はジープの後部座席に荷物を積んだ。

「どうにも放してくれません」軍曹が哀れな声で言った。「運転してください、中尉。私とジョーはそちらへ座ります」

中尉と軍曹は席を入れ替えて、ジープが動き出した。

「あばよ、ジョー！」

「いい子にしろよ、ジョー！」

「チョコレート一度に全部食べるなよ、いいかぁ？」

「泣くな、ジョー。笑ってみせな」

「もっと笑って――そうだ、いいぞ！」


「ジョー、ジョー、起きろよジョー」孤児院で一番年長のペーターの声が、石の壁にどんよりこだました。

ジョーはハッとして起き上がった。彼のベッドのまわりを他の子どもたちが取り囲み、ジョーとその枕元にある宝物を一目見ようと押し合いへし合いになっていた。

「その帽子、どうしたんだよジョー――それに時計とナイフも」ペーターは言った。「それからベッドの下の箱に入ってるのは何だ？」

ジョーは頭を手で探り、兵士用の木綿編みの帽子に気がついた。「パパ」彼は眠たげにつぶやいた。


「パパ！」ペーターは笑いながらジョーの言葉を真似た。

「うん」ジョーは言った。「ゆうべぼく、パパに会いに行ったんだ、ペーター」

「お父さん、ドイツ語話せたの、ジョー？」ひとりの少女が不思議そうに尋ねた。

「ううん、でもお友だちが話せた」

「こいつの親父じゃないさ」ペーターが言った。「お前の親父はずっとずっと遠くにいて、絶対戻って来やしない。お前が生きてることすらきっと知らないんだぜ」

「どんな人だったの?」少女が聞いた。

ジョーは思い出すように部屋を見回した。「パパの身長はこの天井くらいだった」しばらくしてジョーは言った。「あの扉より体が大きかった」彼は誇らしげに、枕の下からチョコレートを一枚取り出した。「それでこんな色だった!」彼はみなにチョコレートを出して見せた。「さあ、食べていいよ。まだたくさんあるから」

「そんなんじゃないさ」ペーターが言った。「本当のこと言えよ、ジョー」

「ぼくのパパはね、このベッドと同じくらい、ほとんど同じくらい大きなピストルを持ってたんだ、ペーター」うれしそうにジョーが言った。「それから、この建物と同じくらい大きな大砲もね。それで、パパみたいな人が、何百人も、たくさんいた」

「誰かにからかわれたのさ、ジョー」ペーターが言った。「お前の親父のわけがない。なんでイタズラじゃないってわかる?」

「だってお別れのとき泣いてたもん」ジョーはあっさり言った。「でね、約束してくれたの。できるだけ早く水を越えてぼくをお家に連れてってくれるって」彼の表情は微笑みに華やいだ。

「川みたいじゃないんだよ、ペーター——まるっきり見たことがないくらい、たくさんの水を越えるんだよ。そう約束してくれたから、だからね、ぼくは手を放してあげたの」

解説

日本でも知名度の高い小説家カート・ヴォネガット（一九二二〜二〇〇七）は、幸か不幸か――と問うならおそらく不幸なことに、「SF作家」に分類されがちである。彼の翻訳作品のほとんどが早川書房から出ているのだから、日本人の一般読者がそのように思い込んでも仕方はない。一方、アメリカ文学を専門的に学ぶ者は、ヴォネガットというと、「ブラックユーモア」や「ポストモダン」の作家として記憶するのが常である。なるほど、彼の代表作とされる『スローターハウス5』や『猫のゆりかご』などを読めば、そのような位置づけも決して間違ってはいない。が、ヴォネガットの短編小説の中には、そうした理解からはこぼれ落ちる、珠玉のリアリズム作品がきらめいていることも忘れてはならない。ここに訳出した「家なき者」（一九五三年）は、すでに、「孤児」（伊藤典夫訳）という邦題で、日本にも紹介されている。ヴォネガットの〈しみじみ〉を感得するためには、この作品と同様、短編集の『モンキー・ハウスへようこそ』に収められた「永遠への長い道」や「アダム」などもあわせ読まれたい。

さて、「家なき者」という邦題は、ほぼ原題に近いニュアンスを伝えていると思うが、元来、ファッショ政権によって国外追放された「強制移住者」や、戦争・動乱による「難民」・「流民」を指すのが英語の原題であり、これを直訳するなら「場所を移された者」という意味になる（伊藤訳の「孤児」はしたがってあくまで意訳である）。言い換えるなら、このタイトルは、寄る辺ない少年ジョーのみならず、彼に親しむ黒人兵のすべてを指し示すのかもしれない。なぜなら、まず、彼らはいま、アメリカを離れ、異国のドイツで任務についている。しかし、人種差別のいまだ厳しい戦後のアメリカが、彼らにとっての故郷と言えるわけでもない。そもそも、アメリカ黒人とは、アフリカから新大陸へと「場所を移された」奴隷たちの子孫である。安らぎの場所を持ちえないアフリカ系アメリカ人の困難を想うとき、我々は、(テクストの裏側に隠されて直接は描かれない)軍曹の涙の重みを軽んじてはならないだろう。

なお、少年ジョーの名前の由来となるジョー・ルイス(一九一四〜八一)は、一九三七年から一九四九年までの約一二年間に、二五回のタイトル防衛を成し遂げた黒人ボクサーである。これは、ボクシング史上、あらゆる階級を通じて今なお破られていない最多連続防衛記録である。彼は、ドイツ人ボクサー、マックス・シュメリングとの因縁の対決によってその名を馳せた。まず一九三六年、アメリカ期待の星であったルイスをノックアウトしたシュメリングは、ドイツ国民の英雄となる。しかし、第二次大戦前夜の一九三八年、ナチス・ドイツの象徴とみなされたシュメリングに、世界王者となったルイスは見事リベンジを果たす。人種の枠を越えたアメリカ人ヒーローの誕生である。もっとも、シュメリング自身は、頑なにナチス入党を拒んでいたので、すべては歴史が作り上げたストーリーであり、二人のボクサーは時代の荒波に翻弄された存在である。晩年、経済的に困窮していたルイスの葬儀代は、ほかでもないシュメリングによって支払われている。そのシュメリングも、二〇〇五年の二月、享年九九歳という長い生涯を閉じた。

大切にする

アン・ビーティ
橋本安央　訳・解説

マンディは友人キャシーの誕生日にサプライズ・パーティを計画する。だが、都会に一人暮らす彼女の胸にさまざまな思いが去来して……。

自宅のアパートにあるソファの上で身体をまるめて、招待する人の名前を書きとめながら、マンディはどこかしら馬鹿げているような気がしていた。どうせ友だち全員をリストに入れるつもりだったのだから。まあたしかに、キャシーの誕生日のために計画しているこのサプライズ・パーティの出席者には、ある特定の人と顔を合わせたところでさしてうれしくはないという人もいるだろう。だがマンディは、誰も――そこなのだ、だからリストを作成しているのだ――少なくとも礼儀正しくふるまえない人は、誰も招待しないつもりだった。きちんとふるまえる人、などということを考えると、マンディは少し照れくさくなり、自意識過剰になってしまうが、それは自分の中に染みこんでいる、紳士淑女を貴《とうと》ぶ南部の伝統のせいなのだろうし、それだけでもないのだろう。世界にはもう少し礼儀が必要なのだ。

まだ二〇代前半のころ、「誰と誰が寝てるのか?」というゲームに、マンディの仲間たちは夢中になった。ゆきずりの情事、不倫、裏切りといった経験談を、氷で冷やしたウォッカを飲みながら告白したものだった。製氷皿《トレイ》から四角い氷を押して取り出していたあの日々。自動製氷機のついた冷蔵庫があるアパートは、どこにもなかったような気がする。トレイがセブンイレブンで買った氷の塊を割ろうとして、親指を骨折してしまい、救急処置室に行かなければいけなかったことを覚えている。トレイとティーナの双子と一緒に、マンディも病院に行ったのだ。廊下でトレイを待ちながら、ティーナはアリシアに電話をするべきだろうかと、人に聞こえるような大きな声で悩んでいた。トレイが当時アリシアと寝ていたからだ。あのころアリシアはあまり同性に好かれていなかったが、いまは『ヴォーグ』で働いている。だからいま、アリシアが好かれていないとしたら、それはあきらかに嫉妬のせいだ。マンディはジェニーンの名前をリストに書きこんだ。料理については、三六丁目にあるメキシコ料理店でテイクアウトのものを買うのはやめて、代わりにスーパーマーケットにシートケーキを注文することにしていた。ケーキとシャンパンで十分だろう。みんなが本当にしたいのは、おしゃべりすることだけなのだから。カーターとジェイクは招待するべきだ。それからオークパーク出身のコリン・ジェイも。彼はカルト信仰やグルの信奉者のことをわめき散らしてからというもの、ヒンドゥー教の神への敬称シュリーをもじり、アリシアから「おおいにおつむのいいお方《シュリー・ソー・センシブル》」という綽名《あだな》をつけられていた。

一年前のいまごろ、マンディはトレイの親友ジェイク・ニマイヤーに恋をしているのかしらと思っていた。だが、ジェイクならぬ、ジョークが彼女にあてつけられた。ジェイクが開いたパーティの席上で、彼は自分がゲイであることを告白したのだ。その日の夜、マンディは独りきりで、最終の回で上映されていたファミリーコメディ『ユー・キャン・カウント・オン・ミー』を観て、心が揺さぶられて泣いてしまった。自分のふるまいが、映画に出てくる姉の姿に似ていることはわかっていた――頼りがいがあり、誠実で、物事を修復しなければいけないときに信頼できるタイプの人だ――だが、わがままな弟のほうに感情移入したのだった。映画館から出ると、雪がずっと降りつづいていることに気がついた。夜が更け、雪が降る。すべてがぼんやりとして、空気が凍りついている。拾ったタクシーの運転手に声をかけられた。「人が死んだとき以外、泣くもんじゃないよ。いくつなんだ？　三〇か？　誰か死んだのかい？」マンディは実際より年上にも見られてしまった。アップタウンにある勤務先のビルまで運んでもらい、夜間警備員にオフィスに忘れ物をしたと告げた。警備員は彼女の顔をじっと見てから、中に入れてくれたが、マンディが時間外入室記録に記名しないで通りすぎても、呼びとめようとしなかった。あとで姿を見せなくても、あの警備員は探しに来ないだろう。マンディはそう思ったが、その予想は正しかった。そしてボスのフロア一面に敷きつめられた、フェイクの豹柄の絨毯《じゅうたん》の上で、身体をまるめて横になった。雪に濡れたコートが、ちょうどいい具合に毛布の代わりをしてくれたので、結局そのまま眠りに落ちてしまった。夜が明けて空が白んできたので、バスルームに行って顔を洗い、液体石鹸を少しだけ使って歯を磨いた。オフィスに戻ると、メモ用紙に書かれた自分の筆跡が目に入った。「人が死んだとき以外、泣くものではない」。書いた覚えはなかったが、いずれにせよ運転手が言ったことは正しかった。祖父のこと、祖父が亡くなる最後の数ヶ月の苦しみのことを、彼女は想った。そして窓際に行き、いつもなら太陽が昇ってくる方角で降りしきる雪をじっと見つめた。それからバスルームに戻り、マグカップに熱いお湯をいっぱいに注いで、ボスのデスクの引き出しから取ったインスタントココアの袋の中身をカップに全部あけた。もっと賢くあるべきだった。ジェイクがいつも唇にキスしようとしない様子から、わかっていたはずなのだ。唇がひどく荒れていたので、マンディはリップクリームを塗り、それから髪をとかした。世間には、たしかに彼女がもう少しでしそうだったものよりもひどい勘違いがあるのだ。マンディは自分のデスクに行き、なまぬるくなったココアを飲んでから、まるで実用的でないハイヒールを買おうと心に決めた。そしてそれを実行した。その日の昼休み、雪の中をとぼとぼ歩いて、靴を買いに行ったのだ。オフィスに戻ると、空き箱をごみ箱に放りこみ、メモ用紙も引きちぎって、くしゃくしゃにして投げ捨てた。

キャシーのパーティに関する詰めの細部。誕生日用のお皿とナプキンを買う。ワイングラスを買い足す。レキシントン街の花屋が週末にピンクのバラを入荷してくれることを確認する。その店で、ジェイクが一度嵐のさなか、マンディにバラの花を買ってくれたことがあった。二人で浮かれ気分になっていると、雹《ひょう》が降り出してきて、そのときジェイクがこう言ったのだ。「バラを半ダース買うたびに、きみにはダイヤのおまけがつくんだね」

アリシアからメールが届いて、パリでの滞在期間が延びたという。パーティのために帰国するのは無理ということだ。それからマークソンから電話があり、ブルーボーイで偶然キャシーに会ったのだが、キャシーは金曜日、仕事が終わったあとで、コネティカットにあるボスの家に行くそうだと知らせてくれた。生まれたばかりのボスの孫息子の顔を見に行くらしい。きみはまだ知らない話だよね？　今度はマンディがキャシーのボスに電話をかけて、パーティの話をして、キャシーをコネティカットに招待しないように頼まなければいけないだろう。他にも変更があった。トレイ・グリーンとティーナ・グリーンの双子は、二人で共同経営しているギャラリーにどの芸術家の作品を並べるのかをめぐって喧嘩している最中で、社交上はあまりお互いに関わらないようにしていたのだ（今度のパーティのために例外をつくるよう、マンディは二人を説得した）。リーヴァ・カリスタノヴァから電話があり、最近ファッションを変えることにしたから、自分の古いデニムジャケットをもらってくれないかと訊かれたので、マンディは本能的にリーヴァをパーティに誘った。エリザベスにメールを書きながら、キャシーがオフィスの休憩室でよく話しこんでいた男の人の名前を思い出したが、彼が別の女性と同棲しているという情報も思い出した。やっかいなことは避けようというのが、マンディの性格だ。それでもパーティの出席者は増えた。マークソンが従兄弟《いとこ》を一人連れてくるという。コリン・ジェイはオフホワイトのカードに手書きのメモを添えて、出席すると連絡をくれた。とても厚くて美しいカードだったので、マンディはそれを栞《しおり》に使おうと思い、とっておいた。彼女は実際のところ人数をきちんと数えていなかった。そうしたことをしなければと考えるのは、上の世代の人たちだけだ。でも大きいほうのケーキを選んでおいてよかったと思った。パーティ当日の朝、二七本のバラの花を受け取りに行くことになっていたので、近所のパリーニさんから花を活けるクリスタルの花瓶を借りた。

　当日は雪が降ったが、午後も遅くなると陽が射してきた。排水溝が詰まっているせいで、雪が解けるとアパートの屋上から水が川のように氾濫し、キッチンのコンロの上にある天窓から水がぽたぽた漏れ出したが、マンディはいつも電子レンジを使っていて、ガスの火を使って料理をしたためしがなかったので、たいして問題にはならなかった。それがニューヨークにおける暮らし方だ。目の前の現実を受け入れて、臨機応変に対処するのだ。

　キャシーのボス、ジェーンに関しては、うまくいった。招待を撤回する方法を考えてみると言ってくれただけでなく、自分もパーティに招待してもらえるとうれしいと、ほのめかしてくれたのだ。この春キャシーが穿孔性虫垂炎で入院中、ジェーンは毎日お見舞いにきてくれた。キャシーは出エジプト記のようなこの苦難を乗り越えたころから、この元「どえらい女《ビッチ・オン・ホイールズ》」が大好きになっていたのだ。だからもちろんジェーンと、それから彼女の夫も、パーティに招待した。だがジェーンによれば、夫は金曜の夜コネティカットに行く用事があるので、翌朝駅まで彼女を迎えに来るという。そのほうがありがたい。人の夫に会うのは、初対面のデート《ブラインド・デート》のようなものだ。彼は退屈だったり、病的なぐらい自己中心的だったりするかもしれない。

　買ってきたナプキンの色はダークブルーで、ハッピー・バースデイと銀色の文字が書きこんである。いままで見た中でも、とびきり可愛いらしいナプキンだ。キャシーは皮肉屋のトラ猫ガーフィールドのようなタイプの女の子ではない。

NYU《ニューヨーク大学》でのキャシーのライティングの教授、クレリー・デイを招待するというのは、マークソンのアイデアだった。クレリーはメールで招待状の返事をくれたのだが、パーティ当日の朝になってから電話をかけてきて、他のみんなはプレゼントを持参することになっているのかね、と尋ねてきた。あたりまえじゃない！　教授はこの習慣から逃げようとしているのかしら？　でも、それから考えてみた。教授の世代では友人同士のプレゼント交換などしないのかもしれないと。「ちょっとしたものでいいんです」と、マンディは答えた。すると彼は、「ああ、それがいい。わたしもそうしようと思っていたんだ」と言った。

マンディはパーティ用にマイルス・デイヴィスのCDを二枚買っていて、それにアリシアがもっている日本のヒップホップと、キャシーの大好きなエヴァ・キャシディを組み合わせることにした。以上のまとめ。バラの花、音楽、フレシネのスパークリングワイン、祖母から遺言でもらったウォーターフォードのワイングラス六本と、ポタリーバーンで買った新しいグラスが六本。それから入眠剤のアンビエンのことがある。間違いなく誰かに何錠か盗まれるだろうから、瓶は隠しておくことにした。バスルームの洗面台の壁に、マグカップに挿して、スターチスを飾った。色鮮やかで、値段も安い花だ。マンディはバニラの香りがするキャンドルを三つ、全部使うつもりでいた。父親がクリスマスのころにニューヨークを訪れたとき、マンディのお気に入りの店で買ったチョコレートと、彼女が一〇代のころに夢中だったフランス製のキャンドルを、プレゼントにもってきてくれて（バニラの香りは最新の商品なのだと彼女に伝えたとき、父はうれしそうな顔をした）、それに調光用のスイッチを取りつけ、娘のために照明の微調整ができるようにしてくれたのだった。マンディは最初、暗めにして、それから少し明るくした。自分が病的なぐらい細かいところを気にしていることに、彼女ははっと思い至った。照明の調節は、みんなが着いてからやればいいのだ。

花瓶を借してもらうとき、パリーニさんは花瓶の底に、おはじきをいくつかネットに入れて渡してくれた。マンディはネットの袋を取り出して、掌にのせて眺めてみた。針がついている金属の台なら、自分でももっている。でもそれは、クリスタルの器に入れてもだいじょうぶだとは思えない。ネットの中のおはじきは、軽くも重くもなく、そのせいで、マンディはむかし飼っていたペットのハムスターの感覚を想い出した。ハムスターは亡くなる直前、マンディの掌で揺られていたのだ。またいつもの癖がはじまってしまう。時間をさかのぼっていくうちに、彼女は陰鬱になっていった。これはナイロンのネットに入っているおはじきだろうか、それとも生き物なのだろうか？　マンディは自分に尋ねた。そして花瓶に水をいっぱいになるまで入れた。

最初に到着したのは、クレリーと婚約者のモニックだった（人を連れてくるというのは聞いていなかった）。マンディは二人にどんな話をしたらいいのか、正直なところわからなかった。クレリーはツイードのジャケットをはおっていて、学者のように見えたが、実際のところも学者だった。彼の婚約者は英語をさほど理解していないようだったが、単に眉をひそめるタイプというだけのことかもしれない。モニックはクレリーより年上だった。五〇歳ぐらいだろうか？　それでも彼女は実にエレガントだった。なんとも言いようのない不思議な色合いのスエードのブーツ。髪も表現しようがないような魅力を醸し出していて、跳ねている小さな房が完ぺきな髪型をやわらげている。次にカーターとジェイクがやってきた。驚いたことにカーターはフランス語を流暢に話した。自己紹介をしたあとで、彼は夢中になってモニックと会話をはじめたが、マンディには話の中身がまったくわからなかった。ジェイクが花のことをなにやらしゃべっていた。もっと花に詳しくなっておくべきだったかしら、とマンディは思い、それから自分で困惑した。あまりにステレオタイプ的な発想に、自分でも照れくさくなったのだ。マンディの父親は花を愛していた。ヴァージニアにある自宅の庭園で、父はグラジオラスを育てている。次に姿を見せたのは、マークソンと彼の従兄弟だった。マークソンは紫のラインが入ったジャケットと、コーデュロイのシャツと、ジーンズを着ている。彼の冬場のお決まりの服装だ。他の人たちとちがって、マークソンは日曜日に教会に通っている。少なくとも、マンディの知るかぎりで教会に行くのは彼だけだ。トレイとティーナは元気そうだった。ポーラは――ポーラを招待するのを忘れてた！――トレイに見て見ぬふりをした。二人はまだ喧嘩していたのだ。トレイがポーラにギャラリーのオープニング・セレモニーで飲みすぎたことを厳しく咎《とが》めたせいだ。ポーラはキャシーのために、美しくラッピングを施した、テルテイルブルー色の箱を持ってきていた。

雪がへばりついてでもいるかのように、黒のロングコートの肩口をはたきながら、マクラファティが入ってきて、自然にトレイのほうに足が向いた。トレイはマンディが口元に指を立てる仕草を見て、ささやくような声で、やあ、と挨拶した。次にジェニーンがやってきた。「この服、かっこ悪くない？」と言いながら、ジェニーンはジャケットをベッドに放り投げた。彼女が古着屋で見つけた掘り出し物の、プリーツが入ったウールのニットスカートだ。膝下まであるので、ジェニーンの可愛いらしい脚の魅力が台無しになっていたが、いったい誰がそんなこと、友だちに言えるだろう？　マンディの後ろには、赤い巻き毛を髪どめで束ねたリーヴァが立っていた。ジーンズにやわらかい白のセーターを着て、箱をひとつ持参している。箱の中には暗闇で光る地球儀が入っているのだそうだ。「これって可愛くない？　キャシーの好みじゃないかしら？」と言いながら、ジェニーンがラッピングをしていない宝石箱に入れてもってきたプレゼントを、リーヴァとマンディに見せた。フェイクの真珠と明るい色の石がついている、セーターガードだ。キャシーがそれを使うことは、百万年経ってもありえないだろう。「完ぺきじゃない」とリーヴァが言った。

誰もかれもが浮かれ気分で、パーティの準備も整ったようだった。同じ日の夜、ここにいる全員の予定が空いていたなんて、そして誰も神経症的な理由で出席をキャンセルしなかったなんて、奇跡と言ってもいいだろう。トレイとティーナを招待するべきかどうか、マンディはあれこれ悩んだのだが、それは二人の性格をよく知っていたからで、二人は自分たちがみんなの中心にならないと楽しめない人たちなのだ。だけどいま、ここにいる二人を見て、マンディは招待してよかったと思った。ティーナとは一緒にキャンプに行って以来の友だちだ。あれは二人が一五歳のときのことだった。それぐらい小さいころから、ティーナは将来ニューヨークシティに住むのだと心に決めていた。ティーナはニューヨークをエキゾティックで少し怖いところだと思っていた。だがエキゾティックなものは、まさに危険な要素があるからこそ、刺激があると考えていたのだ。

キャシーのボスは太っていて、穏やかな口調で話す人だった。彼女は玄関から入ろうとして、フレシネのボトルを開けて縁までなみなみと注いだグラスを啜っているジェイクと、危くぶつかりかけた。マンディは玄関まで行って、あわてて買ってきた誕生日プレゼントを抱えて二度目の入場をしようとするマークソンの従兄弟のために、ドアを開けた。茶色の紙袋から先っぽが飛び出している、パイナップルのプレゼントだ。最後に到着したのは、トナカイのようにピカピカ光った赤鼻のエリザベスと、コリン・ジェイだ。コリンの視線はエリザベスに釘づけだったが、口ではトルストイについてなにやら独り言をつぶやいているようだった。

「ボスの奴め」とマクラファティが言った。「こんなことをしやがるとは、うすうすわかってたんだ。葬式に行かなくちゃいけないことにして、昼から休み《ティク・オフ》をとったら、あの卑怯者、自分はさっさと会社の飛行機で出発《ティク・オフ》して、ぼくには朝一番でコロラドに来いって、留守電にメッセージを残しやがった」

マークソンは自分のプレゼントをいじっていた。紙袋に詰めてある、ティッシュで包んだものだ。

「マーキー、わたしを捨ててからずいぶん楽しそうじゃない」と言いながら、ジェニーンがコートのポケットを手探りした。そして同じような口調でこう言った。「やだ、またマフラーを失くしちゃったわ」

六時五三分——四分——五分。キャシーの教授がみんなを黙らせるのに適任かもしれないと、マンディはふと思いついたので、クレリーのところに行って、みんなを静かにさせてもらえないかと頼んだ。クレリーがあまり乗り気でなさそうだったので、マークソンが静かにするようみんなのあいだを回ってくれた。マンディはクレリーがあまり好きではなかった。フランス女性が彼となにをしようというのか、まったく謎だったが、考えてみたら人生というものは、謎そのものなのだろう（ありがとう、パパ）。マンディは椅子の後ろに隠れるようリーヴァに提案して、あさましいことだが、彼女とマークソンの従兄弟がいちゃいちゃし出していたのをさえぎった。ポーラにはキッチンに行くよう仕草で伝え、他の人たちはベッドルームに移動してもらった。浮かれ気分の準備が整ったので、みんなくすくす笑っていた。「こんなにきれいなバラの花、どこで手に入れたの?」と息を殺してティーナが言う。マンディは店の名前を小声で伝え、ついでにバラの名前も教えた。「ミス・モーリーンっていうのよ」。ティーナがくすくす笑った。「どこかの女帝にちなんだ名前ね」

七時を五分まわった。キャシーはまだ来ていなかったが、みんな黙ったままだった。マンディは照明を調節し、腕時計を見た。アパートにいるみんなは自分と同じサイズなのだが、ほんの少し、小人の国のリリパット人に囲まれたガリヴァーのような気分になった。

七時二〇分、七時二五分。また小声の時間になった。キャシーは忘れてるんじゃないかと、誰かが疑い出した。七時三〇分。それはマナー違反の分かれ目だと、マンディの父親はいつも言っていた。まるまる三〇分遅れたら、マナー違反になるのだと。

アパートの隣りの部屋から、ゲイの男たちの口論が聞こえてきた。マンディは二人のうち年上のほうには好感をもっていたが、彼のパートナーは不愉快だった。二人の喧嘩の原因は、間違いなく、生活に刺激が欠けていることへの不満にある。彼らの不満とそれにたいする応答は、いつもお決まりのものだった。携帯が鳴ったので、ポーラが当惑しながら電源を切った。七時三三分。

八時になった。不安になる理由はあきらかにあった。ニューヨークで襲われた人はいない、などという事実はないのだ。マンディが電話をかけても、キャシーの留守番電話につながるだけだった。それで映画のキャメラが暴力シーンをパンで撮っている様子を想い起こした。キャメラが破壊的な場面を撮影している最中に、留守番電話の「ただいま電話に出ることができません」という、機械的なメッセージが流れているような感じなのだ。ウエストエンドにあるキャシーのアパートには、ドアマンがいることはいる。だがキャシー自身、最初にこの街に越してきたとき、ドアマンからヘロインを買うようなジョージア出身の女の子の部屋を間借りしていたのだ。

「申し訳ないが、わたしたちは急がなければならないんだ」と、聞こえよがしの声と無言劇の中間のような口調で、クレリーが言った。「明日、キャシーに電話しておくよ」。あら、それで済むことなの？　モニックが床を見つめた。自分の可愛らしいブーツをチェックしているようでもなかった。

「エレベーターでばったり会ってしまうかもしれないわ」とマンディが言った。

クレリーはこの意見を検討してからこう言った。「階段はあるかい？」

自分のことしか考えていない人だと、マンディは思った。だが彼女は、「あります」とだけ答えた。

一〇分後、ベッドルームに残っているのは数人だけになり、ポーラは携帯で静かに話をしていた。「腹ペコだよ」とジェイクが言った。「ランチを食べていないんだ」

キャシーの居場所をめぐって、みんながそれぞれ自分の説を展開したが、どれも推測にすぎなかった。

そのとき玄関のベルが鳴った。マンディは凍りついた。エリザベスが椅子の背後にひょいとかがんだ。それで呪文が解けたような感じだった。全員がどこかに散っていき、姿を消した。マクラファティの視線がベッドルームのほうに投げかけられたので、マンディは彼に、い、いますぐそこにいくようにと仕草で促した。だが彼はそうしないで、反対方向に移動した。

「マンディ？」とキャシーが呼んで、今度はベルを鳴らさずに、ドアを軽く叩いた。

「いま行くわ」とマンディが言った。

すべては一瞬のことだった。マンディがドアを開けると、キャシーがマクラファティと同じぐらいの背丈の男性と一緒に入ってきた。椅子の背もたれから自分のコートをつかみ、部屋をうろうろしていたマクラファティが、そのときバラの花瓶につまずいて、床に倒してしまった。ガラスが割れたせいで、なんだか拍子抜けしてしまったが、その直後、ベッドルームにいた人たちが外に出てきて、肩を叩き、口を大きくあけて笑いながらこう叫んだ。

「びっくりしたでしょ《サプライズ》！」

「なんでみんな、ここにいるのよ！」とキャシーが言った。

「ハッピー・バースデイ！」とリーヴァが言った。「ハッピー・バースデイ、可愛い子《スウィーティ》！」そう言いながら、ポーラが最初にキャシーを抱きしめた。

「どうしよう」とキャシーが言った。「信じられないわ。これって……わたしって、自分のパーティに遅刻しちゃったの？」

マクラファティは膝をついて、ガラスの破片を拾っていた。

「みんな、スティーヴンよ」とキャシーが言った。「わたしたち、もうすぐ結婚するの。だけどわたしたち……ううん、とにかく今日の午後はめちゃくちゃ大変だったの」。そう言って、横に立っておずおずと笑っているハンサムな男性の顔を見やった。

「ぼくたち婚約してるんです」と、スティーヴンがぼそぼそと言った。「まだ指輪は買ってないんですが」

「それってスゴイじゃない」とリーヴァが言った。

「まあ、ジェーン！　スティーヴン、ジェーンよ……ジェーンはわたしのボスなの。ねえ、ほんとに、こんなの信じられないわ」

　みんな笑っていたが、誰もかれもがとてもうれしいわけでもないのだろうと、マンディは思った。キャシーが遅刻したことは忘れましょう。彼女は婚約していて、みんなはしていないのだから。でも、このスティーヴンという人はなにを考えているのだろう？　突然アルコールの強いにおいがして、マンディはあとずさりした。スティーヴンはすでに足元がふらついていたのだ。キャシーが肘で彼を支えている。ガラスを拾っているマクラファティの姿がちらりと見えた。マクラファティだけがキャシーに挨拶していない。マンディが困惑しながらマクラファティのほうを見つめると、コートを片方の肩にかけてバスルームに急ぎ足で向かう彼の姿が見えた。キャシーとスティーヴンよりも、マクラファティのほうが間違っている。マンディはそうした奇妙な感覚を覚えた。

「シャンパンだ！」と双子のグリーンが言って、キッチンから飛び出してきた。

　みんな玄関に集まって、バースデイ・ガールに視線を向けていた。マンディは数歩後ろに下がり、スポンジとペーパータオルを一本まるごと手にしてこぼれたシャンパンの掃除をしようとしてくれているリーヴァに感謝の笑みを浮かべてから、バスルームに向かった。

「マクラファティ？」とマンディが呼んでも、返事はない。ノブをひねると、扉が開いた。マクラファティはバスタブのわきに腰をおろしていた。手から出血していて、小さくまるめて両足のあいだに置いてあるコートにも、血が飛び散っていた。

「こんなところでなにしてるの？」とマンディが言い、タオル掛けからゲスト用のタオルをとって、怪我をしているところに縛りつけた。それから同じぐらい素早く、締めつけた圧力をゆるめた。「ガラスが刺さってない？」とマンディは尋ねた。

「ぼくはクビになったんだ」とマクラファティが言った。「明日飛行機に乗らなくちゃいけないというのは、大嘘なんだ。株価操作にひっかかったんだよ。ぼくにツキがあるなら、損害分を請求されるだけで済むんだろうけど」。マクラファティが靴の先でジャケットを押しのけると、ビルゼリアンのラベルが見えた。「ぼくはきみの花瓶を割っちゃって、今度は自分のカシミアのくそコートまで台無しにした」と、マクラファティが言った。「まだ八百ドルもローンが残ってるのに」

マンディは少し暗い気分になった。みんな仕事上のキャリアがはじまったところだった。全員が昇進していた。知り合いの中で、解雇された人は誰もいなかった。

「たぶんぼくは、トウィンキー抗弁（被告はジャンクフードの食べすぎによる判断力障害があるために、減刑すべきだとする弁護人の主張）を使うこともできるだろう」と、マクラファティが言った。「精神科医が出す薬のせいで、どうも頭がぼんやりするんだけど、誰にも負けないような高揚した気分にもなっちゃうんだ。あらゆるものがおおいなる冗談だ、ってな感じでね。だけど、どっちにしても、ぼくはウサギの穴に落ちたんだから……」

最後まで言いおわらないうちに、マクラファティは立ち上がり、マンディにキスをした。


みんなが——泥酔して足元がふらついていたマークソンの従兄弟を含めて、みんなが帰ってから……カーターが財布をベッドルームの床に落としたかもしれないと言って、確認しに戻ってきたあとで（たしかに財布はそこに落ちていた）——マンディは音楽をとめて、一本のボトルに少しだけ残っていたシャンパンを飲み、霜《しも》が降りているバラのつぼみを親指で元のかたちに戻してから、ケーキを冷蔵庫にしまった。

マクラファティはキッチンの扉にもたれかかっていた。「食べ物にラップするのを忘れると、ぼくの親父はいつも激怒していたな」とマクラファティが言った。「乾燥してしまうというのが問題ではないんだとさ。親父の言葉で言う『せっかち』なのが、許せなかっただけなんだ」

「わたしっていま、批判されてるの？」とマンディが言った。

「どうしてそうなるんだよ。ぼくと親父を一緒にしないでくれ。親父のことを思い出していただけだ、それだけだよ」

マクラファティの言っていることが本当なのか試してみようと、マンディは冷蔵庫のドアを開け、アイシングを指にべったり塗りつけて、それを舐めてから、ドアを閉めた。そしてこう言った。「わたしの家ではね、家のものが切れないように気配りするのは母の役目だったの。父はトイレットペーパーがきれていても、自分が愛していたものの亡骸《なきがら》を見るような目をするだけ。芯をもってトイレを出て、それを母に見せるだけだったわ」

「お母さんはきみがいくつのときに亡くなったの？」

「一五よ」とマンディは自動的に答えた。それは厳密には正しくない。正確には、一四歳と六ヶ月のときのことだった。一五になったあの夏、マンディは嫌々ながらサマーキャンプに連れていかれたのだ。ティーナとの友情がなかったら、あのキャンプでの日々を乗り切ることなどできなかっただろう。家に帰ると祖父が越してきていて、家の手伝いをするために、一緒に暮らすことになっていた。祖父が母ほど生活用品の補充に注意を払っていないことに、マンディはすぐに気がついたのだった。

「きっととてもつらい経験だったんだろうね」とマクラファティが言った。「つらいはずだよ。きみはたしか、一人っ子だよね？」

「だから余計につらいとでも思ってるの？」

「そうだね、うん。ぼくが言いたいのは、きみのことはよくわからないけど、ぼくには兄貴がいて、家族の関心をたいがい集めてくれたから、ぼくはいつも気が楽だったんだ。もっと近くから親父に見張られるなんて、ぼくだったらまっぴらごめんと思っただけだよ」

「お兄さんはなにしてるの？」

「ありとあらゆること。シアトルにあるＮＰＯの代表さ。奥さんもいる。赤ん坊もいる」

「赤ちゃんの名前は？」

「名前だって？　おもしろい質問だ。あの人たちは赤ん坊に名前をつけてないんだ。奥さんのほうはアジア人の名前をつけたいし、兄貴は親父にちなんでウィリアムと呼びたいらしい」

二人で話をしているあいだ、次に起きること次第で、おそらく自分の今後の人生が変わるかどうかが決まるのだろうと、ずっとマンディは思っていた。それにしてもマクラファティはなにがしたいのだろう？　いつまでも自分の家族の話をするなんて。

「キスのことはなにも言わないつもり？」とマンディがいった。

「きみにキスしたい衝動に駆られたんだ」

「あら。あなたは政治屋で、わたしは誰かの赤ちゃん、ということね」

マクラファティはフンと鼻を鳴らした。

「あるいはあなたがミスター・マグー（漫画やアニメで有名な、コミカルなキャラクター。大富豪であり人格も高潔かつ温厚だが、視力が悪いせいでトラブルばかり起こしている老人）で、わたしは金魚鉢ってところかしら？」

マクラファティはマンディのほうを見つめた。

マンディは息を深く吸いこんで、もう一度頑張ってみた。「わたしがテレビドラマの『ザ・ソプラノズ』に出てくる精神科医だったら、『この薬を飲んだ感じはいかがですか？』って質問するでしょうね」

マクラファティはこう言った。「ぼくがトニー・ソプラノだったら、去年のいまごろきみにキスしてたよ」

バスルームから出ると、マクラファティはそのままコートハンガーのところに行き、マンディのコートを取って、それから自分のしわくちゃになったコートを伸ばしながらはおり、「歩くか?」と言った。

マンディはマクラファティのポケットからマフラーを引っ張り出して、尋ねもしないで自分の首にゆったりと巻き、先に立って玄関に向かった。建物の廊下を歩きながら、さっとふり返ってマクラファティに無理やりもう一度キスさせてみようかと思ったが、そんな必要があるのかとも思った。二人が乗ったエレベーターは、洗剤とポップコーンのにおいがした。ロビーを通り抜けるとき、マクラファティが出口の扉をマンディのために開けてくれた。ブロックの端まで二人で歩いていった。ネズミが二匹、ごみ捨て場の缶に飛びこむのがマンディには見えた。きっとマクラファティにも見えただろう。

「ぼくにツキがあるなら、親父がドイツから戻ってくるまでには別の仕事が見つかるんだろうな」とマクラファティが言った。

二人は黙って歩いた。タクシーが一台スピードを落としたが、二人とも歩く速度をゆるめなかったので、またスピードを上げて走り去った。

「驚くほどよく効く薬《ワンダー・ドラッグ》のもうひとつの副作用のせいでね、ぼくは勃《た》たないんだ」とマクラファティが言った。「もしかしたらジェニーンから聞いてるかもしれないけど」

マクラファティとジェニーンですって？　マンディにはなんのことだか訳がわからなかった。そしてこう言った。「わたし、過剰反応はしたくないの。『日はまた昇る』じゃあるまいし。医者に行って薬を変えてもらったらいいだけじゃない」

マクラファティはマンディを見つめた。「なあ」と彼がいった。「思いつきでいま話をでっちあげているように聞こえるかもしれないけど、きみに電話をして、ぼくのことを助けたいと思ってくれているのか、たしかめたいと思ったことが何度かあるんだ。だけどそんなふうに思っていたようには見えないだろうね」

四四丁目を歩いていると、アルゴンキンホテルがあり、マクラファティが一杯飲もうと提案したので、二人は風を避けて建物の中に入った。マンディはホテルのロビーが見えると、いままでに感じたことがないぐらい幸福な気分になった。

ホテルの中に入ると、「急いでくれよ」、頭の禿げたタキシード姿の男が、忙しげにそう声をかけてきた。「早く来いよ、でないと見逃してしまうぞ！」

誰と勘違いされたのかはわからないが、いずれにせよ二人は男が思いこんでいる相手ではなかった。マクラファティはマンディの肩に腕をまわして抱き寄せた。「どうするつもりだろうね。勘違いに気がついたら、ぼくらを放り出すのかな？」そう言ってマンディをエスコートしながら歩いた。たまたまタキシードを着た人間の姿をしている、不思議の国にアリスをいざなうシロウサギが、急いで先を歩きながら、空中に手を上げて、ふり返ってこう叫んだ。「遅刻だぞ！」

ロビーから離れたところにある部屋の入口で、タキシードの男は急停止した。マンディは男の顔をじっと見つめて、勘違いに気がつく機会を十二分に与えたが、相手は自分の顔をほとんど見ていなかった。あとになって、わたしたちは命令に従っていただけだと言うだろうと、マンディは思った。父が世界で一番下手くそだといつも言っていた言い訳だ。三人で部屋に入ると、マンディとマクラファティは男が仕草で示した席についた。ここにいるパーティの主催者は、ゲストにじわじわと不安を抱かせる人だ。ここにいる誰かさんは、あまりに物事を決めてかかる、あまりに……必死になっている人だ。必死になるというのは最悪だ。マンディはいつもそう思っていた。心を見透かされてしまうから。

小さなキャンドルがちらちら燃えている他のテーブルに、何人かすわっている人がいたが、部屋はほとんど空っぽだった。急いでいたにもかかわらず、マクラファティが忘れずに椅子を引いてくれたことに気がついて、マンディはうれしかった。

ものすごくエレガントなタキシードを着たピアニストが、二人に軽く笑いかけた。彼は歌手を照らすスポットライトが当たらない場所にすわっていた。歌手は腰をおろし、歌いはじめるところだった。ちらちら光る青緑色のガウンを着ていて、脚を斜めに組んでいる。彼女はマンディご自慢のものより百万倍も美しい靴を履いていた。ほっそりとして、先端に金色の装飾が施されたハイヒールだ。一〇センチはあるにちがいない。彼女の優雅なくるぶしが、いっそう際立って見える。お辞儀をしてうつむいていたので、女性の表情は見づらかったが、ようやく顔を上げたとき、こんなにもすっきりとした、慈悲深げな顔立ちを見て、マンディははっと息をのんだ。やがてソプラノの透きとおった歌声が高音に達すると、歌い手は聖歌隊の少年のように目を細めながら唇を震わせた。淡緑色のゴッサマーのスカーフが、片方の肩にゆったりとかかっていて、どこか見えないところから吹いてくるそよ風に揺れている。女性が髪どめに手を触れたとき、はじめてマンディはその手がかすかに震えているのに気がついた。先の尖ったつま先の片方を、演奏のビートにぶつけるように、ときおり動かしている。「いつも二人で」、ピアニストが歌手に静かにそう言ったが、女性はリクエストを受けつけていないようだった。彼女はただ、エレガントな指を軽くたてて、おどけるようにそれを左右にふる。目に見えないワイヤーの上を渡る綱渡り師が、最初の一歩を踏み出すときと同じぐらい、自信に満ちた様子だった。

必死になって二人を案内した男は独りですわっていて、何重にも重ねたコートが隣りの椅子に積んであった。小さなテーブルの上には空っぽのシャンパングラスがふたつ置いてあり、キャンドルは消えたのか、あるいは誰かが消したのか、燃えていない。テーブルは散らかっていて、平らげられた空《から》のお皿と、灰皿、ランの花が挿してある花瓶、それに女物の毛皮の帽子と、この男の耳あてがついたグレーのラムズウール帽が置いてある。周囲を観察するのに夢中になっていたマンディは、肩にマクラファティの指を感じて、びっくりして飛び上がったが、マクラファティはコートを脱ぐのを手伝おうとしただけだった。急いで部屋に入ったせいで、二人ともコートを脱いでいなかったのだ。マンディがすわった姿勢のまま、やっとのことでコートを脱いでも、マクラファティは着たままで、テーブルの上で両手をしっかり握り、全神経を歌手の女性に集中させていた。歌手が歌いおえると、ぱらぱらと、さざ波のようにていねいな拍手が起きる。女性は誰の顔も見ないでうなずいて、それから次の曲を歌い出す前に、自分を落ち着けようと一瞬間《ま》をおいた。マンディはほんの少し、こっそりスパイ行為をしているような気分になった。舞台装置と薄暗い照明とが、とても親密な感じを醸し出していたからだった。

マクラファティが顔の向きを変えたので、マンディには彼の横顔が見えた。あごの下でかすかに脈のうつ動きが見える。歌手が二曲目を歌い出したときも、マンディはそこから目を離さずにいた。曲の途中でマンディがほんの少し身体を前にかがめると、マクラファティは歌手を見つめているのではなく、頭の禿げた男を見ていることがわかった。「カサンドラ・スティーヴンズ！」という叫び声。歌手が息を継がずに声をふりしぼって歌った最後の旋律が消えてから、わずか〇・五秒後に、この男がタイミングを計ってそう叫んだのだった。彼の声は崇敬の念に満ちていた。

そのときすべてが変化した。扉をノックされるのと同じような不意打ちだった。ヘリンボーンのジャケットを着た一人の若い男が、マンディの椅子に通りすがりに衝突して、彼女にぶつかってから、そのまま照明の海のただなかにいる歌手めがけて突進したのだ。男のエネルギーはすさまじく、スツールの上でじっとしていた歌手に飛びかかって抱え上げた。そのとき歌手のドレスの布地がさらさらと音を立てた。それから男は女性を別の男に渡した。最初に二人をせかして部屋に招き入れた、先ほどのタキシードの男だ。彼は両腕を広げて椅子から跳び上がった。だが部屋にいた人たちは、じっと見つめることをせず、視線を逸らした。あるいは別のところを見ているふりをした。それから二人の男女は姿を消した。歌手のドレスのスパンコールが、熱帯地方で太陽が水平線の下に沈む際にまれに見えるという、緑の閃光のようだった。

不意にマクラファティに太腿をぎゅっとつかまれたので、マンディはびくっとした。包帯を巻いた手を口元に押しつけながら、マクラファティは歌手の残像をじっと見つめていた。マンディはこう言いたい衝動と戦わなければいけなかった。もう帰りましょうよ、わたしのベッドで眠りましょう、なにも求めたりしないから、キスも望んだりなんかしないから。だがそういう代わりに、彼女は自分がこう言うのが聞こえた。「あの人が勘違いに気づかないうちに、いま出て行ったほうがいいと思わない?」

マクラファティは困惑したような顔をした。花瓶にぶつかったときと同じ顔つきをしている。自分自身、いましていることも、どうして一瞬のうちにこんなことになってしまったのかも、想像がつかないとでもいうような表情だ。それから、「あれは勘違いじゃなかったんだ」と言った。

「あの男は、このパフォーマンスのために観客が必要だったんだよ」

「いま出ていくのは失礼にあたるかしら?」と、マンディはしつこく言った。

マクラファティがまったく訳がわからないという顔をして、自分のほうを見たので、マンディはいらいらした。

「タクシーで帰る」マンディはとっさに言った。「あなたは残ったらいいわ」

マクラファティがすぐに立ち上がった。「ぼくをどういう男だと思ってるんだ？」

ピアニストは二人のやり取りに気づいていなかったのだが、突然煙草を押しつぶし、二人の方向に顔を向けた。細い煙が灰皿から漂っている。男は「次のセッションで、彼女が『いつも二人で』を歌うよ」と言った。

マクラファティはふたたび椅子に深く腰かけた。それからマンディのほうを見たが、なにも言葉をかけなかった。だがマンディの耳の中では、声が反響していた。二人が黙っているあいだ、クリスマスの季節に父親に訊かれたときの声を思い出していたのだ。「おまえはどうしてこんなところに住みたいんだ？　どうしてヴァージニアに戻ってこないんだ？　ヴァージニアにも都会はいろいろあるぞ。リッチモンドは立派な都会だ」。それは祖父が死の床に横たわっているとき、調光器のスイッチを取りつけてくれた日に、父が口にした言葉だった。

アパートに戻っても、マンディは散らかっているものを片づけなかったが、誰かが拾い集めて、ミキサーに水を入れて挿してくれていたバラの花は、ベッドルームに運んだ。そしてそれをナイトテーブルの上に置いた。花の香りがすっかり消えていたのでがっかりした。服を脱いで、男物の寝巻き用のシャツに着替えてから、留守番電話をたしかめてみた。メッセージがひとつ録音されている。再生ボタンを押しながら、マクラファティからの伝言かとも思った。いま帰る途中だとか、あるいはそうでなくとも、愛している、といったメッセージではないだろうか、と。

「ほんとのことを言わないと、今夜は眠れないの」。キャシーの声だった。「だけど、なにより、今日のパーティはいままでで一番素敵なものだった。ほんとにそうよ。わたし、ほんとに、ほんとに、ありがとうって思ってる。実はね、階段でクレリーにばったり会ったの。わたしの婚約者はね、まあ彼が誰だかはどうでもいいけど、いつも階段を使わないと気が済まない人なのよ。で、階段でばったり会っちゃって、クレリーがうっかりしゃべってしまったってわけ。自分がきみのためにパーティに来ることを予想してただろう、とかなんとか言って！　わたし、絶対にそんなこと思ってもみなかったわ。だけどまあ、それはどうでもいいの。わたしが言いたいのはね、今日のパーティは、わたしのために誰かがしてくれたことの中で、一番思いやりのこもったものだったということよ。たとえサプライズだったとしても、あんなに素敵なパーティにはなってないと思う。ほんとにそうよ、マンディ。今日のことは絶対に忘れないわ」

　マンディは消去ボタンを押して、ベッドの中にもぐりこみ、窓の外に立っている、電線がショートしたせいでちらちら光っている街灯を見つめた。

　眠れない夜、あなたならどうする？　もちろん羊を数えるわよね。言うまでもないことだけど、それは静かな羊でなければいけないでしょう。でも今晩の羊は、ジングルベルのように鈴がシャンシャン鳴っている、可愛いらしい首飾りをつけたペットのような感じだった。鈴《ベル》は短調のメロディを奏でている。ホテルに残っていたら、そこでマンディが聴いていたピアノ演奏と同じようなメロディだったのかもしれない。マンディは寝返りをうち、枕の下に片腕を滑りこませた。眠るときのお気に入りの姿勢だ。シーツは洗濯したてだったので、刈ったばかりの干草のようなにおいがした。シーツの質素なにおいが、マンディの想いをヴァージニアへと運んでゆく。広大な緑の草原に立っている自分の姿が見える。そこに羊は見あたらないが、祖父が視線を下に落として、なにか作業にいそしんでいる。大切なものの世話をしているところに違いないと、夢うつつにマンディは想った。

解説

宝石箱にしまってある、かつての大切な思い出がある。つらいときも、うれしいときも、箱のふたを開けさえすれば、あのとき目を輝かせて空想に浸った物語が、いつでもどこでも蘇る。そうして現在の空白を、わたしたちは記憶の中の物語によって埋めてゆく。文学とは、そうした営みのためにもある。

アン・ビーティ（一九四七〜　）は、知的なウィットとペーソスを基底にした作品を紡ぐ現代作家である。一九七〇年代半ばというポストモダニズム文学全盛の時代に登場したが、省略と断片を特徴としたいわゆる「ミニマリズム」系の作家として、レイモンド・カーヴァーやフレデリック・バーセルミなどと同じグループに分類される傾向にある。だがそれでも、分類は分類でしかなく、たとえば西海岸の不毛の地における不毛の生を優しく描く「カーヴァー・カントリー」とはずいぶん異なった作風にあろう。ビーティの世界では、アッパーミドルの若い女性たちが、ときに残酷に、ときに軽やかに、男たちの視線をひきつけながら、都市をしなやかに闊歩する。だが心の中では、男の残酷に傷つき、男に視線をひきつけられ、女同士の嫉妬と友情、劣等感を、混在したかたちで抱えている。そうした人と人との関係性そのものを主題にすることが多い作家である。大人になっても少女のころの新鮮な驚きの感性を生きる女性を中心に、大都市でのポピュラーカルチャーの最新情報をちりばめつつ、喪われたものへのノスタルジーを硬質な文体で描くのに長けた人だ。一九六〇年代の特徴をなすヒッピーやベビーブーマーたちが、その後に抱く幻滅感、虚無感を、非感傷的なスタイルでさらりと綴るその作風から、「ウッドストック世代」の代弁者と呼ばれたり、時代の記録者と呼ばれたりもする。

ビーティの物語はエンディングが曖昧で、読み手の感受性に委ねられることが多く、好みの分かれるところでもあろう。たとえばアメリカの小説家かつ批評家ジョン・ガードナーのように、小説とは道徳の向上に貢献すべきであるとして、困難を解決するために犠牲を払うこともないビーティ的世界を批判する向きもある。だが、首尾一貫した世界観が成立しにくい今日において、それはひとつの誠実さの在りようでもある。ときに人生にはどうしようもないアイロニーがあるのだし、たやすく解決することのできぬ苦しみもあるのだから。受身のなかで、耐えて眠るしかないこともあるのだから。だからこそ、それらを描くビーティの世界は、ひとつのリアリズムなのだろう。

「大切にする」は、もろく繊細な、だけどしなやかな感性をもつ女性マンディの視点で描かれた、サプライズ・パーティをめぐる物語だ。さまざまに偶然が積み重なって、流れるように過去を追憶し、喪われた人間関係の記憶を想起する、二〇代後半の女性の心を浮き彫りにする。ビーティはアウトラインをきっちりと練りあげた上で作品を書くことはないと公言しているが、それは作者自身が驚きを求めるからだという。それでも「大切にする」の作品構造は、かなり緻密に計算されたものだろう。ふたつの勘違い（マンディの失恋と、タキシード男のパーティへの誘い）、ふたつのサプライズ・パーティ、都市と田舎、北部と南部というふたつの地域（ニューヨークとヴァージニア）、ふたつの世話（パーティと植物）というように、数多くのコントラストが浮かびあがる。そしてそこに、女と男がそれぞれ重ねあわされもする。大切なものとは友情であり、恋愛であるというだけでなく、母と祖父の記憶であり、故郷の父への想いでもある。だからこそ、これをジョン・デンバー的な望郷物語であると呼んでもよい。大都市の淡白にアンビヴァレントな愛着を抱くからこそ、テイク・ミー・ホームと唄うノスタルジーの感性が成立するのだ。故郷とは、遠く離れたときにこそ、はじめて故郷と認識されるものなのだから。

「大切にする」の中で比喩としてもちだされる、ガリヴァーにせよアリスにせよ、それらはかつて目をぱちくりさせて夢中になった、思い出の物語である。宝石箱にしまわれた、少女の驚きの感性といたずら心は、ときに箱から取り出される。かつて大切にしていたものが、まだきちんと箱の中にあることを確認するために。キャシーのためのサプライズ・パーティは、そうした宝物を蘇らせるためのものであろう。あるいは新たに宝物を見つけ出そうとする営みなのだろう。

ちなみにスターチスの花言葉は、「永遠に変わらない」、「いたずら心」であり、ピンクのバラは「恋の誓い」であるという。

ビーティはこれまでに、九作の短編小説集と七作の長編小説を発表している。この「大切にする」は短編集『愚かなこと』に収録されている。邦訳が出版されている主な作品に、『燃える家――ほか15の短篇』『あなたが私を見つける所』『ウィルの肖像』などがある。

二人の聖職者

リチャード・ボーシュ
本城誠二　訳・解説

新任の地にやってきたラッセル神父は、年老いた地元の名物牧師ターミジャンが気になって仕方ない。ラッセルにとって、すべてを冗談でとらえ、淡々と日々の仕事に励むこの老牧師は不可解そのものだったが……。

ターミジャン牧師は体の具合がよくないように見えた。そのことは顔に表われていた——頬がこけ、肌が青白かった。目には光がなく、いつも乾いた重苦しい咳をして、体重もずいぶんと減ったようだ。にもかかわらず十月の晴れた風の吹く日に、教会の正面の広い芝生で落ち葉の掃除をしていた。ラッセル神父は書斎の窓からその姿を見ながら考える。自分が出ていって何も言わないにしても、今朝もまた——このところいつもそうなのだが——そんなところで落ち葉を掃いている七二才のターミジャンのことを心配して過ごすことになりそうだ。ラッセル神父は老人に話しかけようとこの数週間のあいだ考えていた。しかしどう切り出したものだろうか。地元ポイント・ロイヤルの名士であるターミジャンはそこの教会で三〇年以上も牧師をしていた。フェイス・バプティスト派に属するこの教会はタラウォー川の向こう側、百メートルのところにある。ターミジャンは「教会付属」牧師と自称している、腰が曲がり、目のしょぼしょぼした、弱々しい人物だった。明るいところでは、頭皮のしみが見えるふわふわとした金髪で、頬にはえくぼができた。自分の顔は赤ちゃんのまるいお尻と道化師の目でできているとしょっちゅう冗談を言っていた。自分のえくぼに触って、笑いながらそんなことを言う。何でも冗談にしてしまう——健康な老人にとってさえきつい仕事をしている自分自身のことまで。

ターミジャンより三〇歳も若いというのに、健康についてあれこれ考えすぎるラッセル神父は、この老人を骨の折れる仕事にかり立てているものはいったい何だろうかと考えた。秋風の吹くなか毎朝落ち葉を掃き、はしごにのぼっては雨どいの掃除をする。また日曜ならいつでも簡単に引き受けてくれる（ついでに妻のお墓にちょっとしたお祈りをするとしても、喜んで一緒にお参りしてくれる）信者が数多くいるにもかかわらず、先週も根おおいの土を入れた袋を持って道路を横切り、丘をのぼって妻が眠る小さな墓地まで運んだ。妻が亡くなってから二〇年がたち、牧師は地元の人々に尊敬されていた。しかし、何かがこの男をかり立てている。そのうえ、素晴らしい秘密を隠しもっているような、高揚と言ってもいいような、楽しげで上機嫌な雰囲気が彼にはあった。

尊敬されているのにそれを利用しないのはおかしい。ラッセル神父は今日もターミジャンが落ち葉を掃除しているのを見て、そのことについて話すことにした。ターミジャンに健康の問題をもちだして、自分の思っていることを言おう。自分が勝手に思っていることはわかっていたし、しかもうまく伝わらないかも知れない。それでもひょっとしたらうまくいくかも知れないというささやかな興奮を感じながら、上着をはおって教会を出た。年上でもあり、あまりつきあいたい相手でもなかったけれども、話してみるいいチャンスだ。

ターミジャンの教会はタラウォー川にかかる石橋をわたった長い坂の上にあった。歩いて行くには今日のような涼しい日でもひと苦労だった。空気は青く澄んで、ところどころに日かげがあり、風がやむと川に小さな霧が立つ。ターミジャン牧師は作業をやめて熊手に寄りかかり、ラッセル神父が橋をわたってやってくるのを見ていた。

「ちょうどコーヒーの時間にきましたね」

「できれば紅茶だとありがたいのですが」ラッセル神父は、歩いてきたので少し息を切らせながら言った。

「苦しそうですね」とターミジャン。

「あなたこそお顔がまっ青ですよ」

実際ターミジャンの顔は蒼白だった。傷のような吹き出ものも二つできている。きっと血管が詰まりかけているんだろう。ラッセル神父はまわりの木々を指さした。まだ生き生きとしているが同時に、残っている葉が落ちかけている。それは老人が自分に課した無意味な労苦の証のようであった。

「全部落ちてしまってからなさっては?」とラッセル神父が尋ねた。

「たしかに、海の水をスプーンですくっているようなものですね」ターミジャンは熊手を置き、相手についてくるよう促した。彼らは裏口からきちんと片付いた台所に入る。ラッセル神父は老人があわただしくお茶の用意に動き回るのをじっと見ていた。準備ができると二人は書斎に行き、本のあいだにすわって話をする。本に囲まれたこの部屋で毎日ひとときを過ごすのが習慣だったが、ひどい風邪のせいで、最近は何もかもがうまくいかない。昔からの気に入った習慣を守るのはむずかしいと老人は言う。疲れきって具合が悪かったが、それは単なる夏風邪のせいだと考えた。ところがラッセル神父は老人の体重が減って咳をしているのをずっと見てきた。老人も最近食欲がなくなっていると言っていた。

「何もかもがうまくいかないのですよ」老人は言う。「やる気もなぜかなくなってしまって。体重も減ってしまったんですが、風邪が治れば……」

「医学は進歩しているんですよ」神父は皮肉っぽく言った。「立派な医療器具を備えた診察室を持つ医者はいくらでもいます。医学は洗練されていると言ってもいい段階にきているんです。風邪の薬だって手に入りますし」

「大丈夫です。ご心配には及びません」

ラッセル神父は前にもこんなことを言われたことがあった。実際、似たようなことは毎日といってもいいくらい起きていたから、彼の心理についてはよくわかっていた。だが老人の言葉がラッセル神父の心の奥にちょっとした怒りをひきおこし、混乱させられたのには驚いた。老人が自分自身に無頓着でいることを楽しんでいるのが、ラッセル神父に対する侮辱であるかのように思えたのだ。

しかし、老人が体に悪いことをしていると告げることはできない。それは言えなかった。そこで彼はお茶を飲みながら、気楽にするのが一番だとわかってもらう方法を考えた。ターミジャンの話すエピソード以外に話題はあまりなかった。二人は格別親しい間柄でもない。ラッセル神父がボストンからこの教区に来たのはほんの一年前のことだった。このヴァージニアの小さな町への赴任は彼にしてみれば突然の左遷としか思えなかった。帽子から切符を取り出すようなこの唐突な任命は不愉快きわまりないものだった。隣に住むなれなれしい年配の聖職者のことを、自分の好みからすると南部的すぎるとすぐに感じた。もちろんターミジャンが幅広い経験をもち、海外でも布教活動に従事し、素朴とも言える至福の恩寵を体得しているのはあきらかだった。だからはじめのうちは傷つくことを恐れて彼をさけていたけれど、ついには新しい場所で、なんとか我慢して受け入れざるをえない存在として認めることにした。しかも彼がある種の魅力をもち、楽しい寛大な人物でもあることもわかった。そのうえ老人が神父の居間で自分自身をジョークにすることが最上の喜びであるかのように、小さな橋をわたって訪ねてくるのを見てかすかな喜びを感じおどろくこともあった。

しかしいまや問題は、ジョークもふくめてターミジャンに関するすべてが、何か恐ろしい色合いを帯びてきたことにある。神父は老人の身に起きていることを恐れた。ラッセル神父は相手が咳をしていながらそれに関する助言や関心をかわすかのように片手を上げるのを見ていた。咳がひどくて、息をするのにあえいでいる。咳ばらいをしてお茶をすする。目のまわりはぞっとするほど白いが、それでも微笑みながら、言う。「面白い話があるんですよ、ラッセル師。信者の夫婦が、名前はもちろん言えませんが、昨日の午後わたしのところに来て離婚をしたいと言うんです。結婚してどのくらいになると思います？　五二年も夫婦でいながら相手に我慢できない。つまり同じ部屋にいることが耐えられないと言っているんですよ」

そんなつもりはなかったのに、老人がまた自分を「師」と呼んだにもかかわらず、ラッセル神父は興味をそそられた。これはターミジャンのまた別の物語であり、ジョークであった。しかし神父は話題を変えたいと感じた。「その咳ですが」

ターミジャンは何か数字か日付を話題にしたかというような顔で相手を見た。

「医者に診てもらったほうがいいですよ」

「単なる風邪ですよ」

「お節介をするつもりはないのですが」と神父。

「わかっています。ところで五二年も暮らしていて一緒の部屋にいられない夫婦をどう思われます？」

「信じがたいと言うよりありません」と神父は言う。

「でも本当なんですよ。わたしは彼らに何と言ったと思います？　少し話し合いましょうと言ったんです。カウンセリングというやつですな」

ラッセル神父は黙っていた。

「もちろん」ターミジャンは言う。「わたしたちは離婚を認めています。イギリスの王様がそれを望んで自分で教会を始めたのはいいこととは思えませんが。ま、それはもちろんずいぶんと昔のことですし。わたしたちは離婚が必要と思えるときは認めています」

「知っています」ラッセル神父は相手の方が上手だと感じた。

「いいですか、どちらかが別の相手に心を寄せているということではないのです——誰かに夢中になるというような色恋沙汰ではないいんですよ」

神父は相手が続けるのを待った。

「ちょっとばかり馬鹿げていますよね」ターミジャンは微笑み、お茶をすすった。そしてカップを置くと、椅子に寄りかかり、首のうしろで手を組んだ。「五二年もの結婚生活の後で、それを解消しようとする。どうお思いになります？　あの二人をあなたのところに行かせましょうか？」

神父はむっとした様子をかくすことができなかった。「何と言ったらいいかわかりませんよ」

「でも、お互いに愛し合うようにアドバイスすることはできますよね。愛は人生において重要だとか、そんな助言はできるでしょう。わたしは実際そう言ったのですが」

ラッセル神父は口ごもった。「ええ、そんなことぐらいしか言えないでしょうね」

ターミジャンがまた微笑んだ。「意見が一致しましたね」

「彼らはどう言っているんです？」

「考えてみると言っています。実際のところ、少し考える時間が必要だと思うんです」ターミジャンは笑いながら咳をした。それから今度は咳だけが出た。

「ひどい咳ですね」ラッセル神父はむなしさと恐れと深い苛立ちを覚えた。言葉が機械的に出てきたようにも思えた。

「彼らが今度やってきたらわたしが何て言うと思います？」

ラッセル神父は待った。

「我慢して一緒にいなさいと言おうと思うんです」ターミジャンは相手を見て微笑んだ。「こんな馬鹿げた話を聞いたことがあります？」

ラッセル神父は手をふった。相手がそれを同意と受け取ってくれることを期待しながら。

ターミジャンは続ける。「たぶんそれでいいんでしょうね。そうすべきなんだと思います。でも五二年も一緒にいる夫婦にそんな馬鹿げたアドバイスしか思いつかないとはね。つまり我慢するなんて解決方法がいつまで通用するでしょうかね？」

ラッセル神父は肩をすくめ、ターミジャンは微笑んで、相手の反応を待った。

「滑稽ですね」とラッセル神父。

老人はまた咳をした。

はじめからターミジャンの言動は神父をいらいらさせた。ラッセル神父はある種のがさつさには耐えられないタイプの人間だった。何気ない会話にも理解できないことがあった。しかし何ヶ月かのつきあいで、ターミジャンが何か苦い思いを抱いているのではと思われることが何度かあった。彼の自嘲的なジョークはその思いを解放するものではなく、もしかしたらそれに対する反発ではないかと思えた。

ラッセル神父はお茶をすすり、窓の外を眺めた。枯れ葉が風に舞っている。通りはどんよりした影におおわれていて、その影が移っていく。丘の向こうには家々があるはずだが、ここからはすべてが荒野のように見える。

「その気の毒な夫婦の不満とは何だとお思いですか?」ターミジャンは、落ち着きを取り戻して、聞いた。「同じテレビ番組を見たくないというものなのですよ。そんなことって信じられます?」

「いいですか」神父は相手の話に答えない。「わたしは書斎からあなたの姿を拝見していますが、あなたは、休養なさらないと。その咳の原因が何なのか医者に診てもらうべきです」

ターミジャンはこれをしりぞける。「わたしはきわめて健康です。本当に」

「もちろん、単なる風邪ならいいのですがね」ラッセル神父は他に言うべきことを思いつかず、あきらめた。

「考えすぎですよ。目の下にくまができていますよ」とターミジャン。

本当のこと

長い夜に、ラッセル神父はロザリオを指にからめながら横になって祈ろうとしていた。ずっと信じこんでいた考えを放棄しようとしていた。それはすべての体の動きは何らかの徴候を意味するものであり、どんな変化も病気を予兆しているというものだった。実はそんな徴候や変化のすべてが彼に起きているように思えた。それを想像すると気が萎えて、身体も心も弱ってしまった。昔からの健康に対する病的ともいえる不安がさらに悪化し、日中で勇気を使いきってしまうように感じ始めていた。しばしば自分がひそかに抱いている最悪の恐怖をターミジャンが体現しているように思えた。司祭補として経験した最初の夏の美しい晴れた朝を思い出した。二七歳でまだ若々しく、未来はゆっくりとした時の流れの中にあった。しかしそんな風に考えるのは健康的とは言えない。そんな考え方をするのは自分が中年になったからだとわかっていた。そんな不毛な悩みには抵抗しなくてはいけない。しかし、途切れがちな眠りから毎朝ぼおっとして目覚めると、隣の教会では年老いた牧師が外に出て、きわめて健康であるかのように、面倒な仕事に精を出しているのが見える。その光景は年下の男をほとほとうんざりさせるものであった。

金曜日にラッセル神父は、転倒して腰骨を折った年配の信者の求めに応じてセント・シーリア病院へ出かけた。病院にいると看護師がやってきて、救急治療室の男性に終油の秘蹟をとりおこなってほしいと言う。彼は看護師のあとをついて廊下を通り一階に降りる。看護師が言うには、男性は心臓発作を起こし、もう見込みがないとのことだった。彼女はほとんど事務的な口調で話していたが、ラッセル神父は彼女の耳のデリケートな曲線を見ながら、デザインについて考えていた。もちろん、こんな厳粛な時には奇妙なことであったが、考えつづけた。血管の浮いた耳たぶの複雑な形を見つめながら、そのことに集中しようとした。司祭になった頃、病気や死と対面せざるをえない時に、他のことに気をむけようとしたことがあった。永遠とか救済とか運命といった問題とは無関係な、無意味だけれど健全なものに注意をむけようとした。それは日々の恐怖のあまりにもはっきりとした記憶から自分を守るためにずっとしてきたことだった。そうした記憶は恐怖と絶望の風のように夜ごと彼の体を吹きぬけるイメージとして現れた。そして長年のあいだその日々の恐怖が彼に影響を与えてきたとしたら、いまは決定的な段階にあるようだ。人でごった返している救急病棟に入りながら、ラッセル神父は若い女性の聴覚器官である耳の渦巻きに気持ちを集中させた。その時、テレビのそばの椅子にすわっているターミジャンが目に入った。手に包帯をして、青ざめた顔で雑誌を読んでいた。

ターミジャンはふと顔を上げ、微笑んで、包帯をした手を上げた。話す時間はなかったので、ラッセル神父は彼に向かってうなずき、自身のことを奇妙に不安定で弱々しいと感じながら、看護師のあとをついていった。肩ごしにターミジャンをふりかえると、雑誌に視線を戻していた。神父は看護師に頼まれていることに気持ちを集中しようとした。彼女がカーテンをあけると寝台に同じ年恰好の中年の男女がいて、女性が男性の頭を抱えて何かささやいていた。

「シンプソンさん」と看護師は声をかけた。「神父さんが見えましたよ」

ラッセル神父は、女性の視線を受けながらそこに立っていた。およそ五五歳、鉄灰色の髪、小さなまるい濡れた目をした女性だった。「シンプソンさん」と神父は話しかけた。

「夫なんです」彼女は、注意深く男の頭を下ろし、立ち上がりながら小さな声で言った。彼の目は、口と同じように大きく開いていた。「わたしのジャック、ジャック、ジャック」

ラッセル神父は歩み寄り、彼女の肩にふれた。彼女は泣きながら夫の顔を見た。

「死んでしまいました」彼女は言った。「わたしたち話していたんです、子どもたちに会いに行こうって。そのあと、夫は眠ってしまったんです。子どもたちが来てくれないので、わたしたちの方から行って驚かせようと話していたんです」

「シンプソンさん」と看護師は言った。「鎮静剤か何か神経を落ち着かせるものをお持ちしましょうか」

その言葉で気の毒な女性は自分のおかれている状況に気がついて蒼ざめた。「いいえ」ほとんど聞こえないようなか細い声で言った。「大丈夫です」

ラッセル神父はあわてて秘蹟の言葉をとなえはじめ、彼女はそばに立って死んだ夫を見ていた。「夫は、あの人はいまどこにいるんでしょう」彼女は言った。「眠っているだけのように見えたんですけれど」彼女の手は胸のところが開いている夫のシャツの上で震えていた。シャツのボタンをはめようとしているのだ。しかしその手は震えるだけだった。彼女はシャツに軽くふれ、うなだれてすすり泣き始めた。部屋の中で何か器具が音を立てていた。その器具の管の中を空気が通る音が聞こえた。出生事の複雑さの中で、すべてがぼんやりとしていた。それから神父は表情の消えた死者の顔を見ていた。すべての音も、混乱も、動きも彼から抜け落ちていた。このようなものをいままで見たことがないように思えた。彼はしばらくのあいだ身動きもせず、黙りこんでいた。その時シンプソン夫人が彼の手首をつかんで注意を引いた。

「神父さん」彼女は言った。「神父さん、夫はいい人間でした。神様があの人を御許にお連れになったんですよね」

ラッセル神父は彼女の方をむき、手をとって、希望をもつようにとささやいた。

「あなたをあそこで見かけましたよ――病院で」彼はターミジャンに言った。「驚きました」

「ペンキの缶を開けていて手を切ったんです」ターミジャンは言った。彼は牧師館の二階の廊下に脚立を立ててその上で化粧木にペンキを塗っていた。ラッセル神父は、初めて霜の降りた寒い中、教会を出て小さな石橋をわたり、老人の住まいまで急な坂をのぼってきた。ノックをすると入るように言われたが誰も中にいなかったので、玄関まで戻りまたノックをした。

「上ですよ」ターミジャンの声が聞こえた。

神父はどきどきしながら、ぼおっとして階段をのぼった。「具合が悪くて、夜もよく眠れないんです」とうっかり口走ってしまった。さらにその理由までほのめかした。いまや彼は階段の最上段で帽子を手に座っていた。気の毒なシンプソン夫人の夫の死に顔ではなく、包帯をした手を上げてにこやかに笑っているターミジャンの顔を思い浮かべながら、暗闇の中で横になって過ごしてきた長い夜の記憶がまた生々しかった。そのイメージはようやく眠りにつく時までつきまとった。

「何だか変なんです」神父はそんなことを言うのが自分でも信じられなかった。

老人はブラシで高いところを塗っていた。脚立がぐらぐらしている。

「脚立を押さえましょうか？」

「え？」

「いえ、何でもありません」

「脚立を押さえようかとおっしゃったんでしょう？」

「ええ、そうしましょうか？」

「わたしが落ちはしないかと心配してるんですね？」

「お手伝いしたいんです」

「何か変だっておっしゃいませんでした？」

ラッセル神父は答えなかった。

「脚立なら大丈夫ですよ」

「最近、自分がわからなくなっているんです」

「わたしに告白をなさりたいんですか？」

「このあいだ死んだ人を見たんです」ラッセル神父は言う。「この腕で死につつある人を抱きかかえていました。あんなに恐ろしかったことはありません。本当にぞっとしました」

「何かを恐れることは一種の甘えです」

「ええ、わかっています」

「自分を甘やかすことはひかえないと」

「わたしは四三になりますが――」

「もちろん、自分でも成熟した大人なのか、そうでないのかわからない難しい年齢ですよね」ターミジャンは咳をするために言葉を切った。両手で脚立の一番上の段を押さえていたが、肩が震えている。すべてがぐらついていた。彼は手を離すと大きく息をして、手の甲で口をふいた。

ラッセル神父は言った。「わたしが言いたかったのは、自分について思い悩んでいるのではないということなんです」

「それはけっこう」

「あなたを診てもらうよう医者に電話をしましょうか」

「けっこうです。単なる風邪ですよ。こんな咳はいまにはじまったことではないんです」

「でも」

ターミジャンは神父に向かって微笑んだ。「あなたはいい人ですが、悩みすぎですな」

気になること

ラッセル神父は、他の神学生のような熱烈な職業意識を持って聖職者になったわけではなかった。実際、神学校の最終学年まで、ある真剣な疑問を抱いていた——聴罪司祭はそのような疑いは神学生が普通にもつものだと慰めた。もともと、彼は法曹界での活躍を夢見ていた父親の望みに反してこの世界に入った。一方、母親は彼の決意を認めてくれたが、最後の誓いが近づくにつれ、孫をもつ夢が目に見えて崩れていくのを悟った。両親とも、彼が最終学年の時に、一月とおかず亡くなってしまった。それで、職業を無意識に逃避の手段に利用しているのではないかという不安と戦わねばならなくなった。しかし訓練と課程が終わりに近づくと、彼の内部で喜びが生まれ、真の職業を持つとはどういうものであるかを理解するようになった。それは極端な感情をもたずに、世界と折り合いをつけることだった。そのことはそれまでの信仰とカトリックの儀式を通して少しは感じてはいた。いまや彼は精神が安定し、自信さえつけた。聖職位を授けられて、教区司祭になった。たくさんの仕事があったが、自分が精力的に熱心にこなせることがわかった。生活は予想とは違っていたが、満足できるものだった。あまり自信のもてない時期などは、自分が精神的に成熟していないと不安になることもあった。しかし仕事が忙しく、その問題に深く入り込めずにいた。元来あまり思索的なタイプでもなかった。

しかし何かが心の中で変わっていった。

夜が恐ろしく、祈ることさえできなかった。司祭館の窓辺に立って、老人の窓の明かりをながめていた。この距離では不可能と知っていたけれど、彼の深い咳のかすかな音が聞こえるような気がした。朝のミサの時に神父は聴衆に向かって身をかがめ、お祈りの言葉を思い出さなければならなかった。教区の信者たちの平然とした鈍感な顔は、のんきな期待と歓迎の微笑もそうだが、神父を盲信しきっているようで醜いとさえ感じてしまう。神父は信者の厚遇と自分に対する世話は当然のものと思っていた。しかし同時に、それを好きなようにできること、それに慣れてしまったこと、そしてそれに魅力を感じている自分にも絶望を感じていた。そして彼はいつも恐怖とターミジャンの病んだ顔つきを思い出して、体に痛みを感じるのだった。

日曜の朝早く、雨が降りはじめた。誰かが電話をかけてきたが、出る前に切れてしまった。眠っていたので、そんな時間の大きな電話の音は彼を驚かせ、心臓の鼓動が速くなった。彼は自分の脈をみて、窓のところに立ち、ぼんやりとかすむターミジャンの教会をじっと見つめていた。その朝二度目のミサを終え、疲れきってみじめな気持ちと不安に怯えて、ラッセル神父は雨のなか橋をわたり、丘をのぼってドアをノックした。返事がなかったので、ポーチの窓から中をのぞきこむと、台所のテーブルに皿が置かれていた。居間の手前にあるアーチ型の天井をした玄関をとおしてそれが見えた。ターミジャンの聖書が安楽椅子の肘のところに開いたまま置いてあった。ラッセル神父はドアを激しくノックをしたあと牧師館をまわって、教会に入った。外では風が吹き、車のびゅんびゅん通るような音がしていたが、そこは静かだった。ラッセル神父は胃のくぼみの部分で自分の心臓の鼓動が聞こえるような気がした。信徒席の最後部にすわり、気を落ち着けようとした。十分ほどがすぎて、声が聞こえてきた。老人が誰かと話しながら外の道をのぼってくる。ラッセル神父は立ちすくみ、隠れようかと馬鹿なことを考えた。しかしそのときドアがあき、ターミジャンが白い毛のショールをはおった老婦人と入ってきた。ターミジャンはもっていた大きな傘のしずくを切ってたたんだ。歩いてきたので、息を切らせていたが、こんなときでも変わらず何かを楽しんでいるように見えた。ターミジャンはまだラッセル神父に気づいていなかったが、老婦人のほうはすでに気づいていた。彼女は目礼をし、小さな黒いハンドバッグに手をそえてあかるく微笑んだ。

「おいでいただき恐縮ですな」とターミジャン。

二人が自分のことを笑っていたのではとラッセル神父は勘繰った。しかしそんなはずはないと考え直し、咳払いをして言った。「わたしは、あなたに会いにきたんです」自分の声がかたくるしく、馬鹿げて聞こえた。また咳払いをした。

「こちらはラッセル神父です」ターミジャンは大きな声で婦人に言った。そして彼女の肩にふれ、神父を見た。「オルデンベリーさんです」

「神のご加護を」オルデンベリー夫人は挨拶をした。

「オルデンベリーさんは離婚をしようとしているんです」ターミジャンは小声で言った。

「えっ?」オルデンベリー夫人はラッセル神父に言った。「耳が遠いんです」

「彼女は自分のテレビが欲しいって言うんです」ターミジャンは小さな声で言う。

「何ですって?」

「自分の部屋に」

「耳が遠くて」オルデンベリー夫人は楽しそうにラッセル神父に言う。「ほとんど聞こえないんですよ」

「それでご主人がいらいらするんです」とターミジャン。

「ごめんなさい、耳が悪くて」オルデンベリー夫人は弁解する。

ターミジャンは彼女を最後列の席に案内した。彼女は腰をおろして膝に手をそろえる。彼女はとても満足し、相手を信頼しきっているように見えた。老牧師はまた咳をしそうになりながら、面白いでしょうとでも言うようにラッセル神父にウインクをした。「さて」彼はラッセル神父の肘に手を当てて言った。「うぬぼれかも知れませんが、あなたがずぶ濡れになりながらここまでやってらしたのは、わたしのことを心配したからでしょう」

「ちょっと寄ろうと思っただけですよ」わかってほしいと言うような口調になった。薄暗い明かりの中で老人の顔はぞっとするほどげっそりして蒼ざめて見えた。

「ご自分をごらんなさい」ターミジャンはいう。「震えていますよ」

ラッセル神父は口をきけずにいた。

「大丈夫ですか?」

神父は老人が自分のことを変に思っているのではないかと感じた。そしてターミジャンとオルデンベリー夫人が入ってきた時に自分が笑われていると感じたのを思い出した。「ただあなたがどうしているかと思って」

「わたしは少し具合が悪いのです」ターミジャンは笑いながら言った。

そして老人は自分が死につつあるという事実を十分わかっていることを、ラッセル神父は激しく理解した。

ターミジャンはオルデンベリー夫人の方をうなずいて示した。「これからこの女性の深い悲しみを聞いてあげなくてはいけないのです。彼女は母親の言うことを聞いて、五二年前オルデンベリー氏と結婚しなければよかったと言っています。彼女は自分の過去をふりかえってみて、楽しいことなど記憶になかったと言ってます。考えてもごらんなさい。部屋のなかで額を叩いて『なんという失敗なの！』と嘆く場面を想像してごらんなさい。五二年間の過ちですよ。でも彼女はそのことに気がついて喜んでいるんです。いいですか、彼女は運がいいと思いますよ」

オルデンベリー夫人は取り澄ましたような咳払いをして、座ったまま体を少し動かし、彼らを見た。

「いいですか」ターミジャンは背すじを伸ばし、真剣な様子で言った。手を神父に差し出した。「握手をしましょう。いや抱き合うほうがいい。この気の毒な女性に宗派を越えた喜びを見せてあげましょう」

ラッセル神父は老人の手を握り、広げた腕の中に歩み寄った。それは何か崩れ落ちるような感覚だった。頭髪油と汗止めのにおいがした。それと何か他のよくわからない、謎めいたにおいが。驚いたことにラッセル神父は涙を抑えようとしていた。この二人の男が立っているのを夫人は見つめていた。ラッセル神父は話したい気持ちと震えを抑えることができなかった。ターミジャンが抱擁をとくと、神父は背中を向けて、落ち着こうと努めた。ターミジャンはまた咳をした。

「どうしたんですか?」夫人はひどく落ち着かない様子に見えた。

ターミジャンはまだ咳をしながら、片手を上げた。息をしようとして目が大きく見開かれていた。

「レモンとウィスキーを少し垂らした熱い蜂蜜が風邪にはとても効くんですよ」彼女は誰にともなく言った。

ラッセル神父は彼女のような年齢の人がどうしてつまらない民間療法が病気に効くなんて思っているのか不思議だった。そんな風に思って当然なのだが、愚かな女性に対する怒りの激しさに我ながら驚いた。そこに立ちながら目を拭い、苦々しい思いで胸がしめつけられるようだった。

「そうですね」ターミジャンは息ができるようになった。

「ホット・ウィスキーはまちがいなく効きますよ」夫人は言う。彼女は二人を交互に見ながら、なにか辛抱しているような様子だった。「あなたを新品のようにしてくれます」涙をとめることのできない神父にむかって言った。「いったいどうなさったんですか?」

ラッセル神父はこの一年のターミジャンの言動はこの瞬間のためにあったのだと一瞬感じた。そしてすぐにそんなはずはないと思い直した。誰もこんな無意味で滑稽にしか見えない場面を、計画したり予測したりできないはずだ。それなのに、死に瀕しながらも勇気ある老人のつねにユーモラスな言動には健康的で新しい息吹が感じられた。

ラッセル神父はどうしようもなくなって泣き出してしまった。ハンカチを取り出し、顔をおおって、顔を拭った。それで気持ちが落ち着いた。二人は驚いてラッセル神父を見つめた。彼は背筋を伸ばし、息を整えた。「失礼しました」

「謝ることなんてありませんよ」ターミジャンは目をふせて言った。彼の微笑みはいまや曖昧で、悲しげでさえあった。何かを恐れているようにも見えた。

「どうしたんですか?」老婦人は聞いた。

「何でもありませんよ」ターミジャンは骨ばった体を少し動かして、咳払いをした。そして大きなしかし穏やかな声で、彼女を安心させるように話しだした。

解説

リチャード・ボーシュ（一九四五〜　）は日本では比較的無名であるが、アメリカではペン／マラマッド賞を受賞しているベテラン作家で、短編の名手と言われている。翻訳されているものでは、短編「世界の肌ざわり」、長編『フィールズ氏の娘』などがある。

「二人の聖職者」は、「神父の中年の危機」を描いた短編小説と言えようか。ボストンからヴァージニア州の教会に赴任してきた四三歳のカトリックの神父と、近所のバプティスト教会に長年勤める七二歳の牧師の交流が語られる。しかし物語は主としてラッセル神父の心の中でおきる。肉体の衰えを意識し始める中年の不安と、聖職者としての職業倫理への疑問が神父の心を揺りうごかす。ラッセル神父が老齢の牧師の献身的なふるまいを不愉快に感ずるのは、自分の揺れる内面の反映である。その神父のいらいらが、牧師と対面する時はユーモラスに、自分の心を見つめる時は深刻に描かれるのも興味深い。

翻訳の題は「二人の聖職者」としたが、原題は「デザイン」。看護師の耳の形を表現する「デザイン」という言葉が文中に使われているが、原題の本意は最後の部分に現れる。つまり、いらいらと感じてきた牧師の言動——際限のないジョークと、自身の健康をもかえりみない行動——が「神の意思（デザイン）」を意味していると神父が感じとり、思わず泣いてしまう。訳者がこの作品を読んで連想したのはイギリスの詩人ロバート・ブラウニングの詩の中の「わたしとともに老いよ」という一節である。「老いを恐れることはない。それは人生の重要な部分として神が計画されたものだ」ということをターミジャンは身をもって教えようとしたのではないだろうか。

短編小説は限られた長さから、事件としての物語よりも登場人物の内面の動きを中心として展開する。その心の物語のクライマックスは、エピファニー（啓示）という宗教的な比喩で表現される。それは日常の中の非日常的な瞬間を表わし、一瞬の中でそれまでの秩序の崩壊や真理を激しく知らされる。しかしこの「二人の聖職者」においては、神父が牧師の意図を初めて理解した時、それは比喩ではなく文字通りのエピファニーと言えるのではないだろうか。

訳者は最初、牧師のユーモラスな言動と最後の場面から「しみじみ」を感じて、この作品を選んだ。しかし、翻訳の作業の中で、神父の心理が思いのほか複雑なあやを帯びていることがわかり、その訳出にてこずった。その部分がエンディングの効果に重要なのである。訳の出来はともかく、エンディング＝エピファニーは読者によっては、べたな落ちと思われるかも知れない。しかし結末にいたるラッセル神父の煩悶が入念に描かれているので、これはこれで一つの救済の物語として成立していると思う。

「二人の聖職者」は、中年の危機・職業への疑問・人生最後のふるまい・健康・結婚等、様々な主題を盛りこんで、その間然とするところないたたずまいは、「短編の名手」の名に恥じないものと思える。還暦を過ぎたボーシュではあるが一族の確執を描いた長編も出しているので、これからもっと読まれていい作家だ。

中空

フランク・コンロイ
橋本安央　訳・解説

六歳の時、ショーンは父親によって姉と一緒に学校から連れ出された。この経験はその後もトラウマとなってショーンの中に生き続け、不意に立ち現れるようになるが……。

ニューヨークのロウアー・イーストサイドでの、ある晴れた風の強い日。一九四二年のことだ。六歳のショーンは歩道に沿って、多かれ少なかれ父親に引っ張られるような状態で歩いている。父はどこからともなく現われて、ショーンを学校から連れて帰ったのだ。ショーンは遅れないようについていくが、元気はつらつとしたこの大男と最後に会ったのがいつのことかも覚えていないし、完全に信頼できる人だという確信があるわけでもない。反対側を歩いているメアリーは九歳だ。姉は弟より脚が長いし、楽しそうにしている。ときどきスキップをしたりして、風に向かって叫んだり、男のことをパパと呼んだりしている。二人が話している内容は、ショーンには断片的にしか聞きとれない。風が言葉を引き裂くのだ。ショーンの手や手首、前腕の一部は、父親の手に囲いこまれている。大男は赤ら顔で、誇り高げにあごを前に突き出して、大股で歩いている。その全体的な身のこなしは、必死になって勝ちとった重要な勲章を享ける際に、前に進み出ようとしている、軍人の熱意と自信を連想させる。

ショーンの母親が最近説明してくれた話によると、この人は軍人ではない。軍隊にいるのではなく（だが戦争は進行中だ）、休養《レスト》する人が行く療養所《レスト・ホーム》と呼ばれるところにいるのだ。だが、この人が疲れているようには見えないなと、ショーンは思う。

角を折れ、七丁目の路上を進みながら、「これからはまったく違う物語がはじまるぞ」と父が言う。「まったく新しい物語だ」。電荷のように、身体からエネルギーを放出しているようだ。皆既日食のときに黒い太陽の周囲で輝いて見える、ペイルブルーのコロナのようなものを身体に帯びていて、喋ると白い歯から白い電光が放たれるのだ。「なんて素晴らしい一日だ！」男は子どもたちの手をほどき、ほこりを掃くような仕草をする。「完ぺきに素晴らしい一日だ。あの青空を見てみろ！　そして雲も！　七丁目の通りも！　あの鮮やかな色彩を見てみなさい！」

見ろと言われても、ショーンは見ることができない。狂信的な父親の異様な力に圧倒されているのだ。指されたものがどれも遠すぎて見えないように思えてしまう。自分と父親と姉を一瞬のうちに包みこんだ、この小さな泡のような空間に、少年は眼の焦点を合わせる。その空間の内部なら、ショーンの眼にもはっきり見える。この泡の空間がなければ死んでしまいそうだ。それ以外のものを見ようとしても、彼には眼以外の器官で見ることなどできないのだ。

三人は自宅があるアパートに到着して、玄関前の階段を昇る。父が玄関口で立ち止まる。

「鍵だ」と父が言う。

「お母さんがもってる」とメアリーが言う。

「おまえはもってないのか？」腹立たしげに父は首を左右にふる。

「ごめんなさい」。メアリーは自分が父を失望させたのではないかと怯えている。「ごめんなさい、パパ」

ショーンは姉が「パパ」という言葉を使うのに違和感を覚える。なんだか奇妙な響きだ。いつもならそんな言葉は絶対に使わないからだ。「パパ」という言葉は、彼らの家庭では使わない。ショーンとメアリーと母親が、この人のことを話題にするきわめて珍しい場合でも、彼らはいつも「お父さん」という言葉を使っていたのだ。

二階の奥の部屋に住んでいるローゼンブラムさんが、アパートの中から現われる。

「おはようございます」と父が言い、笑いながらドアをつかむ。「子どもたちよ、中に入りなさい」

ローゼンブラムさんはこの大男を一度も見たことがなかったが、男が着ている高価な服と、自信に満ちた態度から、彼が紳士であり、そして子どもたちの父親であることを理解する。頭を触られて笑っているメアリーをちらりと見て、すべてが了解される。

「いい天気ですね」とローゼンブラムさんが言う。「とてもいい天気ですね」

建物に入ると、ショーンの父親は一度に二段ずつ階段を昇る。子どもたちが最上階の四階まで追いかけると、ドアの前で立ち止まり、ノブを回そうとしている父の姿が見える。

「ここの鍵ももってないんだろうな」

「同じものなの」とメアリーが言う。

検証でもするように、男はドアを激しく押す。それから後ろに下がり、あたりを見まわすと、鉄のはしごが昇降口と屋根に向かって伸びているのに気づく。

「ふん、猫の皮を剥ぐ方法はひとつだけではないのだ」。男は大股ではしごに向かい、昇り出す。

「きみたち、わたしについて来なさい。メインマストを昇るのだ！」

「パパ、なにしてるの？」とメアリーが叫ぶ。

「避難用のはしごを使うのだ」。男が昇降口のふたを開けると、陽射しが屋内に注ぎこんでくる。

「こっちに来なさい。面白いぞ！」

父が昇降口を昇ると、ショーンには屋外でヒューヒュー音を立てて吹きつける風の音が聞こえてくる。メアリーは一瞬ためらってから、はしごを昇る。一番上に近づくと、ショーンがあとを追いかける。ショーンは陽射しと風の中へ昇ってゆく。

大男はタールが塗ってある屋根を急いで横切り、建物の裏に移動して、火災避難用の手すりとして使う対《つい》の金輪に近づく。ふり返ってなにか叫ぶが、その言葉は子どもたちの耳に届かない。男は手招きし、ふり返り、手すりをつかむ。そして足を縁《ふち》の向こう側にもっていき、降りはじめる。それから止まる。頭と肩が見えている。そしてもう一度なにかを叫ぶ。メアリーが前に進むと、男は視界から消えて見えなくなる。ショーンはあとを追いかける。

少年は縁のところまで進んで、下を覗きこむ。父親は三メートル下にある、火災避難用の踊り場に立ち、赤ら顔で見上げている。

「こっちに来なさい！」白い歯が光る。「窓が開いてるぞ」

メアリーが降りようとすると、風がスカートを叩きつけるように、膝のあたりに吹きつけてくる。彼女は動きを止めて、眼の前にからまる髪の毛をかき上げなければいけない。メアリーが下の踊り場に辿りつくと、ショーンは金輪をつかむ。五階下では、ダクトの底にあるセメントの上で、新聞紙が一枚はためいている。だが本の一ページ分ぐらいの大きさにしか見えない。ショーンは降りる。ダクトから鳩が散りぢりに飛び立つ。踊り場に着くと、すでに部屋に入っている父がメアリーを抱え上げて、キッチンの窓から中に入れようとしている姿が見える。ショーンはあとを追いかけて、素早く自分で中に入る。

キッチンは、あらゆる細部まで完全に見慣れているはずだが、全体としてわずかに奇妙な感じがする。他の部屋を通り抜けるといういつもの手順を飛ばして、唐突に家の中に入ったせいで、光景に非現実的な雰囲気が添えられているのだ。ショーンは父と姉のあとを追いかけながら、キッチンを通って廊下に行き、母親の部屋の入口へと向かう。父は部屋に入らずに、立ち止まって覗くだけだ。

「ここに住んでたことがあるの?」と、ショーンが尋ねる。

「あたりまえよ、おばかさん」と、メアリーが慌てて言う。

父親がふり返る。「覚えてないのか?」

「そうみたい」と、ショーンは答える。

三人がアパートの表玄関を横切って、廊下の突き当たりに向かう途中、父親は立ち止まり、チェーンの鍵をそっとかける。

もう一時間以上、三人はリビングルームの棚に置いてある本を、著者のアルファベット順に並べ直す作業をしている。ショーンの父親は、なにやらお気に入りの本があると、ときおり作業の手を止めて、芝居のように朗読する。それはますます芝居がかってくる。対話を強調しようとして、子どもたちに向かって上半身を折り曲げ、さまざまな声色を使って大声を出し、あいているほうの手で大きな仕草をしたり、妙な顔つきをしたりするのだ。だがそのとき、唐突に父の気分が変わる。

「窓がかなり汚れてるな」と、怒ったように父が言い、あちこちを大股で移動しながら、ガラスをじっと見つめる。キッチンに向かうころには本のことは忘れている。メアリーは慌てて本を書棚の足元に寄せる。ショーンも手伝う。移動させながら、二人はとても素早く、ほとんどこっそりという感じで、互いの眼を覗きこむ。それは一瞬のことにすぎないが、ショーンは理解している。先ほどまでとても熱心に没頭しているように見えた作業を、父が説明もなく突然やめたことで、メアリーは怯えているのだ。ショーン自身の気持ちは複雑だ。メアリーが恐がっていることは納得できる。ショーンの意見では、姉はそもそも最初から恐がっているべきだったのだから。だが同時に、姉が怯えることで、自分自身の恐怖もいっそう募ってくるのだ。

「これからどうなるの?」ショーンはそっと訊いてみる。

「どうもならないわ。だいじょうぶ」。姉は怯えていないふりをする。

「お母さんをよぼうよ」。キッチンで水の流れる音がする。

メアリーはこの提案を検討する。「だいじょうぶよ。お母さんはいつもみたいにお仕事が終わったら帰ってくるから」

「それじゃあおそすぎるよ。おそすぎるよ」

男はバケツと雑巾を何枚か手にして戻ってくる。顔が先ほどよりずっと火照《ほて》って赤くなっているようだ。「我々でやろう。おまえたちは違いがわかるまで黙って見てなさい」。父が真ん中の窓に向かうと、子どもたち二人は父親のあとを引っ張られるようにしてついていく。ショーンは雰囲気の変化に気づいている。先ほどまでしていた本の並べ直し作業に関しては、少なくとも三人で一緒にやっている真似事のような空気があった。みんなで楽しめるゲームの感覚だ。だがいまは、父が抱く興味の範囲が狭まって、窓の問題に集中している。子どものことはほとんど忘れているようだ。

ほこりを掃くような素早い動きで、父は窓ガラスを拭く。それから下の窓枠を開け、身体をかがめて窓の外に出し、それから部屋の中を向いて、ガラスの外側を拭くために窓台に腰をおろす。意識を集中させて、眉間に皺を寄せている父の顔が、そしてガラスにすじを探している父の眼が、ショーンには見える。

ショーンは後ろに下がろうとする。

「だめよ」とメアリーが素早く言う。「じっとしてなくちゃいけないの」

少年は母親がいつも夕食後にすわるロッキングチェアの横で立ち止まる。

男はふたたび部屋の中に戻ってきて、自分の仕事の成果をじっくり眺めようと後ろに下がる。

「はるかにいい。ずっとずっといいな」。そして次の窓に取りかかる。「メアリー、きれいな水だ。バケツをもっていけ」

メアリーは言われるまま、キッチンに戻る。

大男は窓から通りをじっと見下ろしている。ショーンはロッキングチェアのそばから動いていない。

「おまえは覚えてないんだな」と大男が言う。「まあ、かまわん。子どもにとって、時間というのは別物だからな。いずれにせよ、過去は昔のことだ。大切なのは未来なのだ」。そう言って、吠えるように短い笑い声を上げる。「また決まり文句《クリシェ》を発見し直したぞ！　だが世の中そういうものだ。おまえも決まり文句の意味を洞察せねばならん。決まり文句を生き抜いて、それがいかに真実であるかを解き明かすのだ。なんて素晴らしいジョークだ！」

メアリーが水の入ったバケツを父親の横に運んでくる。突然父は窓に近寄る。通りになにか見えたのだ。

「くそったれめが」。慌てて父が後ずさりする。そしてふり返り、廊下を抜けてキッチンに走る。父が裏の窓を閉め、鍵をかけているのが、ショーンとメアリーには見える。「畜生め！」と父が叫んでいる。

メアリーが横に動き、窓から通りをちらりと覗く。

「なにか見える？」とショーンが尋ねる。

「救急車がいる」。メアリーの声が震え出す。「あの救急車のことに違いないわ」

父がリビングルームに戻ってきて、ゆったりと歩く。それから先ほど拭いた窓のところに走り寄り、窓を開け、半透明のカーテンをロッドから引き裂いて投げ捨てる。カーテンが引き裂かれるとき、メアリーのぎくっとひるんだ姿がショーンには見える。大男は窓から窓へと移動して、次から次へと窓を開け、カーテンを引き裂いていく。風が部屋中に勢いよく吹きつける。引き裂かれたカーテンが、床から舞い上がって渦を巻く。

父は子どもを集めてカウチに座り、腕を二人の肩にまわす。ショーンは押しつぶされるような感じがして、姿勢を直そうとするが、父は握っている手に力を入れるだけだ。大男は息を荒らげながら廊下を覗き、ドアを見つめている。

「パパ」とメアリーが言う。「痛いよ」

少しだけ力が弱められるが、ショーンは相変わらず父親の横でがっしりつかまえられているので、ほとんど身動きがとれない。

「くそ、畜生めが」と父が言う。「油断のならねえ畜生め」

ブザーが鳴る。それから一瞬後に、ノックの音。大男の握りしめた手に力が入る。

もう一度、ノック。鍵を開ける音がする。ドアが数センチ開き、チェーンがそれを急停止させる様子が、ショーンには見える。眼がひとつ、きらりと光っているのも見える。

「ケネディさん？　ドクター・シルヴァマンだ。頼むから、ドアを開けてくれないか?」

「一人だな、先生?」ほとんど陽気と言ってもいい口調だ。

一瞬の間《ま》。「いや、ボブとジェームズも連れてきている」。穏やかな声が、ショーンを安心させる。「頼むから中に入れてくれ」

「愚連隊めが」と父親が言う。

「特にボブはとても心配してるぞ。わたしもそうだ」

「ボブは裏切り者のユダだ」

「ケネディさん。理性を働かしてくれ。なんだかんだ言っても、わたしたちはいままでだって、こんな状況を切り抜けてきたじゃないか」

「違う、違う」。のろまな生徒を正すような口調だ。「今回は違うのだ。もうきみたちにはうんざりした。あんなことも全部うんざりだ。だから家に帰って、子どもたちとここで一緒にいるのだし、これからもわたしはここに残るつもりだ」

一瞬の間。「そうだね。子どもたちの姿が見えるよ」

「先生、わたしたちは楽しい時間を過ごしていたんだ。窓の掃除をしてたんだよ」。父はほとんど聞き取れないような含み笑いをする。

「ケネディさん、本当にお願いだからドアを開けてくれないか。わたしたちは中に入らなければいけないんだ、それだけなんだ。きみの今後のことを話し合わなければいけないいんだよ」

「ドアを開けるつもりはない。きみたちが開けることもならない。先生、いまのこの状況はなあ、いわゆるどん詰まりなんだ。言ってる意味がわかるか?」

「そんなことを言うなんて、悲しいよ」。また間があく。今度はもっと長い。「ボブがきみに一言あるそうだ」

「ケネディさん? ボブです」。先ほどの人より若い声だ。

「ボブ、わたしは戻らないぞ。たわ言をいうのはやめてくれ。きみがここに来た理由ぐらいわかってる」

「あなたのことを心配してるんです。あなたは自棄《やけ》になっておられる。ご自分でもおわかりでしょう」

「白の小さいジャケットを受け取ったか、ボブ? あのおかしな袖のやつを?」

「ねえ、戻っていただけないなら、ぼくはファーンズワースさんの指示を仰ぐことになるんです。それはあなたの望むところではないですよね。お願いです」

「ボブ、たわ言はやめろ」

「聞いてくださいよ。ぼくはあなたの味方です。それはおわかりでしょう。ぼくが言いたいのは、何度も何度も一緒に話をしましたよね、あなたの——」

ドアが蹴破られて、すさまじい音がする。チェーンがはずれたあたりで、ドアの枠が割れる。

物事がいま、ものすごいスピードで進行しているということを、ショーンは意識しているが、驚くほど明晰な眼でそれを全部見ている。木っ端が宙を物憂げに浮遊する。三人の男がドアから突進してくる。二人は白衣を、一人は普通の服を着ている。この人たちが必死にカウチに向かって走っていることを、ショーンは知っている。男たちの顔は緊張のあまり凍りついた仮面のようだ。だが、時間の流れ自体は遅くなったように思われる。

相変わらず父の横で締めつけられたような状態で、ショーンは自分が宙に舞い上がるのを感じる。父のもう一方の手が、逃げようとしているメアリーをつかまえようとしているのが見える。父が姉の髪の毛をつかみ、メアリーがわめきながら身体をねじっている。メアリーが逃げたことで、ショーンは裏切られたような気持ちになる。この人のことをパパと呼んでいたくせに。父が窓際に突進し、窓台に上がると、風が轟音を立てている。

「そこで止まれ!」と、ふり返った父が三人の男たちに向かって叫ぶ。

ショーンには見えないが、男たちは立ち止まったようだ。メアリーの泣き声が聞こえ、風の音が聞こえ、父の鼓動がきめの粗いツイードのジャケットの下で激しくなっているのが聞こえてくる。窓の外から通りをじっと見下ろすと、歩道のひびが目に入る。身体の自由がほとんどきかない中で、ショーンはなんとか両腕を伸ばし、父親のベルトにしがみつく。

「貴様ら畜生めが」と父が叫んでいる。「貴様らはわかってないが、俺にはなんでもできるのだ。なんでもだ!」

睡魔に似たようなものがショーンを襲ってくる。時間が経つにつれて、遠く離れた前哨地からの伝令のような声が聞こえてきて、ショーンは自分が大便を垂らしていることに気づく。それからショーンと父は一瞬のうちにものすごい力で引き戻され、床に崩れ落ちる。三人の男に馬乗りにされ、父がなにか大声でわめいている。

大学では、父親はとうのむかしに亡くなっていて、一九四二年に父が訪れた記憶もすべて完全に埋もれている。ショーンは妻になる女性を探している。卒業までに見つからなければ、結婚する機会を永遠に逃《のが》すことになるだろうと確信している。独りで生きていくということを考えると、ショーンはぞっとする。だが、それにたいする自覚はない。過去をもたないふりをして生きているので、自覚していない自分のことが、ショーンにはとてもたくさんあるのだ。彼は自覚が欠落していることにまったく気がついていない。自分という存在を十分コントロールしていると思っている。ショーンは人文学三〇一のクラスで顔を合わせる、利発だが、すこし控えめな女の子に狙いを定めて、彼女の愛を勝ちとることに全力を注ぐ。それは長期にわたる選挙運動のようなものだが、彼に勝ち目はない。絶対に具体的には説明してもらえない理由から、女の子の家族に激しく反対されているし、彼女はショーンより聡明で、ある意味彼とは異なって、まだなにか特定されてはいないが、それなりの仕事で能力を発揮したいという野心をもっているからだ。女の子はショーンより年上である。そして独りで生きていくことを恐れていない。だがついに、ショーンのしつこさが勝《まさ》る。大学院に進んだものの、野心を実現する手立てはなく、しばし放浪したあとで、彼女はついに電話で降伏する。ショーンは歓喜する。

ミッドタウンにある彼女の裕福な実家で、一人の判事に見守られながら、二人は結婚式を挙げる。ショーンは身長が一八八センチ、体重は六〇キロで、わずかにニキビが残ったアイルランド系の顔立ちをしているせいで、どう見ても一七歳にしか見えない（実際は二二歳なのだが）。妻は式を見守る親族の半数以上が皮肉にも離婚していることに驚いている。一方ショーンのほうは、儀式のあいだ窓の外で行われている作業に感銘を受けている。ニューヨーク孤児病院が取り壊されている最中なのだ。極端に背の低い判事がだらだらと話をしているあいだにも、レッカー車の鉄球が建物の壁をぶち壊している。若すぎる二人は、物事を明晰に見るというのがどれほど大切かということにまだ気づいていないのだが、いま、明晰な状態にあるこの瞬間、二人にとってこの儀式は拍子抜けで、少し間が抜けているように思われる。

何ごともなく四年が経過した。二人とも信託基金から毎月少額の収入がある。妻は単発のプロジェクトや臨時の仕事に出かけたりするが、いつもわけのわからない挫折感を抱いてこの安全なアパートに撤退してくる。夫は小説を書いているが、そこには中身がない。彼は人間のことや、自分自身のことを、ほとんどなにも知らないからだ。ショーンはまだ少年のままだ。彼を成熟の船出に送り出すはずだった結婚は、少年期を延長するだけのものでしかない。夫と妻でありながら、二人は子どものままなのだ。善意で一緒に暮らしており、お互いに、そして世間にたいし、奇妙なかたちで囲いを作って接触しないようにしている。不可解な協定を結んで手を握り合い、窓から飛び降りる人の姿を、ショーンは夢に見る。彼には夢の意味がまったくわからないし、どうしてこんな夢を見るのかもわからない。わたしはロマンティックな恋愛というものを一度も信じたことがないと、妻は告白する。二人はともに外の世界を恐れているが、その反応は異なっている。妻は外にあるものは危険すぎて、軽い気持ちでいじることなどできないのだと感じている。夫はたとえそれが危険であっても、強くなるためには外に出るしかないと感じている。なにかしら漠然として、はっきりはしていないが、自分には強さが必要であることを、夫は知っている。

妻は夫になにも言わないで、子どもを産もうとこっそり決意する。そしてフィリップが生まれる。そしてジョンが生まれる。ショーンは歓喜する。

一九六六年の夏の夜。ショーンはハーレムのジャズクラブで酒を飲んだあと、車を運転している。むかしからの知り合いの用心棒が、マリファナを少量売ってくれた。ショーンはそれを封筒に入れて封をし、ズボンの後ろポケットに入れて持ち運んでいる。九六丁目でヘンリーハドソン・パークウェイから側道に降り、リバーサイド・ドライブに沿って数ブロック滑るように進んでから、道を折れて、ショーンはジュディの家の前に車を停める。そこは風変わりな小さい建物だ。五階建てで、側面に小塔がそびえ立ち、ジュディが住む最上階の部屋には屋根窓がついていて、こまかいギザギザや装飾が施されている。どこかのミニチュアのお城のようだ。グリム童話に出てくる、高い塔に閉じこめられて育ちながら、王子に見初《みそ》められる髪長姫ラプンツェルの家だ。

ショーンはサッカーの試合中、サイドライン上でジュディと出会ったのだった。芝に膝をつき、フルバックの蹴ったボールを眼で追いかけようとしたら、横に立っているスレンダーなジーンズをはいた太腿が目に入ったのだ。おそらくそれは、突然だったこと、彼女のお尻の華麗な曲線美が唐突に眼の前に現われたこと、そして自分を護る時間もないままに、そのイメージが心の中に染みこんでしまったことに起因するのだろう。ショーンが感じた性欲はとても純粋なものだったので、自分が欲望の力に支配されているにもかかわらず、不思議なことに無垢の感情のような気がして、彼は立ち上がって彼女に話しかけたのだった（ジュディは最終的に彼の前から姿を消して、医学部に行くことになるのだが、結果としてショーンの記憶から消え去ることにはならなかった）。

ショーンは暗い窓をじっと見上げている。窓の向こうには部屋があり、部屋の中にはベッドがあり、そこでこの一年間、彼はジュディと寝ていた。いま彼女は部屋にいない。一ヶ月間留守にして、ショーンがプレゼントとしてリースしたシトロエン社のドゥシュヴォを使い、フランス中をドライブしているのだ。部屋は暗くて誰もいないが、彼は中に入らなければいけない。その衝動を疑うこともない。ショーンは無邪気に車から降り、建物に近づく。いったん動き出すと、ある種の興奮に覆われる。トンネルの幻覚のような感じがする。

建物に入ると、ショーンは郵便受けにさっと目をやる。彼女の郵便受けがある格子の奥に、手紙が数通見える。それから合鍵を使って入口のドアを開け、階段を駆け上がる。踊り場で向きを変えて昇り、また向きを変えては昇り、ようやく最上階に辿りつく。それは真夜中のことなので、建物は静まり返っている。ドアに鍵を差しこんで、回して押す。ドアは開かない。ジュディが独立した施錠装置がついている防犯用の鉄製の錠前を出発前に取りつけたことを、ショーンは忘れていたのだ。その鍵はもっていない。彼が一瞬のあいだドアにもたれていると、部屋の中からかすかに香りが漂ってくる。その香りにショーンはくらくらする。すると突然、ドアにたいして怒りの感情が湧いてくる。香りは部屋の中にある。だから彼は中に入らなければいけないのだ。

光沢のある黒い木の板に、一定のリズムで肩をぶつけ、そこに自分の全体重をかけてみる。ドアは蝶番のところで震えるが、真ん中にある鉄の錠前が頑丈にできていて、ぴくりともしない。彼は廊下の、奥の部屋までちょうど半分ぐらいの距離のところまで下がり、それから前に突進し、右脚を上げ、ドアの真ん中の壁板を蹴る。すさまじい音がするが、ドアは屈しない。半狂乱になって走りつづけ、蹴りつづけたショーンは、とうとう疲れて倒れそうになる。

息を切らしながら、屋根につづく階段の上に座り、ショーンはジュディのドアを見つめる。ドアを開ける方法がないのが信じられない。木の板はところどころで割れている。呼吸が落ち着いてくると、ようやく彼は諦める。鉄の錠前を動かすのは無理だろう。

ゆっくりと、煙のように渦を巻きながら、あるアイデアが彼の心の中に浮かんでくる。彼はふり返って階段を見上げ、暗闇を見つめる。一瞬ののち、彼は立ち上がって階段を昇り、昇降口のふたを開けて屋外の屋根に出る。外気が彼の身体を冷やす。汗をびっしょりかいているのだ。深紅の空。星。彼は屋根の平面部分を横切って、建物の表に出る。そこで屋根はがくんと傾いている。張り出しのスレートが葺《ふ》かれた、ラプンツェルが住む塔の屋根のようだ。五メートルほど下にある屋根の端に、二センチぐらいの高さの、石の縁《ふち》がある。彼は横に移動して、屋根窓の真上にあたりそうな場所に行く。そして腹ばいになって身をかがめ、スレート葺の上に注意深く、そろりと足をのせる。さらに低くかがんで、がくんと傾いている屋根の上に身体をのせ、降下する動きを自分でコントロールできるかどうか確かめてみる。十分コントロールできそうなので、きわめてゆっくりと、屋根をつかんでいる手を離し、そっと移動をはじめる。スレート葺に押しつけている頬に汗をかいているのが感じられる。どこかアムステル街の方角から、サイレンの音が聞こえてくる。

視界のままならない状態で降りながら、足のつま先が縁に触れると、彼は動きを止める。縁の向こうには、なにもない空間と、歩道に完全に落下する可能性のふたつがあるのだが、彼は恐れていない。少しだけそのまま動かずにいると、ざわついた頭が静まってゆく。もう酔いは醒めている。深い静寂が広がってくる。ショーンにすれば、それは砂漠を旅する人にとっての水と同じぐらい甘美で平穏な感覚だ。注意深く身体を横に動かして、全身を縁に沿った状態にする。彼は頭を上げて、人気《ひとけ》のない通りを見下ろす。街灯の下にたまる明かりと、駐車している車の屋根、歩道上に四角い模様のひびが見える。物事には清潔にして秩序正しき状態というものがあるのだ。世界の表面から隠された現実が存在することに、彼は気づく。それはこれまで一度も感じ取ることのなかった純粋な現実であり、それを知ることで、彼の心は感謝の気持ちでいっぱいになる。

さらに頭を動かして、屋根窓を探してみる。あそこだ。ショーンは屋根の縁につかまって飛び移り、窓の中に入ろうと考えていたのだった。彼の中では、これはまったくもって自明の手順だった。心の中で、自分はなんでもできるとわかっていた。想像可能なことならば、自分はなんでもできるのだ。だがいまは、遥か遠くにある、まったく油断ならない角度だらけの屋根窓を見つめながら、この計画は不可能であることがわかる。唐突にエンディングを迎えた物語に飲みこまれてしまったかのように、彼はすぐに計画を取りやめる。そしてもう部屋に入ることに興味がなくなってしまう。

頭上にある深紅の大空と同じぐらい穏やかな気持ちで、ショーンはゆっくりと、注意深く動きながら、撤退する。手足の摩擦、湿った掌と靴の側面の摩擦を使いながら、急勾配の屋根を少しずつ昇る。そうして建物の最上部に辿りつく。

建物の中に戻ると、屋根の扉を閉めて、急いで降りる。ジュディの部屋には眼もくれずに通りすぎる。

子どもたちが生まれると、ショーンは自分の過去に関する本を書きはじめる。最初のうちは熱意にあふれ、ほがらかな気分だ。彼はたいして多くのことを覚えていない。彼の子ども時代は年代順に配列されておらず、全部ごたまぜになっている。ばらばらの場面、場所、風景、音響、気分があるだけで、そこにはっきりとした順序がないのだ。浮遊しているこうした記憶を書きとめて、離れたところからそれをいじる作業は、とるに足らないことのようである。楽しみながらできる仕事のようだ。

ただこの世に生まれてきたというだけで、子どもたちが彼をこの仕事に着手させてくれたのだ。仕事が困難になっていくにつれて、子どもたちがいるという事実が、間接的なかたちで彼を支えてくれる。記憶喪失のせいで軽んじてきた自分の過去が、じらすようにゆっくりと姿を現すにつれて、ほがらかな気分は張りつめた慎重な感覚に変わってゆく。ショーンは生まれて初めて一所懸命に仕事をすることを知り、感謝の気持ちでいっぱいになる。まもなく自分がある種のトランス状態にあることに気づく。何時間も執筆作業をしたあとで、彼はいつも自分が書いた一ページ、二ページを、畏怖の念を抱きながら見下ろすのだ。適度に自分自身に求めてもいいだろうと思っていた水準以上に、うまく書けているからだ。こうして四年間、彼は生きていくことになるだろう。ものを書くということ、他のことはともかく書くことができるという能力は、ショーンの中で子どもたちと結びついている。

夜遅く子ども部屋に行くことが、彼の習慣になる。外の街灯の青みがかった照明が、大きな窓から斜めに差しこみ、ワックスを塗ったフローリングの床にこぼれている。フィリップは三歳で、ショーンの横で眠っている。小さな手にはゴムのカエルが握られている。ショーンは部屋を横切って、二歳のジョンを見つめる。繊細なまぶたの奥で、ジョンの眼が夢を見ながら動いている。ふたつのベッドから等距離のところに行き、ショーンは脚を折り曲げて、床にすわる。床に差しこんでいるペイルブルーの光のすじを見つめながら、彼は聞き耳を立てる。子どもたちの寝息が聞こえる。子どもたちが動くと、彼にはその動いている音が聞こえる。すると気持ちが晴れてくる。半時間が経過すると、彼は立ち上がり、二人の毛布を直してから眠りにつく。

マンハッタンでの、妻とのささやかなディナーの席上で、彼は食事をしながら、レストランの支配人夫妻がなにか張りつめた、うわの空の様子であることにふと気づく。奥さんが謝罪して、今夜のディナーはキャンセルするべきだったと釈明する。その日の午後、悲劇が起きたのだ。真上の八階に住んでいる若い夫婦が、窓を開け放していたところ、女の子の赤ちゃんがどうしたわけだかよじのぼり、窓から転落して亡くなったのだ、と。

支配人夫妻がテーブルから離れると、「あなた、幽霊みたいに顔がまっ白よ」と妻が言う。「ショーン、震えてるじゃない！」

二人は謝罪してコーヒーを辞退し、すぐに帰宅する。ショーンは車を飛ばし、消火栓の横に駐車して、玄関前の階段を駆け上がって家に入る。

「だいじょうぶ、だいじょうぶよ」と妻が言う。

彼はリビングルームにいるベビーシッターにうなずいて挨拶し、そのまま急いで階段を駆け上がり、子ども部屋に向かう。子どもたちは無事にベッドで眠っている。

「手すりをつけなくちゃいけない」と彼が言い、窓際に行って鍵をかける。「柵でもいい、その類いのものだ、なんでもいいからつけなくちゃ」

「そうね、そうしましょう」と、妻が小声で言う。「わかったわ」

「全部の窓にだ。表も裏も」

「わかったわ、わかったから、子どもたちを起こさないで」

その日の夜、彼は子ども部屋で眠らずにいられない。

ショーンは特大のバスタブで横になり、全身を伸ばして、あごまでお湯につかっている。仕事を終えて帰宅すると（自宅から一・五キロ離れたところにある、小さな仕事場で執筆しているのだ）、彼はほとんどいつも風呂に入る。フィリップとジョンがドアを開けて、素っ裸でバスタブに押し寄せてくる。寝かしつけられるところを逃げてきたのだ。ショーンはじっとしている。フィリップの頭と肩が見えるが、ジョンは背が低いので、頭だけしか見えない。二人ともおごそかな顔をしている。ショーンは目の前にある透きとおった知性的な二人の瞳を見つめ、それから表情を変えずに待っている。この一瞬を引き延ばしたいのだ。二人の顔を見ていると、心から生き返ったような新鮮な気持ちになれる。

「パパ、やってよ」とフィリップが言う。

「なにをやれって？」

「あのヘンな音だよ。パパがお顔をあらうときの」

ショーンは身体を起こしてすわる姿勢をとる。顔を洗い、それから身体を前にかがめて、お湯を両の掌ですくい、ゆすぐ。同時に息を吹き出して、掌のお湯の中でうめくような音を出して、子どもたちが満足するヘンな音を演出する。二人の男の子が笑う。「お風呂のパパ」のお芝居は、二人を魅了する。まったく飽きることがない。

ショーンは手を伸ばして一人目を抱え上げ、次にもう一人を抱えて、バスタブに入れる。彼は手で子どもたちの小さな胸を包みこみながら、そこに人生を感じ取る。二人の男の子は笑ってお湯をバチャバチャはね返す。子宮から出てきたばかりのピンクのアザラシのように、肌がすべすべしている。二人は父親の首にぶらさがり、胸の上を滑って遊ぶ。

妻が入ってきて二人を引っ張り上げ、タオルで覆う。子どもたちはベッドに行く。あとになって、キッチンで妻が言う。「あんなことはしないでもらいたいんだけど」

「なんのことだ？」

「お風呂場でのああいうことよ」

彼は当惑する。「おいおい、なんでだめなんだ？」

「子どもたちが恐がるかもしれないじゃない」

「だけどあの子たちは喜んでるぞ！」

「ベチャベチャするのよ」

「ベチャベチャする、か」とショーンは繰り返す。そして冷蔵庫に氷を取りに行く。怒りの感情が湧いてくるのを感じ、顔が火照ってくる。ドリンクを作ってリビングルームに行く。妻がキッチンで夕食の準備をする音を聞いていると、さらに怒りが高まってくる。ショーンは唐突にドリンクを置くと、廊下に出て、階段を降り、表玄関を出る。その日の夜、彼は作家がよく出入りするバーで過ごしてから、酔っ払って午前三時に帰宅する。


数年が過ぎた。ショーンは仕事場から車で帰宅する途中だ。遅くまで仕事をしたので、夕食は抜いた。息子たちのことを考えていると、涙が出てきてむせびはじめる。彼は高速道路を降りて、埠頭のそばの暗闇に駐車する。自分がどうしようもない状況にあるという思いが、突然心の中に浮かんでくる。むせび泣きはどこからともなくやってきて、別世界で起きた肉体反応のように彼を飲みこむのだ。同じことが路上やレストランで起きていても不思議はなかった。自分ではコントロールできない、あるいは正確に計測すらできないぐらいの重圧が、正反対のふりをしているにもかかわらず、彼の中にあるのだ。気持ちが落ち着いてくるにつれて、妻が終局の準備をはじめた事実に直面しようという気持ちになる。彼女は慎重な行動をほのめかしている。週末に男友だちとアイススケートに行ったり、ヴェールに包んだような口調で、誰にもわからない未来のことに間接的に言及したり、家の周辺でこそこそしたりしているのだ。自分が家を出るときは、子どもたちと別れなければいけないだろう。ショーンは車を発進させながら、子どものことを考えている。そうして自分の中における子どもたちの重みを感じている。

ショーンは表玄関の鍵を開け、コートをクローゼットにかけてから、階段を昇る。家の中は静まり返っている。誰もいないリビングルームで、暖炉の火が燃えている。キッチンにもダイニングルームにも誰もいない。階段の踊り場まで行ってから、ショーンは残り半分の階段を昇りはじめる。

「パパ」。寝室にいるので姿が見えないが、フィリップは先ほどからずっと一緒に話していて、会話の最中であるように、はっきり声は聞こえるし、口調も直接話しかけてくるような感じだ。

「いま行くよ」。ショーンは家がどうしてこんなに静まり返っているのだろうと不思議に思う。妻は屋根裏部屋に上がっているに違いない。ジョンは眠っているに違いない。

「どうして泣いてたの?」とフィリップが尋ねる。

ショーンは階段の一番上のところで立ち止まる。最初に思ったのは、どうしてこの子がそれを知っているのかということではなく、知られてしまったせいでこの子を怯えさせたのではないかということだ。部屋に入ると、フィリップがそこにいる。ぱっちりと眼を開けて、ベッドの足元で膝をつき、なにかを期待しているような顔つきだ。

「やあ」。ショーンには、息子が不安がっているのではないことがわかる。好奇心に駆られて気持ちを集中させているが、この子は怯えていない。

「どうして?」と少年は尋ねる。彼はいま六歳だ。

「大人だってときどき泣くんだよ。だけど、もうだいじょうぶだ」

少年はすべてを理解するが、まだつづきを待っている。

「自分でもよくわからないんだ」とショーンが言う。「とても複雑なんだ。たぶんいろんなことが絡んでいる。だけど、もうだいじょうぶだよ。いまは気持ちも落ち着いている」

「よかった」

少年がほっとしているのをショーンは感じ取り、床にすわる。「どうしてパパが泣いているのがわかったんだい?」いまのこの一瞬ほど、人にたいして近しい気持ちになったことは、ショーンにはこれまで一度もなかった。彼の口調は落ち着いた、くつろいだ感じになる。

知性的な顔に熱意をあふれさせて、元気よく、少年は答えようとする。ショーンには息子の心の動きひとつひとつが、はっきりと見て取れる。フィリップはまず話し出そうとして息を吸いこむ。彼には自信がある。次に自分が知っていることを形にする言葉を探すが、困ったことにそれが見つからない。それから自分が質問に答えられないことに気づく。彼は少しのあいだ、二人の真ん中にある空間をじっと見つめる。ショーンは返事を待っているが、こうした心の動きが少年の顔に浮かぶのを全部見ていた。

「よくわからないんだけど」と少年は言う。「なんとなくわかったんだ」
「おまえの言いたいことはよくわかるよ」
しばらくすると、少年は突然大きなあくびをして、布団にもぐりこむ。ショーンは階段を降りる。

自分が家を出ようとしていることを、子どもたちに伝えなければいけないときがやってくる。フィリップは八歳、ジョンはもうじき七歳になる。三人で屋根裏の遊び部屋に上がる。ショーンは心の中に吹き荒れる嵐を仮面で隠し、家族の誰に非があるわけでもないのだと説明する。自分には他に選択肢がないのだ、もうこの家で暮らすことはできない、出ていかなければいけないのだ、と。彼がこの話をしていると、子どもたちが互いの眼を素早く見つめる。ほとんどこっそりという感じだ。それを見て、ショーンは特別で、不可思議な、鋭い心の痛みを覚える。

それから一二年後、ショーンはボストンにあるローガン空港の六番ゲートに並び、イースタン航空午前七時四五分発、フィラデルフィア行きの便のチェックインを待っている。白髪で、腹のまわりに軽く肉がつき、読書用の眼鏡を鼻の低い位置にかけていて、デスクに近づこうとして軽く足を引きずっている。右脚の膝の軟骨を手術したせいだ。ダークスーツとトレンチコートを着て、柔らかいキャンバス地の旅行カバンを肩から提げて持ち歩いている。

「おはようございます」。案内係は黒人の女性で、この二年間、毎週月曜日の朝、彼がチェックインをするたびに顔を合わせている。「今日は空席に余裕がありますよ」と女性が言う。「お席をアップグレードいたしますね」。ショーンはふたつの都市間を毎週通勤しており、航空会社から特別なカードをもらっていた。空席があれば追加料金なしでファーストクラスにすわれるのだ。女性に搭乗券を渡されると、彼はうなずいてその場を去る。

ショーンは椅子に腰かけて、搭乗案内を待っている。まわりにはビジネスマンたち、将校が二人、客室乗務員が三人、ショーンが教えているボストンの大学のロゴが入ったカバンをもった学生が一人いる。学生の顔に見覚えはないが、ぼんやりと彼を見る。フィリップとジョンもこれぐらいの年頃だ。子どもたちがワシントンとシカゴの大学に入学すると、ボストンの自分の学生たちにたいする接し方が穏やかになり、教えるスタイルもついつい優しくなっているのに気がついたときのことを、ショーンは思い出している。

フライトの案内がある。彼はチケットを手渡して、壁に囲まれた通路を移動し、飛行機の入口に向かう。客室乗務員は彼の顔を覚えていて、コートを受け取ってくれる。彼は二Aの座席に落ち着き、コーヒーをもらう。この儀式には慣れているので、ほっとする。ショーンはくつろぐ。

かつてはいつもこうした感じにならなかった。飛行機通勤をはじめた当初、ショーンは空の上で緊張していた。パニックの発作を起こさずに機内の窓から外を眺めるのは、彼にはとても難しいことだったのだ。恐怖に駆られるあまり、他の乗客にたいしても異常なぐらい神経質になった。

大声でかわされる会話に怒りを抑えながら、たとえ些細なものでも、自分に割りふられた空間に人が侵入してくることを極度に意識していたのだ。とりわけ大柄な体格の人にはいらだった。そうした人が肘をふりまわしたり、不注意に脚を伸ばしたり、彼の座席に軽率にぶつかってきたりするのが耐えられなかった。自分が他の乗客のことを憎んでいて、守銭奴がお金を数えるように彼らの欠点を列挙していることに気がついた。だがやがて、飛行機での旅に慣れるにつれて、自分の異常性、憎悪というほとんど病的な異常性を受け入れるようになり、いつしかそれは消えていった。ひどい悪天候のフライトのとき以外、再発することもなくなった。

いま彼は、何キロも向こうのなにもない空間を、恐れることもなくじっと見下ろすことができる。どうしてだろうと不思議に思うが、かつての高所恐怖症も、いまはそれがないことも、どちらも説明がつかない謎なのだと結論づける。客室乗務員が朝食を運んでくれるが、姿勢を直そうとすると、右膝にずきっと痛みが走る。

あれは日曜ソフトボール大会の十度目の夏のことだった。ショーンが開催に協力していたこの大会は、ナンタケット島にあるスコンセットの町では、ひとつの伝統になっていた。フィリップとジョンは子どものころから参加していて、成長して大きくなると内野を守った。ショーンの二人目の妻は、当初から写真をたくさん撮っていて、その写真を見ていると、低速度撮影で撮ったもののような印象を受けた。父親は歳をとり、その一方で息子二人の背丈が伸びて、力も強くなり、それ以外の人はみんなあまり変わっていないという、崩壊した歴史の記録のようだったのだ。

ランナー一塁、ツーアウト、一点リードのマウンドに、ショーンは立っていた。打者は長距離ヒッターのジーノだ。ショーンは内角にボールを投げた。ジーノの腰がくるっと回り、バットがくるっと回るのが見えた。ボールに当たるビシッという音が聞こえた。ボールは速度をつけて三塁方向に消える。ショーンがふり向くと、三塁を守るジョンの姿が目に入った。彼がありえないほど空高く、地面から離れたところで固まって、両足をそろえ、つま先をぴんと伸ばし、脚と胴が一筆書きのように完ぺきにひとつの線をなして滑らかな曲線を描き、長い腕を精一杯まっすぐ伸ばし、そして白球をグローブのポケットの深いところにきっちり収める姿が見える。ショーンはおぼろげに膝の痛みを意識しながら、歓喜の叫び声を上げた。たまらないほどうれしくて、喜びのあまり痛みに無感覚になり、身体をねじってマウンド上に崩れ落ちながら、大声で叫んだのだった。

客室乗務員が彼の朝食を片づけてくれる。窓の下ではニューヨークシティが滑るように通りすぎている。ショーンは懐かしい区域を見つける。懐かしい通りも見つかるが、最初の妻がいまでも暮らしている家は見分けられない。彼は前妻とは良好な関係を保っていて、月に一度かそこら電話で話をしている。二人目の、若いほうの妻は、最初の妻のことを好ましく思っていて、最初の妻もまた同じように思っている。おかしなことだが、ショーンはそれを誇りに思っている。

「いまでもぼくの夢を見ることがあるかい？」と、一度電話で最初の妻に尋ねたことがあった。

「いまでもきみの夢にぼくが登場するのかってことだけど」

少し引いたような感じで、彼女は神経質そうに笑った。「出てこないわ。だけどものすごく妙な質問ね」

「ぼくが訊いたのは、ぼくの夢にはきみが思いがけず出てくることがあるからなんだ。えーっと、もう一一年になるのかな、一二年かな？　いまでもときどききみが夢に出てくるんだ」

飛行機はフィラデルフィアの空港に滑らかに着陸する。ショーンはカバンを肩から提げて、飛行機を降り、空港ビルを通り抜けて、タクシーに乗る。

「ダウンタウンに行ってくれ。ドレクスラービルだ」

ショーンが四〇代後半のころ、驚いたことに、そして彼にはどうしてもきっちり理解できなかった経緯を通じて、ドレクスラー財団の評議会が、芸術分野を経済的に支援する、財団傘下にある機構のディレクターになるように依頼してきたのだった。それは彼が楽しんでできる仕事だった。

運転手に料金を支払い、ドレクスラービルをじっと見上げる。七〇階建てのビルのガラス張りの壁に、雲と空とが映っている。大きな回転扉を押して建物に入り、ロビーを横切ると、急行エレベーターのドアが閉まりそうだったので、歩調を速める。飛び乗ると、すぐにドアが背後で閉まり、彼は六五階のボタンを押して、身体の向きを変える。

一瞬、ショーンは混乱する。長男のフィリップが眼の前にいて、エレベーターの反対側に立ち、前を向いているのだ。ショーンの気持ちはぐらつくが、それからそこにいるのがフィリップと同じ年頃で、同じ体型で、全体的に同じような容貌の青年であることがわかる。六四階にあるグリドン&グリドン社に大きな封筒を配達しているところなのだ。一瞬フィリップの面影とこの青年の面影がオーバーラップし、その瞬間、時間の流れが遅くなったように思われる。自分が超自然的なバリアの向こう側に息子の姿を認めているような感じがする。ショーンがエレベーターに徘徊している幽霊で、自分には息子の現実世界における肉体が見えるのだが、息子には自分の姿が見えていないような感じなのだ。耐えがたい悲しみがショーンを襲う。この幻想から醒めるにつれて、彼は息子が何百キロも離れた大学にいることを十二分に承知するが、自分の中にこの青年にたいする切迫した愛情があることに気づく。この想いはとても大きく、それを抑えるには口を閉ざしているしかない。エレベーターが上昇するにつれて、ショーンは自分自身を取り戻す。彼にはいま、青年の顔がはっきり見える。用心深く、多少神経質そうだが、青く澄んだ眼をした、少しニキビ面の顔が見える。

「ぼくはエレベーターが嫌いなんです」と青年が言う。そしてドアの上にある、フロアを表示するランプを凝視する。

「わたしも夢中になるぐらい大好きというわけじゃないけどね、歩くよりはずっといいよ」

エレベーターは六四階に近づくが、そのとき照明が消えて、非常灯がつき、六三階と六四階のあいだで停止する。それから降下しかけて小さくドスンという音がする。ショーンは思わず手すりにつかまる。非常灯の白熱電球が放つ、深みのない白い照明の下で、青年の顔は青ざめ、心配のあまり痩せこけているようにも見える。

「なんてこった」と青年が言う。

エレベーターはさらに一メートルほど降下する。

青年はエレベーターの隅に身体を押しつける。眼が狂ったように取り乱している。

ショーンはしっかり落ち着いている。

「なんてこったなんてこったなんてこった」。青年の声がうわずり出す。

「わたしにはこれまでも何度か同じ経験があるんだ」と、ショーンは嘘をつく。「シカゴでね。ボルチモアでも一回あった。エレベーターには電気を使っていない制動装置がついていてね、それは他のシステムから独立しているんだ。エレベーターが一定の速度を超えると、自動的にブレーキがかかるようになってるんだよ」。これは本当だ、彼はそう思う。「わたしの言ってることがわかるかい?」

青年は口を開け、いまにも金切り声を上げそうだ。そして四方をきょろきょろ見たあとで、ようやくショーンのほうを見る。

「落ちるはずがない。ありえないんだ。わかるか?」

「うん」。青年はごくっと唾を飲みこむ。

「わたしたちは完全に無事だ」

数分の時間が流れるあいだ、ショーンは青年を見守っている。ショーンは黙っているが、飛行機での自分自身のパニックのこと、こうした状況では誰にも邪魔されずに独りきりでいる必要が自分自身にあったことを心の中で思い出した。この少年も同じように感じているのだろう。だが、さらに一分が経過すると、青年の顔にまた恐怖の色が浮かんでいることに気づく。ショーンは身体をひねってカバンをおろし、二人のあいだにある空間を横切る。

「いいかい」彼はそっと言う。「もうじき助かるよ」

青年の呼吸が速くなっている。ショーンをじっと見つめているが、顔は見ていない。ショーンは手を伸ばし、青年の頭を自分の手で包みこむ。

「なあ、いいかい、わたしたちは完全に無事なんだ。さあ、わたしの顔に眼の焦点を当ててごらん。わたしはだいじょうぶだということを知ってるから、わたしの顔を見てくれたら、きみにもそれがわかるよ」。青年はようやく彼の顔を見る。そしてショーンの手の中で軽く頭を動かす。

「催眠術だ」と小声で言う。

「違うぞ、そんなことはないよ。催眠術なんかじゃない」とショーンが言う。「照明がつくまでこうしていよう。ドアが開くまで、あるいは助けが来るまで、あるいはなんでもかまわんが、それまでこうしていよう」。ショーンは青年が落ち着いてきたことを感じる。そして少年の頭を優しく包んで、眼を覗きこむ。「よし。それでいい」

しばらくすると、照明がつき、エレベーターが上昇して、ドアが開く。少年は外に飛び出す。「こっちに来い、こっちに来いよ!」と彼は叫ぶ。

ショーンは笑みを浮かべている。「ここは六四階だ。わたしは六五階に行くんでね」

青年は前に歩み寄るが、ドアが閉まる。エレベーターは一階上がり、ショーンはそこで降りる。

その日の夜、ベッドに横になって、眠りが訪れるのを待ちながら、彼は頭の中であの出来事全体を辿り直している。そしてショーンがエレベーターに残るつもりであることがわかったときの、青年の表情を思い出して、大きな声で笑う。

それから彼は、父親が思いがけず現われて、自分を学校から連れて帰り、窓を拭き、窓台の上でショーンをつかんで窓の外に出した、一九四二年のあの日のことを思い出す。歩道のひびを見下ろしたことも。いまここで、暗闇の中にいながらも、四〇年以上もむかしの過去から蘇ってきた歩道のひびが見える。だが恐怖は感じない。そこには驚愕の感覚があるだけだ。

解説

「中空」は、気難しく考えなければ理解できない類いの物語ではない。描写も簡潔で、明晰だ。簡単にまとめれば、ショーンという名の少年が、精神的に不安定な父親によってアパートの窓から外に投げ出されかけた幼少期のトラウマを抱え、成長してゆく過程を描いた掌編である。文体としての特徴は、現在形をほぼ一貫して用いるところにあり、それがショーンの生における張りつめた緊張感を醸し出していよう。現在形という時制は、物語を語るにおいて不自然なものであるのだろう。過去としてふり返るべき物語をもたない、あるいは過去がいまだに過去ではない、そうした捩れた時間感覚を想起させるのだ。だからこそ、それを過去として位置づけるために物語が紡がれるのだといってもよい。作品の結末近くに挿まれるソフトボールの試合のエピソードは、例外的に過去時制で語られるが、かくてそれと中空におけるショーンのパニックがおさまることは、連動しているといってもよい。

ショーンのトラウマは、父親という存在全体から受けたものであり、アパートでの事件自体はひとつの引き金でしかないのだろう。それは物語のどこにも直接的には語られていないが、たとえば自分はなんでもできるという万能感、そこから導かれる、屋根をつたって窓からアパートに侵入するという向こう見ずの勇気、ないし理性的判断力の欠落や、軍人的な言葉の用法といった要素が、父と子のあいだで反復されるところに窺われる。自身に巣食う高所恐怖症の由来について、壮年になってもショーンには自覚がない。あるいは自覚の欠落こそが、彼の人生なのだろう。大学時代、彼は自身をコントロールできない自身に無自覚だし、結婚後も窓から飛び降りる不可解な夢の由来に気づかないのだ。かつて姉と自身とのあいだでかわされた仕草が二人の息子のあいだで反復されるとき、ショーンは胸に痛みを覚えるが、そのわけにも気がつかない。だが、語り手も、読み手も、彼の無自覚に気づいている。語り手が感傷に流されず、誠実にショーンの心の動きを追いかけるからこそ、読み手もショーンにたいして親密な想いを抱くことが許される。そうしたショーンが過去を受け入れ、トラウマを受け入れる過程を、語り手と読み手が優しく見守る物語である。

コンロイの世界では、近しい気持ちを誰かに抱くことによって、心の傷が贖われる。ショーンの場合、それは二人の息子への想いである。息子にたいする親密な感情が、父親としてのショーンを救うのだ。息子が彼の「父」なのだ。そしてまた、そうしたショーンに近しい親しみを感じることで、贖いは読み手にも施される。

だからこそ、「中空」とは、空を飛ぶ小説なのだ。上昇し、見下ろすが、決して墜落することはない。エレベーターが落ちることもない。そうした状態にみずからの生があるということを、ショーンが受け入れてゆく物語である。そしてまた、宙ぶらりんの中空にいる読み手にも、それを受け入れることが許される物語である。ショーンと読み手がこの空を飛ぶ物語である。

小説家、エッセイスト、ジャズ・ピアニスト、音楽評論家、大学教授。フランク・コンロイ（一九三六〜二〇〇五）の顔はじつに多彩だ。おそらく日本では、青春小説『マンハッタン物語』の作者として、記憶にとどめておられる方々も少なくないだろう。ここに訳出した「中空」は、短編小説集『中空』の冒頭に収録された作品である。コンロイのことを、作家としてだけでなく、「作家の作家」として、アメリカ文学に影響を与えつづけた存在であると評する人もいる。彼は一九八二年から八七年まで、全米芸術基金の文学部門ディレクターとして、若手作家の育成と支援に力を注いだ。その後一九八七年から一八年間にわたり、全米最古の名門アイオワ大学創作科における主任教授を務めてもいる。六〇歳代になっても一日一冊は書物を読破したという伝説の持ち主でもある。

だが二〇〇五年四月、結腸癌のため、アイオワシティで夭折された。享年六九歳であった。

サニーのブルース

ジェームズ・ボールドウィン
堀内正規　訳・解説

警察沙汰になり将来について悩む弟サニーと、弟のことが理解できずに、彼を避けてきた兄。ぎこちないながらも二人は再会するのだが……。

通勤途中の地下鉄で、新聞でそれを知った。その記事を読んだが信じることができず、もう一度読み直した。というよりそのときわたしは、弟の名前といきさつを綴った活字を、ただじっと見つめていただけだったかもしれない。地下鉄の車輌の、揺れるライトの下で、乗客の顔と体にはさまれて、外でうなりを上げる暗闇の中に映った自分自身の顔と向き合いながら、それを見つめていた。

こんなことは信じられない、地下鉄の駅から勤め先のハイスクールまで歩くあいだ、わたしは一人で呟き続けた。けれど同時に、これは事実だと感じてもいたのだ。わたしはこわかった、サニーのことが。いま、ふたたびサニーがリアルな存在になった。氷の大きな塊が、胃の腑に引っかかったまま、そこで一日中ゆっくり溶け続けている、そんな感じが幾何を教えているあいだずっとしていた。それは特殊な氷だ。溶け続け、冷え切った水のしたたりを血管のいたるところに駆けめぐらせるのに、決して減らない氷。ときにそれは固さを増し膨れ上がって、まるで内臓がこみ上げて口からこぼれそうに感じられる。あるいは息が詰まったり叫び出したい気分になる。サニーがかつて言ったりしたりした何か特別なことを思い出しそうになると、その瞬間にいつもこんなふうになるのだった。

弟がいまのわたしの教室にいる生徒と同じくらいの年齢だった頃、その顔は輝いていて、あけっぴろげで、色艶もよかった。その瞳は驚くほど澄んだ褐色だった。とても物静かで一人が好きだった。いまはどうなっているだろうとわたしは思った。彼は前の晩に、ダウンタウンのアパートでヘロインを密売し服用しているところを逮捕されたのだ。

信じられない、というのはつまり、わたしの内部にはそのことを容れるどんな余地も見出せなかったという意味だった。もう長いあいだわたしは弟のことを自分の中から閉め出してきたからだ。わたしは知りたくなかった。うすうす疑いを抱いていたのだが、それを名づけることはせずに、脇へと追いやってきたのだ。サニーは荒っぽい生活をしてはいても、狂ってはいない。それに彼はずっといい子だったし、手に負えないひどい不良になったこともない。若者がすぐに、特にハーレムではあまりにもすぐになってしまうようなものじゃないんだと、わたしは自分に言い聞かせた。これまで実にたくさんの若者たちを見てきたが、弟も同じ状況で堕落し、何者にもなれず、その顔に灯っていた光が消えうせる様子をこの眼で見たとは、信じたくなかったのだ。だがそれは起こってしまった。そしてわたしは、たくさんの青年に幾何を教えながらここにいる。彼らだって、わたしの知る限り誰でも、頭に血が上れば、腕に注射針を刺すかもしれない。それは彼らには幾何よりもっと役に立つのだろう。

確かにサニーが初めてヘロイン《ホース》を打ったのは、いま眼の前にいる生徒たちとほとんど同じ歳だった。彼らのいまの生活は当時のわたしたちの生活と変わらない。彼らはものすごい勢いで成長するが、その頭は現実の可能性という低い天井に突然ごつんとぶつかってしまう。それで怒りで充満してくるのだ。彼らが知っているものはといえば、二つの暗闇だけだ。一つは人生の暗闇で、いまそれは彼らの頭上で閉じつつある。もう一つはその暗闇に対して目を閉ざしてくれる映画館の暗闇で、そこで彼らは復讐の夢を見ながら、ほかのどんなときよりも連帯感を感じ、同時に孤独を感じる。

ベルが鳴り、最後のクラスが終わると、わたしはゆっくり息を吐いた。まるで朝からずっと息を詰めていたかのようだ。服は汗びっしょりで、たぶん午後のあいだ中スチーム・バスに服を着たまま入っていたような恰好に見えただろう。わたしは教室に長いこと一人ですわっていた。階下の外で若者たちが叫んだり汚い言葉を発したり笑ったりする声を、じっと聴いていた。おそらくそのとき初めて、彼らの笑い声がわたしの心を捕らえたのだ。それは人が（なぜだかわからないが）子どもと結びつけたくなるような、歓びに満ちた笑いではなかった。嘲笑的で孤立していて、他人を傷つけようとする笑い声だった。それは幻滅から生じたもので、その点に彼らの罵りの持つ犯しがたさもある。たぶんその笑いに耳を傾けたのは、わたしが弟のことを考えていたからだろう。その声に弟の声を聴いていたのだ。そして自分自身の声も。

一人の生徒が口笛で何かのメロディを、とても複雑なのにとてもシンプルなメロディを吹いていた。鳥から出てくるように、メロディは体から溢れ出ている。外のひりひりする明るい空気の中で、それはとてもクールで心動かすように聞こえる。他のすべての騒音の中で、かろうじて自分のサウンドを持ちこたえているといったふうに。

わたしは立ち上がって窓まで行き、中庭を見下ろした。春の始まりで、若者たちの中に活力がみなぎり始めていた。ときどき教師が彼らの脇を通り過ぎるが、みな急ぎ足で、まるで中庭から出るのが待ちきれない、一刻も早く生徒たちを自分の視界から、自分の心から消してしまいたい、とでもいうふうだった。わたしも荷物をしまい始めた。家に帰ってイザベルにこのことを知らせなければと考えたからだ。

下に降りたときには中庭はがらんとしていた。すると一人の若者が入口の暗い場所に立っているのが目に入った。サニーそっくりだった。その名をもう少しで呼びそうになったが、サニーではなかった。昔から知っている、わたしたちの住むブロックあたりで育った奴だ。サニーとは友だちだったが、わたしの友人ではなかった。わたしには若すぎたし、どのみち彼が好きになれなかった。大人になったいまでも、彼はそのあたりをぶらついて、街角で時間をつぶしていた。いつもハイになっていて、汚らしかった。よくバッタリ出くわしたが、そのたび彼はあれこれ言っては二五セントや五〇セントのコインをせびった。何かとても巧みな口実を用意していて、わたしはいつでも、なぜかわからないが小銭をやってしまうのだった。

だがいま突然に、わたしは彼が嫌でたまらなくなった。わたしを見る、いくぶん犬のようで小ずるい子どものような目つきが、耐えがたくなった。いったい学校の中庭まで来て何のつもりだと訊いてやりたい気分になった。

ちょっと足を引きずるようにして近寄って来ると奴は言った。「新聞は持ってるみたいだな。じゃあもう知ってるんだろ」

「サニーのことか? ああ、知ってるよ。お前はなんで捕まらなかったんだ?」

相手はにやっと笑った。それを見ると胸がむかついてきた。同時に子どもの頃の顔つきを思い出した。「俺は一緒じゃなかったんだよ。あいつらのそばには近寄らないんでね」

「それはよかったな」わたしは彼に煙草を一本差し出し、煙越しに相手の顔を見つめた。「わざわざこんなところまでサニーのことを知らせるために来たってわけか」

「そうさ」少し頭をふると、いまにも寄り目になるみたいな不思議な目つきになった。強い陽の光のせいでべとついたダークブラウンの肌の色は薄れ、眼は黄色がかった感じに見え、もつれた髪の上の埃が浮き上がっていた。くさいにおいがした。わたしは少し身を離して言った。「そりゃどうも。でももう俺は知ってるし、家に帰らなくちゃいけないんだよ」

「ちょっと送るぜ」と言うので、一緒に歩き始めた。まだ校庭には二人生徒が残っていて、一人がわたしに挨拶をしたあと、隣の連れを奇妙な顔をして眺めた。

「どうするつもりだい?」彼は聞いた。「サニーのことをさ」

「おい、俺はサニーとは一年以上会ってない。何かしてやるかどうかわからんね。それに、俺に何ができるっていうんだ?」

「そりゃそうだ」間を置かず答えた。「あんたにやれることなんかないよな。もうあのサニーの奴を助けるなんてできないだろうさ」

わたし自身が内心そう考えていたところだったので、お前にそんなことを言う権利はないぞと思った。

「でもサニーには驚かされたよ」まっすぐ前を見て、まるで自分に話しかけるみたいな不思議な話し方をした。「あいつはもっとスマートな奴だと思ってた。ムショに入るにはスマートすぎるってね」

「あいつもそう思っていただろうさ」わたしはきっぱりと言った。「だからこそムショに行く羽目になったんだ。お前はどうなんだ？　お前もすごいスマートな人間なんだろう？」

すると奴はほんの少しのあいだわたしを睨んだ。「俺はスマートじゃない。もし俺がスマートだったら、とっくの昔にピストルを握ってたよ」

「なあ、この俺にお前のお涙ちょうだいの思い出話を聞かせようってのか。俺にだってそんな話の一つや二つはあるんだぜ」そう言ってから、わたしはやましい気持ちになった。たぶんこれまで一度として、この惨めなろくでなしにも、自分だけの物語、それも悲しい物語があるなんて考えもしなかったことに、やましさを感じたのだろう。わたしは急いで尋ねた。「これからあいつはどうなるだろうね？」

彼は答えなかった。心の中でどこか別の場所に行っていたのだ。「おかしな話さ」話のトーンだけからすると、わたしたちはまるでブルックリンへ行く最短コースについて話し合っているかのようだった。「今朝新聞を見て、最初に思ったのは、俺がこの件に関係あるんじゃないかってことだったよ。ある意味俺にも責任があるような感じがしたんだ」

わたしは真剣に聴き始めていた。地下鉄の駅はちょうど目の前の通りの角にあったので、わたしは立ち止まった。それで彼も止まった。前にはバーがあって、ちょっと身をかがめると中を覗きこんだ。だが探していた相手は見当たらなかったらしい。ジュークボックスからはブラックでビートのきいた音楽が鳴り響いている。ちらっと見ると、メイドがジュークボックスから離れて、リズムに乗りながらカウンターの後ろに戻っていった。客が言った言葉に笑って、ずっとリズムをとっている彼女の顔を、わたしは見ていた。微笑むとそこに小さな少女が見える。娼婦まがいのやつれた顔の下に、運命を決められてもなおもがいている女が感じられる。

「サニーには何にもやらなかったからね」彼はようやく口を開いた。「すげえ前だけど、俺がハイになって学校に行ったら、サニーがどんな感じだって聞いてきたことがあったよ」と言って黙った。わたしは彼を見続けることができず、メイドを見た。舗道を揺らすほど鳴っている音楽に耳を傾けた。「俺はすげえいいぜって答えた」音楽がやみ、メイドはじっとして、また鳴り出すまでジュークボックスを見ていた。「ほんとにそうだったからね」

この会話はわたしを行きたくない場所へ連れて行きそうだった。どんな感じだったかなんて本当にわたしは知りたくなかったのだ。行き交う人々、見える家、この音楽、すばやい動きの浅黒いメイド、すべてが脅威で満たされていく。そしてこの脅威こそ、それらすべてのリアリティなのだ。

「サニーはこれからどうなるかね?」わたしはもう一度尋ねた。

「どこかへ連れてかれて、矯正させられる」頭をふりながら彼は言った。「ひょっとしたらあいつはヤクから足を洗えたって思うかもな。それから釈放さ」――ジェスチャーしながら、煙草を溝に投げ捨てた。「それで終わり」

「終わりってどういう意味だ?」

しかしわたしには相手の言いたいことがわかっていた。

「終わりだよ」ふり向くとわたしを見つめ、口をへの字に曲げた。「わかんないかよ?」静かに聞いてきた。

「なんだって俺にわかるっていうんだ?」どうしてだか、わたしの声はほとんどささやきになった。

「そりゃそうだ」彼は宙を向いて言った。「どうやったらこいつにわかるってんだ?」我慢強く静かに、もう一度顔を向けたが、わたしには彼が震えているのがわかった。いまにも泣き崩れそうに震えている。わたしはあの氷をまた腹の中に感じ始めた。午後のあいだずっと感じていた懼《おそ》れだ。わたしは再びあのメイドを見た。バーを歩きまわり、グラスを洗い、歌っている。「いいかよ。あいつらはサニーを放り出す。そのあとは始めっから繰り返しってことだよ」

「サニーは放り出される、それから苦しんで元の生活に戻る、でもドラッグはやめられない、そう言いたいわけか」

「ああ」声が陽気になった。「あんたにもわかるじゃねえか」

「教えてくれ」とうとうわたしは言った。「サニーはどうして死にたがるんだ？　あいつは死にたがってる。自殺行為だ。なんで死にたがるんだ？」

彼はびっくりしてわたしを見た。唇を舐めた。「死にたがってるんじゃねえよ。生きてえんだ。死にたい奴なんかどこにもいねえよ」

そこでわたしは聞きたくなった――あまりにも多くのことを。彼には答えられまい、いや答えたとしても、わたしはその答えに耐えられなかっただろう。わたしは歩き始めた。「ふうん、俺には関係ないね」

「サニーにはつらい仕打ちだろうぜ」もう駅に着いていた。「ここから乗るのか？」わたしはうなずいた。一歩階段を降りたとき彼は突然「クソ！」と言った。見上げるとまたにやりと笑っている。「うちに金を全部置いてっちまったぜ。一ドル持ってねえか？　一日二日で返すよ」

突然わたしの中で何かが溶けて、外に出ようと脅し始めた。わたしはもう彼を憎んでいなかった。もう一秒ここにいたら、自分が子どもみたいに泣き出すような気がした。

「いいよ。心配するな」財布を見たが五ドル札しかなく、一ドルはなかった。「ほら。これで持つだろ？」

彼は札を見なかった――見たくなかったのだ。恐ろしい、心を閉ざした表情が、顔を覆った。札に書かれた数字を、わたしからも自分からも秘密にしておこうとするようだった。「すまんね」もう彼は、一刻も早くわたしが行ってしまうのを望んでいる。「サニーについちゃ心配ねえよ。俺が手紙でも書いとくさ」

「ああ。そうしてくれ。じゃあな」

「あばよ」という言葉を聞いて、わたしは階段を降りていった。

わたしはその後長いあいだサニーに手紙も書かなかったし、差し入れもしてやらなかった。とうとうそうしたのは、わたしの幼い娘が死んだ直後だった。彼は返事の手紙をよこしたが、それを読むとわたしは、自分がとても嫌な人間だと感じずにはいられなかった。

これがその手紙だ。

兄さん、

どんなに兄さんからの手紙を待っていたか、わからないでしょうね。何度も手紙を書こうとしたけど、ぼくがどれほど兄さんを傷つけてしまったかを考えてやめました。でもいまのぼくの気持ちは、どこか深い、すごく深くてくさい穴から、ずっと這い出ようとしてきて、ようやく外に太陽が見えたところ、という感じです。ぼくは外に出なくちゃならない。

どうしてぼくがここにいるのか、あまり書けることはありません。どうやって書けばいいのかわからないんです。ぼくは何かを怖がっていたのか、何かから逃げようとしていたのか。兄さんもぼくの頭の回転がよくないことは知ってるよね（笑）。母さんと父さんが亡くなっていて、息子に何が起こったかを知ることができなくてよかった。自分が何をしているかわかってたら、ぼくは決して兄さんをこんなに傷つけなかったでしょう。兄さんたちや、ぼくにやさしくしてくれてぼくを信じていてくれたたくさんのすばらしい人たちを。

兄さんには、この状況が、ぼくがミュージシャンであることと関係があると思ってほしくありません。そんな単純なことじゃないんです。それともそれ以上に単純なことなのかもしれません。いまのぼくには頭をすっきりさせてものを書くことはできないし、外に出たらどんなふうになるのか、考えないようにしています。ときどき自分がカッとなって二度と外に出れないような気がするし、ときどきはすぐに戻れそうな気がします。でもこれだけは言いたい、ぼくはこの経験を繰りかえすぐらいなら、銃で頭をぶち抜くでしょう。でもこの言葉も誰もが言うことなんだそうです。今度ニューヨークに行くときを知らせたら、兄さんが会ってくれるなら、本当にうれしいです。イザベルと子どもたちにどうぞよろしく。小さなグレーシーのことを聞いて、とても心を痛めています。

ぼくがママみたいに「主のみ心の行われんことを」って言えたらいいんだけど。でもぼくにはどういうわけか、災いこそ決して終わることない唯一のものだと思えるし、それを神の責任にしても、何の意味もないような気がします。でももしもそれが信じられたら、それはそれでいいのでしょうね。

あなたの弟、

サニー

それ以来わたしは弟と常に連絡をとるようになり、送れるものは何でも送ってやった。彼がニューヨークへ戻って来たとき、わたしは会いに行った。その顔を見たとたん、いままで忘れたと思いこんできたたくさんの事柄がいっぺんに溢れ出してきた。というのは、わたしがとうとう、サニーについて、サニーが心の中で生きてきた人生について、考え始めたからだった。この人生は、それがどんなものであれ、サニーを老けさせ、痩せさせるものだった。それはたえず彼を包んでいるよそよそしい静けさをいっそう深めた。その様子は、わたしが知っているかつてのかわいい弟とはかけ離れていた。ただ、微笑んだり、握手をしたりすると、これまで見たことのなかった弟が、そのプライベートな生活の奥底から顔を覗かせた。それは光の中に手招きされるのを待っている獣のようだった。

「調子はどうだい?」サニーは尋ねてきた。

「いいよ、お前は?」

「元気さ」満面の笑みだった。「また会えてうれしいよ」

「こっちもだ」

七歳の年齢の差が、二人のあいだには深い裂け目のように横たわっていた。この差がなんとか橋渡しに役立たないものだろうかとわたしは思った。思い出すと息が詰まりそうになるのだが、弟が生まれたとき、わたしはすでにそこにいた。彼が初めて話したとき、その言葉をわたしは聞いた。彼が最初に歩いたときには、母からまっすぐにわたしの許へ歩いてきた。この地上で初めての数歩を歩んだあと、倒れこむ彼をわたしが抱きとめたのだ。

「イザベルはどう?」

「元気だよ。お前にすごく会いたがってる」

「子どもたちは?」

「みんな元気さ。叔父さんに会いたいって言ってる」

「まさか。俺のことなんて覚えてないだろ?」

「何を言ってる。もちろん覚えてるさ」

弟はまたにやっと笑った。二人でタクシーに乗りこんだ。お互いに話したいことがたくさんあったが、あまりにも多すぎて、どこから始めたらいいのかわからなかった。

タクシーが動き出すと、わたしは尋ねた。「お前はまだインドに行きたいのかい?」

サニーは笑った。「まだ覚えてたのか。とんでもない。この場所が俺にはインドさ」

「もともとインディアンのものだったからな」わたしは言った。

また笑って、「ここを手放したとき、奴らには自分のしてることがよくわかってたのさ」

何年も前、一四歳ぐらいだったか、弟はインドに行くことにすっかりとり憑かれていた。どんな天候の下でも、といってもたいていはもちろんひどい天候だが、裸で岩の上にすわり続け、熱せられた石炭の上も裸足で歩き、知恵へと到達する人々のことを、書物で読み漁っていたのだ。俺には彼らが最速で知恵から遠ざかっているように思えるね、とわたしはよく言ったものだ。そのせいでわたしは見下されていたと思う。

「ちょっと運転手にセントラルパークの横を走ってもらってもいいかな。ウェストサイドをさ。もうずいぶんこの街を見てないんだ」

「もちろんいいさ」自分の言葉が彼の機嫌をとっているように聞こえるのではないかと思ったが、そんなふうに受け取られないことを願った。

右側にセントラルパークの緑、左に上品だが生気のない、石っぽいホテルやアパートを見ながら、わたしたちは子ども時代から親しんでいる、生々しくて強烈な通りへと入っていった。街並みは変わっていない。もちろん公営アパートがその中から、煮え滾る海の真ん中にある岩のように突き出ていたけれど。わたしたちが育った家並みはもうなくなっていた。わたしたちが物を盗んだ店や、最初にセックスをした地下室、ブリキの缶や煉瓦をそこから投げ落とした屋上も。だが依然として、わたしたちが過去に住んだ家とまったく同じような家々が景色を領していたし、かつてのわたしたちと同じような子どもたちが、そうした家の中で息が詰まりそうになり、光と空気を求めて通りに出て、災いに取り囲まれていた。この罠をすり抜けた者もいたが、たいていはだめだった。抜け出した者はいつも、ある種の生き物が片足を切り離して罠に残していくように、自分の一部をあとに残していった。たぶんわたしは、結局のところ逃げ出すことができたと言えるのかもしれない。学校の教師をしているのだから。サニーもそうかもしれない。ハーレムに住まなくなって何年も経つという意味では。しかしキャブがアップタウンへ進み、いくつもの通りを過ぎるにつれて、そこはどっと黒い肌の人間たちで色が暗くなるように見えてきた。こっそりサニーの表情を盗み見ていると、わたしには、二人が別々の車のウィンドー越しに探しているものは、うしろに残された自分自身の一部なのだとわかってきた。失った手や足が痛むのはいつもトラブルと向かい合う時なのだ。

一一〇番街に出てレノックス・アヴェニューを北上した。わたしはこの通りを生まれて以来ずっと知っているが、サニーのトラブルを初めて知った日と同じように、いまふたたびここが、ある隠れた脅威に満ち満ちていると感じられた。それこそがこの場所の命を保つ呼吸なのだ。

「もうちょっとで着くね」サニーが言った。

「もうちょっとだ」わたしたちは、どちらもそれ以上のことを言うにはあまりにナーヴァスになっていた。

わたしの住まいは公営のアパートだった。建ってからそれほど時間が経っているわけではなかった。建物ができて数日後には、そこは新しすぎて人が住めないような趣きだったが、いまではもちろん、早くも古びていた。それは無害で清潔で顔のない生活のパロディに見えた——そこに住んでいる者たちがそんなふうに仕立てようと最大の努力をしたのかもしれない。周囲を囲む雑草みたいな芝生も彼らの生活を緑に見せるには不十分だったし、生け垣も決して外の街路の侵入を阻みはしないことを、彼らがよくわかっていた。大きな窓も人を欺くことはできない。それは何もないところから生きた空間を生み出すほどには大きくなかった。代わりにテレビのスクリーンを見ているから、彼らは窓を気にかけたりはしない。公園の遊び場は、ジャックス遊びも縄跳びもローラースケートもブランコもしない子どもたちの好きな場所で、彼らは暗くなるまでそこにいる。わたしたちがそこに引っ越したのは、わたしの職場から遠くなかったのと、子どもたちのためだった。だがそこは、わたしとサニーが生まれ育った家とそっくりだった。同じようなことがこれからも起こり、同じようなことを子どもたちは記憶していくだろう。サニーとわたしが建物に入った瞬間、わたしは彼がほとんど死にそうになってもそこから逃れたいと思っていた危険のただなかに、弟を連れ戻しているだけなのではないかと感じた。

サニーはおしゃべりなタイプではなかった。だから、最初の夜に夕食を終えたあと、彼がわたしと無性に話したがっていると、どうして確信できたのか、いまでもわからない。その晩はすべてがいい感じだった。長男は彼のことを憶えていたし、一番下の子は彼を好きになった。サニーも子どもたちそれぞれへのおみやげを忘れなかった。イザベルは、実際わたしよりも気立てがよく、オープンでやさしかったので、一生懸命にディナーを作り、彼に会うことを心から喜んでいた。それに彼女はいつもサニーを、わたしにはできないようなやり方でからかうことができた。彼女の顔がふたたび生き生きするのを見、彼女の笑い声を聞き、彼女がサニーを笑わせるのを見つめるのは気持ちがよかった。イザベルはまったくピリピリしたりまごついたりしなかったし、内心していたとしても、そんなそぶりも見せなかった。避けなければならない話題など一切ないみたいに話し、それでサニーは最初のかすかな強張りをやりすごすことができた。わたしは彼女がいてくれたことに感謝した。なぜならまたあの氷のような懼れでいっぱいになってきたからだ。自分のすることすべてが自分ではぎこちなく思え、自分の言うことすべてが隠れた意味を帯びているように聞こえた。わたしは麻薬中毒について知っているあらゆることを思い出そうとしていて、サニーに少しでもその徴候がないかどうか、注意せずにはいられなかった。悪意からそうしていたのではない。ただ自分の弟について、何かを見出したかったのだ。彼の口から自分は安全だと言ってほしかった。

「安全だって?」わたしの父は、母が子どもにとってもっと安全だと思える区域に引っ越そうと言い出すと、いつでも吐き出すように言っていた。「安全なんてとんでもない! 安全な場所なんかあるもんか。子どもにも、誰にもな」

父はいつもこんな調子だった。だが決して言葉ほどひどい人だったわけではない。酔っぱらったウィークエンドのときでもだ。実際、父はいつでも「もう少しいいもの」を探し続けていたのだ。もっともそれを見つけ出す前に死んでしまったが。父の死は突然だった。第二次大戦の最中の、ある酔っぱらったウィークエンド、サニーが一五歳のときだった。父とサニーの関係はあまりうまくいっていなかったが、それは一つにはサニーが彼の「掌中の玉」だったからだ。しじゅう言い争っていたのは、父が弟をとても愛していて、彼のことを心配していたからだ。サニーと言い争うのは甲斐のないことだった。彼は自分の内側にただ閉じこもるだけで、もう誰の手も届かなくなる。しかし二人のそりが合わなかった最大の原因は、彼らがとても似ていたからだ。父は体も大きく荒っぽく、話し声もうるさくて、サニーとは正反対だったが、二人ともあの他人を立ち入らせないところを持っていた。

父が死んだ直後、母はわたしにそのことを話そうとしていた。わたしは軍隊から許可をもらって帰省していた。

そのときが母と生前話した最後になった。しかし、その母の姿は心の中で、もっと若かった頃にわたしが知っていた姿とまじり合っている。母のことを思い浮かべるときはいつも、たとえば、盛大な日曜の昼ご飯のあとで年配の者同士でおしゃべりをするときの、日曜の午後の姿であったりする。彼女はいつも淡いブルーの服を着ている。ソファに腰掛けている。父の方はすぐそばの安楽椅子にすわっている。リビングは教会の人たちや親類でごったがえしている。みんな居間にぐるっと置かれた椅子に腰掛ける。やがて夕闇が外に忍び寄ってくるが、まだ誰もそれに気づいていない。窓ガラスに沿って暗闇が成長してくるのが見える。ときどき通りのノイズが聞こえる。あるいは近くの教会の一つから、タンバリンがじゃらじゃら鳴るのが聞こえてくる。だが部屋の中はとても静かだ。少しのあいだ誰も話さない。ただみんなの顔が外の空の色みたいに暗さを増しているように見える。母は腰から上を少し揺らしていて、父の眼は閉じられている。誰もが子どもには見えない何かを見つめている。しばらくのあいだ彼らは子どもたちのことを忘れている。たぶん毛布の上で半分眠っている子どもがいる。それに誰かが膝の上に子どもを乗せて、そぞろにその子の頭を撫でている。ひょっとしたら子どもの一人は、隅っこの大きなチェアの上で、静かに、眼を見開いて、丸くなっている。静けさと、近づく闇と、人々の顔に浮かんだ闇が、その子どもをなんとなく怯えさせる。子どもはいま自分の額を撫でている手が決して止まらず、決して死なないことを願う。この居間に年配の大人たちがもうすわらず、自分の出身地の話もせず、何を見てきたかとか自分や仲間たちに何が起こったかを語らなくなってしまうような時が、決して訪れないことを彼は願う。

けれどもその子の中の何か深くて注意深いものは、この状況が必ず終わること、いやすでに終わりつつあることに気づいているのだ。あと少しで誰かが立ち上がり、灯りを点けるだろう。そうなれば大人たちは子どもたちのことを思い出し、もうその日のおしゃべりは終わる。灯りが部屋を満たす頃、あの子どもは闇でいっぱいになっている。こうしたことが起こるたびごとに、自分は外にあるあの暗闇に近づいていくということを、彼は知っている。外の暗闇こそが大人たちが話していたことなのだ。彼らはそこからやって来たのだ。彼らはそれに耐えているのだ。子どもにはわかる、彼らがこれ以上話さないのは、もし自分たちに起こったことを知りすぎると、彼が自分自身にやがて起こることを、あまりに早く知りすぎてしまうからだということが。

最後に母と話したとき、わたしは落ち着きがなかった。わたしは外出してイザベルに会いたがっていた。まだわたしたちは結婚していなくて、二人のあいだでちゃんとしておかねばならないことがたくさんあったのだ。

母さんは窓辺で、黒衣を着てすわっていた。「主よ、あなたはわたしを遠くから連れてきました」という、古いチャーチソングをハミングしていた。サニーはどこかへ行っていた。母は街をじっと眺め続けていた。

「お前が戦地に戻ったら、またお前に会えるかどうかわからないけどね。でもあたしがお前にいまから話すことを、ずっと憶えていてもらいたいんだよ」

「そんなしゃべり方はやめてよ」わたしは笑顔を作って言った。「まだこれからも長生きするさ」

母も笑ったが、何も言わなかった。しばらくのあいだ黙っていた。わたしは口を開いた。「心配しなくていいんだよ、ママ。ぼくはいつでも手紙を書くから。小切手もママ宛てに送る」

「お前の弟のことを言っておきたいんだよ」唐突に母は言った。「あたしに万が一のことがあったら、あの子を気遣ってやる人間がいなくなるんだよ」

「母さん。何もあるもんか。母さんにも、サニーにも。サニーは大丈夫だよ。いい子だし、常識もある」

「あの子がいい子かどうかなんて問題じゃないんだよ。常識があるかないかもね。悪くなくても、馬鹿でなくても、呑みこまれちまうことがあるのさ」そう言うとじっとわたしを見つめた。「お前の父さんには弟がいたんだよ」笑顔で言ったが、その顔で彼女がつらい気持ちでいることがわかった。「知らなかったろ?」

「ああ。知らなかったよ」わたしは母の顔を見つめた。

「いたんだよ。父さんには弟がね」また窓の外を見た。「お前は父さんが泣いたとこを見たことがないだろうね。あたしはある。長いあいだに、何回もね」

わたしは尋ねた。「父さんの弟に何があったんだい? なんで誰もその話をしてくれなかったの?」

そのとき初めて、母が老けて見えた。

「父さんの弟は殺されたんだ。いまのお前よりちょっと若いときにね。わたしはあの人を知ってたよ。とてもすてきな若者だった。まあ多少はやんちゃなところもあったけど、でも人を傷つけるようなことはなかった」

そこで言葉を切ると、部屋の中は静まり返った。ちょうどあの日曜の午後にときどきそうなるように。母は表の通りをじっと見つめていた。

「あの人は工場で働いてた。その年頃の若いのにはよくあることだけど、土曜の夜に音楽をやるのが好きだった。土曜の夜になると、あの人と父さんはいろんな場所へ流れて行っちゃダンスなんかをしたり、気の合う仲間と一緒にお酒を飲んだりしてね。父さんの弟はそんなときによく歌ったんだよ。いい声をしていたからね。自分でギターを弾いてさ。それでその土曜の夜も、父さんと弟はそういう場所から帰るとこで、二人ともちょっと酔っぱらってた。その晩は月が出ていて、昼間みたいに明るかったって。父さんの弟は上機嫌で、口笛を吹いてた。肩からギターをかけてね。二人で丘を下って来たら、ハイウェイから分かれてくる道があった。父さんの弟は、いつもちょっとふざけ気味で、この丘を駆け下りようぜって言うと、ほんとにそうしたんだよ。背中でギターをがたがたジャラジャラいわせてね。その道路を走って横切って、木のうしろでおしっこをした。お前の父さんはそれを面白がって、でもゆっくりだったんでまだ丘を降りきってなかった。そのとき車のモーターの音が聞こえた。と思ったらちょうど弟が木のうしろから、月明かりの中を道路に出てきたのさ。その道を横切ろうとしてね。それで父さんは丘を駆け下りたんだって。どうしてだか自分でもわからないって言ってたけど。その車には白人がいっぱい乗ってた。みんな酔っぱらってた。父さんの弟が目に入って、奴らはすごいわめき声を出して囃し立てた。それでまっすぐ車を弟めがけて走らせたんだ。面白がって、ただ怖がらせてやろうってね。よくあいつらがやるだろ？　でもそいつらは酔ってた。それにたぶん弟の方も酔ってて、怖くなって、正気じゃなくなってたんだ。脇によけたときには手遅れだった。父さんは言ったよ。車に体を轢かれているとき、弟の叫び声が聞こえた。ギターが壊れるときの木の音が聞こえた。ギターの絃が切れて飛んでくときの音が聞こえた。白人の男たちが叫ぶのが聞こえた。車はそのまま行っちまって、今日までずっと止まってないってね。それで、父さんが丘を下りきったときには、弟は血と肉の塊みたいになってた」

涙が母の顔に光っていた。わたしは何を言っていいかわからなかった。

「あの人がこの話をしなかったのはね、あたしが子どもたちの前でそれを言ってほしくなかったからだよ。あの夜の父さんは気が狂ったようになって、そのあと何日もそうだった。父さんは言ってた、あの車のライトが通り過ぎたあとのその道路ほど暗いものを、あれ以来見たことがないって。道路には何にもなかった。誰もいなかった。お前の父さんと弟と、それにぐしゃぐしゃになったギターだけ。そう。お前の父さんは二度と元に戻らなかった。死んだ最後の日まで、あの人には、どんな白人も弟を殺した男に見えるっていうこと以外、何にもはっきりしたことはなかったんだ」

話しやめると、ハンカチを出して眼を拭い、母はわたしを見た。

「わたしがお前にこの話をするのは、怖がらせたり、怒らせたり、人を憎むようにしたいからじゃないんだよ。お前には弟がいる。それに世の中は何にも変わっちゃいない。だから話したんだ」

たぶんわたしはこの話を信じたくなかったのだ。それがわたしの顔に表われていたのだろう。

母は顔を背けると、また窓の方を向いて、表の通りを見ようとした。

「でも購い主に感謝してるよ」とうとう口を開いた。「主があたしより先にお前の父さんをお連れになったんだから。自分をきれいに見せたいからこんなことを言うんじゃない。でもね、父さんがこの世を最期まで無事に生き抜くのをあたしが助けられたと思うと、そんなにひどい気持ちにならなくて済むじゃないか。父さんはいつでも、誰よりも荒っぽくて強い男だっていうふうにふるまってたし、みんなもそんなふうに思ってた。でもあたしが一緒にいなかったら。あの人の涙を見てあげることがなかったら！」

母はまた泣いていた。それでもわたしは動けなかった。わたしは言った。「ああ、ああ、ママ、そんなこと知らなかったよ」

「ハニー。お前の知らないことがたくさんあるんだよ。それを自分で知っていくだろうさ」母は窓辺から立ち上がってわたしの傍に近寄った。「お前の弟にしっかりついてやっておくれ」彼女は言った。「あの子が道を踏み外さないようにしておくれ。どんなことがあの子に起こっても、どんなにお前があの子にいやな思いをしても。これから何度もお前はいやな思いをするだろう。でも、ほんとにあたしが言ったことを忘れないでおくれよ」

「忘れないさ。心配はいらないよ。忘れない。サニーにはひどいことは起きないようにする」

母は、わたしの顔に見えた何かを愉しんでいるかのように、微笑んだ。「起こることを止めるなんてできないかもしれないよ。でも『俺はここにいるぞ』って伝えることはできるさ」

その二日後にわたしは結婚し、まもなく軍に戻った。考えなければならないことがたくさんあり、ママの葬式のために一時休暇を許されて船で帰るまで、彼女との約束はほとんど忘れてしまっていた。

葬式が終わって、ひと気のないキッチンにサニーと二人きりになったとき、わたしは彼の本音を聞き出そうとした。

「将来何をしたいんだい?」わたしは尋ねてみた。

「ミュージシャンになる」

わたしが国を離れているあいだに、弟はジュークボックスに合わせて踊るのを卒業し、誰がどの曲を演奏していて、どんな演奏をしているかがわかるようになっていたのだった。それに彼はドラム・セットを買っていた。

「ドラマーになりたいってことか?」わたしはなぜか、ドラマーになることは、他の人々には結構なことだが、弟のサニーには向いていないというふうに感じた。

「いや」彼はとても真剣な顔つきでわたしを見た。「ぼくはいいドラマーにはなれないだろうね。でも、ピアノを弾くことはできると思う」

わたしは顔をしかめた。これまでこんなに真剣に兄の役割を演じたことはなかったし、正直言って、サニーに一つとしてものを尋ねたことさえなかったのだ。いま自分はどう扱っていいのかわからない何か、理解不能の何かの目の前にいる、という感覚を覚えた。それでさらに彼に尋ねながら、わたしのしかめ面は少し険しくなっていた。「どんな種類のミュージシャンになるんだ?」

サニーはにやりとした。「何種類のミュージシャンがいると思う?」

「真面目に答えろよ」

彼は笑い出し、頭を上げたあと、わたしを見つめた。「真面目だよ」

「それなら、頼むから、ふざけるのはやめて、真剣な質問にちゃんと答えろ。俺が言いたかったのは、コンサート・ピアニストになりたいのかってことだ。クラシック音楽の演奏をしたいのか。それとも——そうじゃなかったら何なんだ?」言い終わるよりずっと前から、弟はまた笑い始めた。「ちゃんと答えろよ、サニー!」

真面目な顔を作ったが、難しそうだった。「ごめんよ。でも兄貴のしゃべり方があんまり怖がってるみたいだったから!」そう言うと、また笑い出してしまう。

「なあ、いまはおかしいことだと思うだろうが、それで食わきゃならんとなったら、そんなにおかしくなくなるぞ。ほんとなんだよ」わたしはかっとしていたが、それは彼がわたしのことを笑っているのがわかっていながら、その理由がわからなかったからだ。

「いいや」今度はとても真面目になり、たぶんわたしを傷つけたのではないかと恐れていたのだろう。「ぼくはクラシックの演奏家になりたいんじゃない。そんなのにはぜんぜん惹かれない。ぼくはさ」——サニーは言いよどんだ。わたしをしっかりと見つめたが、それは眼によって意思を伝える手伝いをさせようとするかのようだった。それから意味のないジェスチャーをしたが、それも手が言葉を補うとでもいうようだった。——「ぼくが言いたかったのは、そりゃ勉強しなきゃいけないことはたくさんあるし、あらゆることを勉強しなきゃいけないいんだけど、とにかくぼくが一緒に演奏したいのは――ジャズ・ミュージシャンなんだ」いったんそこで言葉を切った。「ジャズをやりたいんだ」

この午後のサニーの口から出たときほど、その語の響きが重く、リアルに聞こえたことはなかった。ただ彼を見つめるばかりのわたしの顔は、たぶん本当のしかめ面になっていたと思う。わたしには本当に理解できなかった。いったいどうして、ナイトクラブでうろついたり、ダンスフロアで人が押し合いへし合いしているときに、バンドスタンドの回りでおどけて見せたりして、時を過ごさねばならないのか。どういうわけかそれは、弟に似合わない、劣ったことだと思われた。それまで考えたことはなかったし、考えるよう強いられたこともなかったのだが、わたしはずっとジャズ・ミュージシャンを、父が「グッドタイム・ピープル」と呼ぶレベルの連中だとみなしてきたのだ。

「本気で言ってるのか?」

「もちろん本気だよ」

その表情はこれまでにないほどよるべなく、困惑して、深く傷ついているように見えた。

助け舟を出すつもりでわたしは言った。「つまり、ルイ・アームストロングみたいなか?」

まるで叩かれたみたいに、弟は顔をくしゃくしゃにした。「違う。そんな遙か昔の、ダウン・ホームなのろまじゃない」

「ああ、サニー、悪かった。怒るなよ。俺にはまったく見当がつかなかっただけだ。誰でもいい、お前が尊敬するジャズ・ミュージシャンの名前を言ってみろよ」

「バード」

「誰だって？」

「バードだよ！　チャーリー・パーカーさ！　クソ軍隊で何にも教わらなかったのかい？」

わたしは煙草に火を点けた。びっくりし、それから自分が震えているのがわかってちょっとおかしかった。「世の中から離れていたからな。まあ勘弁してもらおう。さあ、そのパーカーって奴は何者なんだ？」

「いま生きている最高のジャズ・プレイヤーの一人だよ」サニーはむっとして、ポケットに両手を入れ、わたしに背中を向けて言った。「一番最高かもしれない」苦々しくつけ加えた。「だから兄さんは知らなかったんだろうよ」

「わかった。俺が無知だった。ごめんよ。いますぐそいつのレコードを全部買いに出かけるさ。いいだろ？」

「ぼくには」いばったふうに彼は言った。「そんなことはどうでもいい。兄さんが何を聴こうと知るもんか。もうぼくの機嫌なんかとらないでよ」

これまで弟がこんなにも立腹したのを見たことがなかったと、わたしは気づき始めていた。一方、頭のどこかで考えてもいた。これはガキが必ず通過する類の事柄の一つなんだ、いつかわかる時がくる、あまり強硬に出すぎて、かえって重大なことだという印象を与えるべきではない、と。それでも、尋ねてみるくらいは害がないだろうと思った。「それにはすごく時間がかかるんじゃないのか？　それで生計が立つのか？」

サニーはふり向いて、キッチン・テーブルに半ば寄りかかり、半ばすわるようにした。「なんでも時間はかかるさ。でも、ああ、それで生きていくことはできる。でもどうしても兄さんにわかってもらえなさそうなのは、それがぼくのやりたい唯一のことだってことだよ」

「なあサニー」わたしは静かに言った。「人間は誰でもやりたいことができるってわけじゃない。わかってるだろ」

「いいや。わからない」そう言って彼はわたしを驚かせた。「人間は自分のやりたいことをやるべきだと思う。他に何のために生きるっていうんだ？」

「そうカッカするなよ」わたしは必死になっていた。「お前も将来について考えていい時期なんだ」

「ぼくは自分の将来を考えてるよ」断固とした口調だった。「いつでもそればっかり考えてるんだ」

わたしは諦めた。いまは気が変わらなくとも、今後いつでもこのことを話し合えばいいと決めた。「そのあいだに、お前は学校を卒業しなければならん」すでに話し合って、サニーはイザベルとその家族の家に住み込むことになっていた。この取り決めが理想的なものでないことはわかっていた。イザベルの家族は上流ぶるところがあって、彼女がわたしと結婚することにも、乗り気ではなかったからだ。しかし他に方法がなかった。「イザベルのうちにお前を落ち着けなくちゃならない」

長い沈黙が続いた。弟はキッチン・テーブルから窓辺に移った。「それはひどい考えだ。自分でもわかってるくせに」

「他にどんな考えがあるんだ?」

彼はしばらくキッチンをうろうろ歩くばかりだった。背の高さはほとんどわたしと同じになっている。もう髭を剃るようになっていた。突然わたしは、弟のことを何も知らない、という感覚に襲われた。

サニーはキッチン・テーブルのところで立ち止まり、わたしの煙草から一本を抜き取った。嘲りと愉しみのまじった挑発の視線でわたしを見ると、それを口に挟んだ。「吸ってもいいかい?」

「もう煙草をやるのか?」

煙草に火を点けるとうなずいて、煙越しにわたしを見つめた。「兄さんの前で吸う勇気があるかどうかを確かめたくてね」にやりと笑うと、思いきり膨らませた煙を天井めがけて吐き出した。「でも簡単だったよ」とわたしを見た。「白状しなよ。ぼくの歳で兄さんはもう吸ってたよね」

わたしは黙っていたが、顔にすべて出ていたらしい。それで彼は笑った。だがその笑いには何かひきつるようなものがあった。「ほら。それに兄さんがやってたのはそれだけじゃないだろ?」

ちょっとわたしを脅かすようになった。「くだらん話はやめだ。お前がイザベルのところで暮らすのはもう決めたことなんだ。急にいったいどうしたんだ?」

「兄さんが決めたんだ。ぼくが決めたんじゃない」わたしの正面に立つと、ストーヴにもたれかかり、腕をゆるく組んだ。「ねえ兄さん、ぼくはもうハーレムにはいたくないんだ、絶対に」彼はとても真剣だった。わたしの顔をじっと見、キッチンの窓の方を見た。その瞳の中には、いままで見たことのないものがあった。何か思慮深いもの、彼だけにしかわからない不安。彼は片方の腕の筋肉をこすった。「ぼくがここから出ていく潮時だよ」

「行くってどこへ行くんだ? サニー」

「陸軍に志願する。それか海軍でも、どっちでもいい。ぼくが十分な年齢だって言えば、信じてくれるさ」

それを聞いてわたしはかっときた。怖くなってきたからだ。「お前はどうかしてる。この馬鹿が。なんだって陸軍なんかに入ろうってんだ?」

「いま言ったばっかりじゃないか。ハーレムから出ていくためさ」

「サニー、お前はまだ学校も終わってない。もし本当にミュージシャンになりたいんなら、軍隊に入ってどうやってその勉強をするっていうんだ?」

弟はわたしを見つめたが、追いつめられ、苦悩している顔だった。「いろんな道があるさ。何かうまい話にありつけるかもしれない。そうじゃなくても、除隊したらG・Iビルがもらえる」

「生き残れたらな」わたしたちは睨み合った。「頼むよサニー。馬鹿なことはやめろ。パーフェクトからはほど遠い状況だってことはわかる。でも最善を尽くさなくちゃならんだろ」

「学校から学ぶことなんかない。学校に行ったってね」向こうを向き、窓を開け、細い路地に煙草を投げ捨てた。その背中をわたしはじっと見ていた。「少なくとも兄さんがぼくに学んでほしいようなことは、何にも学ばないさ」あまりにも激しく窓が閉められたので、ガラスが砕け散るかと思ったほどだ。弟はふり向いた。「それにこのゴミ箱のくさいにおいも吐きそうだぜ！」

「サニー、その気持ちはわかるよ。けど学校を卒業しないと、きっとあとで後悔する」わたしはその肩を摑んだ。「それにあと一年じゃないか。そんなにひどい話じゃない。じき俺も帰ってくる。そしたら必ず何でもお前がしたいことをさせてやる。俺が戻るまでちょっと我慢してくれ。そうしてくれないか？　俺のために」

答えなかった。わたしを見もしなかった。

「サニー、聞いてるのか？」

体を引き離す。「聞こえたよ。でも兄さんはぼくの言うことをちっとも聞いてくれないじゃないか」

わたしはどう答えていいのかわからなかった。彼は窓の外を見て、振り返ってわたしを見た。「オーケー」と言うと、ため息をついた。「やってみる」

それを聞いてわたしは、少しでも彼を元気づけようとして言った。「イザベルの家にはピアノがあるんだ。それで練習すればいい」

すると実際にちょっとのあいだ、弟は元気になった。「そうだな」独り言のようだった。「忘れてたよ」その顔が少しやわらかくなった。だがあの不安、あの思慮深さは、まだそこにとどまっている。まるで焔《ほのお》を見つめている人の顔に翳《かげ》がゆらめいているように。

だがそれから、そのピアノの音はいつまでも鳴りやむことがないのではないか、とわたしには思われた。始めのうちイザベルは手紙で、サニーが音楽に本当に真剣に取り組んでいて、学校から、あるいは学校にいるべきときにいたよその場所から帰ってくると、まっすぐにピアノに向かい、夕食までずっとそこを離れない様子を、とてもいいことだと書いてきた。夕食が終わると彼はまたピアノに戻り、みんなが寝るまで離れなかった。土日となれば一日中ピアノに向かった。それから彼はレコード・プレーヤーを買い、レコードをかけ始めた。そのうちの一枚を繰り返し繰り返し、ときには一日中かけ、ピアノでそれに合わせて即興演奏をした。ときにはそのレコードのある部分だけを、一つのコード、一つの転調、一つの進行を繰り返し聴き、それをピアノで真似てみる、それからレコードに戻る、そのあとまたピアノに戻る、といった具合だった。

正直なところ、家のみんながどうやってそれに耐えられたのかわからない。イザベルは最後には、人間と一緒に住んでいるのではなく、サウンドと一緒に生活しているみたいだったと告白した。そのサウンドも、彼女には、そして一家の人々には、まったく意味をなさないものだと思えた。当然のことだ。ある意味で彼らは、自分たちの家に棲むこの存在に苦しみ始めた。サニーはまるで、神のようなもの、というよりモンスターのようなものに見えたのだ。彼がふりまく雰囲気は、彼らのそれとはまったく違っていた。彼らは彼に食べ物を与え、彼はそれを食べ、体も洗い、彼らの家のドアを出入りしていた。確かに弟は、決して不潔でも不愉快でも不作法でもなかった。しかし何か雲のようなもの、何かの焔、何か彼だけのヴィジョンに、すっぽりくるまれているかのようだった。そしてサニーに触れる手立てはどこにもなかったのだ。

同時に、弟は一人前の大人ではなく、まだ子どもだった。だから彼らはあらゆる点で彼に注意を払わなければならなかった。放り出してしまうわけにはいかなかったし、それにあのピアノのことで悶着を起こしたくはなかったのだ。彼らでさえも、わたしが何千マイルも離れた場所から感じとっていたように、漠然と感じとっていたからだ。サニーが命がけでピアノ演奏に立ち向かっていたことを。

だが弟は高校をサボっていた。ある日高校側から手紙が送られてきて、イザベルの母親がそれを読んだ。それ以前にもおそらく手紙は来ていたのだろうが、サニーがすべて破いていたらしい。その日、サニーが帰ってきたときイザベルの母親はその手紙を見せて、いったいどこで時間を過ごしていたのと尋ねた。そして遂に、彼がグリニッジ・ヴィレッジでミュージシャンやその類の連中と、しかも白人の女性のアパートで過ごしていたことを訊き出した。彼女はすっかり怯え、やかましくわめき始めた。いったん彼女がしゃべり始めると、結局口から出てきたのは、——彼女はこんにちに至るまでそのことを認めていないが——自分たちがサニーにちゃんとした家を与えるためにどんなに犠牲を払っているか、そのことのありがたみをどれほど彼がわかっていないか、ということだった。

サニーはその日はピアノを弾かなかった。夕方になってイザベルの母親は落ち着いてきたが、そこに父親の方が現れて話を引き継ぎ、イザベルも帰ってきた。イザベルによれば、彼女はなんとか落ち着いて話そうと全力を尽くしたが、堪えきれず、泣き出してしまったようだ。ただサニーの顔を見ているしかなかったと彼女は言っている。見ていると、いま彼に何が起こっているのかが彼女にはわかった。彼らがサニーの雲を貫いて、ついに彼に触ったのだ。かりに彼らの指が人間の持ち得る指より千倍もやわらかなものであっても、サニーは、いま自分が裸に剥かれて、その素肌に唾を吐きかけられていると、感じないではいられなかった。彼はまた気づかずにはいられなかった。自分の存在、この音楽、己れにとって死命を制するもの、それが彼らにとっては拷問であるということ、それに、彼らが耐えてきたのは彼のためではなくて、ひたすら兄のわたしのためだったということを。サニーにはこのことは到底耐えられなかった。いまなら彼も、あのときよりまだ少しはましに受けとめられるかもしれない。しかし、現在でもそれをうまく受け入れることはできないだろうし、正直のところ、そんなことができる人間がいるとはわたしには思えない。

それから数日間の静けさは、おそらくこの世ができて以来演奏されたどんな音楽のサウンドよりも、激しく響いたに違いない。ある朝、イザベルが仕事に出る前、探し物で彼の部屋に入ったとき、彼女は突然、レコードがすっかりなくなっているのに気づいた。それでもうサニーは戻って来ないと確信したのだ。実際その通りになった。彼は海軍が連れて行く限りどこまでも遠くへ去ってしまった。あとになってギリシャのどこかからポストカードをよこしたが、それがサニーはまだ生きていることをわたしが知った最初だった。それ以来わたしは、サニーとはまったく会わず、再会したのは二人ともニューヨークに戻ってからで、戦争が終わったずっとあとだった。

その頃までに弟はもちろん大人になっていたが、わたしはそれを見ようとしないでいた。ときどきはわたしの家に立ち寄ったが、わたしたちはほとんど会うたびに言い争った。わたしには彼のいつもルーズで夢見心地のような身のこなしが気に入らなかった。つき合っている友人も好きになれなかった。音楽も彼が送っている生活の単なる口実にしか見えなかった。それほど奇妙で無秩序なものに聞こえたのだ。

それからわたしたちは喧嘩を、相当ひどい喧嘩をした。その後何ヶ月も彼を見なかった。やがてわたしは彼の住所を訪ねて行った。ヴィレッジの家具付きの部屋だった。仲直りしようとしたのだ。だが部屋にはたくさんの人がいて、サニーはただベッドに横になっているだけで、わたしが誘っても一緒に階下に降りては来なかった。他人を自分の家族のように扱い、わたしを他人扱いにした。それでわたしはかっときたが、彼もぶちきれた。わたしは弟に、いまのような暮らしをして生きているくらいなら、死んだほうがましだと言った。すると彼は立ち上がり、もうぼくのことなんか一切心配しなくていい、兄さんとの関係ではぼくはもう死んだ人間だ、と言った。

それからわたしをドアの方に突き飛ばし、人々が何ごともなかったかのようにその様子を眺める中、わたしの後ろでドアをぴしゃりと閉めた。わたしは廊下に立ちつくし、ドアをじっと見つめるしかなかった。部屋の中で誰かが笑っているのが聞こえ、眼に涙が浮かんできた。わたしは階段を降りながら、泣き出さないために口笛を吹いた。口笛で「いつか俺が必要になるぜベイビー、そのうち寒い雨の日に」と吹き続けた。

わたしがサニーのトラブルを新聞で読んだのは春のことだった。小さいグレースが死んだのはその年の秋だ。美しい、かわいい娘だった。なのにたった二年ちょっとしか生きられなかった。彼女はポリオに罹り、苦しんで死んだ。二日ほどのあいだ微熱が続いていたが、たいしたことはなさそうだったので、ベッドで休ませるだけにしていた。確かに医者を呼ぼうとはしたのだが、そのうちに熱は引き、大丈夫なように見えたのだ。それでわたしたちは、これはただの風邪だったのだと考えた。そうしたある日のことだ。娘は起きて遊んでいたが、イザベルはキッチンにいて、まもなく学校から帰ってくる二人の息子たちのためにランチを作っていた。グレースがリビングで倒れる音が聞こえた。子どもがたくさんいると、そのうち一人が倒れても、泣き出したりしない限り、あわてて駆け寄ったりはしなくなるものだ。しかもグレースはそのとき黙ったままだった。けれど、イザベルが言うには、そのばたっという音と、そのあとの静寂を聞いたとき、何か不安をかきたてるようなものが身の内に沸き起こってきた。それでリビングまで走ると、小さいグレースが床に倒れていて、全身を捩じらせていた。娘が叫ばなかったのは、息をすることができなかったからだ。そしてついに叫んだとき、それはこれまでの人生で聞いた、一番ぞっとする声だったと彼女は言った。いまでもときどき、夢の中でその声を聞くのだという。イザベルはこれからもときどき、くぐもったうめきのような押し殺した声を出して、わたしの眼を覚ますことだろう。そしてわたしは急いで彼女を起こし、抱き寄せる。イザベルの涙が当たると、そこに致命的な傷を受けたように感じることだろう。

サニーに手紙を書いたのは、グレースが埋葬されたその日であったかもしれない。わたしは暗闇の中、一人で居間にすわっていた。そのときふと、サニーのことを想ったのだ。わたしのトラブルが彼のトラブルをリアルに感じさせたのだ。

ある土曜日の午後、サニーがわたしたちと一緒に住み始めて、というよりわたしたちの家にいるようになって二週目くらいだったが、わたしはリビングでひとり、あてどなく歩きまわり、缶ビールを飲みながら、なんとか勇気を奮い起こして、サニーの部屋を調べようとしていた。彼は外出していた。わたしがいる時はいつも外出していたのだ。イザベルも子どもたちを祖父母の家に連れて出ていた。突然リビングの窓の前で立ち止まって、セヴンス・アヴェニューを見つめる気になった。サニーの部屋を探るという考えが、わたしを立ち止まらせたのだ。何を探すのか、自分でそれを認める気になれなかった。それを探し当てたら、或いはそれが見つからなかったらどうするのか、わからなかった。

通りの向こう側の舗道、バーベキューを売る店の入口あたりに、古くさい伝道集会を開いている人たちが見えた。バーベキュー屋の男は、汚れた白いエプロンをして、弱い陽のせいで赤みがかったメタリックな色に見える、縮れ毛をまっすぐに伸ばした髪をして、煙草をくわえながら、戸口に立ってその様子を見つめていた。用事の途中の子どもたちや大人たちも立ち止まっている。他の大人の男たちと二人の物騒な感じの女が、まるで通りが自分のものであるかのように、それとも自分が通りのものであるかのように、アヴェニューで起こるあらゆることを見張っている。もちろん彼らはこの集会も見ていた。集会をリードしていたのは、黒衣を着た三人のシスターと一人のブラザーだった。彼らが持っていたものといえば、ただ自分の声と、バイブルと、タンバリンだけだ。ブラザーがいかに神に救われたかを語り、そのあいだ二人のシスターが並んで立ち、アーメンと言っているように見えた。もう一人のシスターが裏返したタンバリンを突き出して歩き、何人かが小銭を落としていった。やがてブラザーの証言が終わると、集金していたシスターが金をじゃらっと掌にのせ、長くて黒いローブのポケットに移した。それから両手を上げて、空中にタンバリンを突き出して手で打ち鳴らし、唄い始めた。それに他のシスターたちとブラザーが加わった。

突然彼らの姿が見慣れないものに変わった。それまでずっとわたしはこうしたストリートの伝道集会を見続けてきたというのに。もちろんそこに居合わせた者すべてがそうだった。だが、人々は立ち止まって見つめ、唄声に聴き入っていた。わたしは窓から離れられなかった。「ザイオンのあの船が来た」と彼らは唄っていた。タンバリンのシスターがじゃらじゃらと一定のビートを刻んでいる。「何千人もが救われた！」彼らの声の響きを聞いているその場の誰一人として、この歌を初めて聞いたのではなかったし、誰一人救われた者はいなかった。それに、救済の技がなされたのを見たと言える者も誰もいなかった。彼らは三人のシスターと一人のブラザーの神聖さを格別信じているわけでもなかった。みんな彼らのことを、どこに住んでいてどんな暮らしをしているかを、知りすぎていたのだ。あたりを圧する声で唄い、歓びで輝く顔をしたタンバリンの女性と、それを立って見ている女性とを分かつものはほとんどない。分厚くて荒れた唇に煙草をくわえ、カッコーの巣のような髪をし、頻繁に殴打されたために傷つき腫れた顔をし、黒い瞳を石炭のように燃やしている女。たぶん二人ともそのことをよくわかっている。だからこそ、お互いを呼び合うとき、といってもあまりないことだったが、彼女たちは互いに「シスター」と呼び合うのだ。唄声が続くうちに、それを見、聴いている人々の顔には、ある変化が現れてきた。彼らの眼は内にある何かに焦点を合わせ始めた。この音楽が、彼らの中から毒を出しているようだった。そしてむっつりした、戦闘的な、やつれた顔から、時がほとんど剥がれていくように見えた。まるで彼らが最期の状況を夢見ながら、最初の状況に戻っていこうとするかのようだ。バーベキュー屋は少し頭をふって微笑み、煙草を捨てて店の中に消えた。一人の男がポケットを探り小銭を出すと、じれったそうにそれを持ち続けて、ちょうどアヴェニューの先で待つ緊急の約束を思い出したばかり、という様子になった。怒りに駆られたような感じだった。そのとき、サニーの姿が見えた。人溜まりの端に立っていた。片方に大判で平らな緑のカヴァーのノートブックを抱えている。そのせいで、わたしからは彼がほとんど学校の生徒であるかのように見えた。あかがね色の太陽が彼の肌のあかがね色を浮き立たせていて、わずかに笑いを浮かべ、とても静かに立っていた。すると唄声がやみ、タンバリンがまた献金皿になった。あの怒り顔の男は、小銭を落とすといなくなった。二人の女も。サニーは小銭を入れて、少し微笑みながら女の顔をじっと見た。彼はアヴェニューを横切り、うちに向かい始めた。その歩き方はゆっくりと、ちょっと跳ねるようで、ハーレムのヒップスターが歩いているみたいだった。ただ彼の場合はそこに独特のハーフ・ビートをつけ加えていたのだが、いままでわたしはこれに気づいたことがなかった。

わたしはほっとすると同時に不安にもなって、窓辺にとどまっていた。サニーの姿が見えなくなると、彼らはふたたび唄い出した。鍵が差しこまれたときも、唄声は続いていた。

「ヘイ」彼は言った。

「ヘイ。ビールでもどうだ?」

「いらない。いや、飲もうかな」サニーも窓までやって来て、わたしの横に立った。「なんてあたたかい声だろう」

彼らはいま「もしまたわが母の祈りが聞こえるならば!」と唄っていた。

「そうだな。それにあの女はタンバリンをうまく叩く」

「でも、なんてひどい唄だろう」弟がそう言って笑った。ノートブックをソファの上に投げ出し、キッチンへと消えた。「イザベルと子どもたちは?」

「おじいさんたちに会いに行ったみたいだ。腹は減ってるか?」

「いいや」缶ビールを持ってリビングに戻って来た。「今晩俺と店に来ない?」

なぜだかわからないが、わたしはどうしてもノーと言えないように感じた。「いいね。どこだい?」

彼はソファにすわって、ノートブックを取り上げると、ぱらぱらとめくり始めた。「ヴィレッジにあるジョイントで仲間の連中と一緒になるんだ」

「それってお前が今夜演奏するってことかい?」

「そうだよ」ビールを一口すするとまた窓辺まで戻ってきた。横目でちらっとわたしの方を見て「兄さんに我慢できれば、だけどね」

「やってみるさ」

彼は誰にともなく笑った。それから二人で通りの向こう側の集会が盛り上がる様子を見つめた。三人のシスターと一人のブラザーはみな頭を垂れて、「また会うときまで神とともに在るように」を唄っていた。見物人の顔はとても落ち着いていた。やがて唄が終わった。まばらだった人の溜りが散らばっていった。三人の女と一人の男がゆっくりアヴェニューを歩き去っていくのをわたしたちは見守った。

「前にあの女が唄ってたとき」サニーはだしぬけに言った。「あの声で一瞬ヘロインの感じを思い出したよ。静脈にそれが入ってるときの感じをね。ある意味あったかくて、同時にひんやりするみたいな。それに遠い感じ。それに、確かな感じ」そう言うとビールをすすった。はっきりと意識してわたしを見ないようにしている。わたしは彼の顔を見ていた。「抑制がきいてるって感じかな。たまにはみんなあの感覚を感じるべきだよ」

「お前は感じたって?」わたしは揺り椅子にゆっくり腰を下ろした。

「たまにはね」ソファまで行き、ノートブックをまた取り上げた。「そういう人たちがいるんだよ」

「プレイするためにか?」わたしの声はとてもいやな響きで、軽蔑と怒りに満ちていたと思う。

「そうだな」弟は見開いた眼に困惑を浮かべてわたしを見た。それはまるで、本当に自分の眼が、それ以外では言えないものを告げてくれるのを、願っているかのようだった。「そうだと思いこんでるんだ。連中がそう考えるんならそうなんだろ!」

「で、お前はどう考えるんだ?」わたしは訊いた。

弟はソファにすわって、床に缶を置き、「わからない」と答えた。わたしの質問に答えていたのか、自分自身の考えを追っていたのか、わからなかった。その顔は何も告げていなかった。「プレイのためじゃない。プレイに耐え抜くため、なんとかやり抜くためなんだ。あらゆるレベルでね」顔をしかめて、微笑んだ。「ばらばらに砕けてしまわないためなんだ」

「でもお前の友だち連中は、ものすごく早くコナゴナになっていくんじゃないか」

「かもね」ノートブックをいじくりながら答えた。わたしはしゃべり過ぎないようにしなければ、という気がした。サニーは何とか話そうとしているのだ。わたしは聴かなければならない。「兄さんはもちろんコナゴナになった人たちを知ってるんだろうね。そうなってない人たちもいる――少なくともまだがんばっている人たちがね。ぼくたちの誰でも、それが言えるギリギリのことなんじゃないかな」そこで言葉が途切れた。「それから本当に地獄で生きるだけっていう人たちもいる。そのことが自分でわかってる。何が起こってるかわかって、それでも生き続けるんだろう。わからないけど」ため息をついて、ノートブックを落とし、腕を組んだ。「プレイの仕方でいつも何かヤクをやり続けてるのがわかる連中もいる。見ればわかるよ。そう、奴らにはそれが何かリアルなものを生み出すように思えるんだ。でももちろん」床からビールを取り上げるとすすって、また元に戻した。「そいつらは自分でそうしたいと思ってるんだ。そのことはわかってやらなくっちゃ。口ではそうじゃないって言いながら、実際はそれを望んでる奴もいる。全員じゃないけど」

「それでお前はどうなんだ?」わたしは訊いた。訊かずにはいられなかったのだ。「お前はどうなんだ? お前もそうしたいのか?」

弟は立ち上がり、窓まで歩いて行って、長いこと黙っていた。それから、ため息をついた。「俺か」しばらくして「さっき下で、ここに戻る前、あの女が唄うのを聴いてて、あんなふうに唄うには、どれだけの苦しみを持ちこたえなくちゃいけなかったか、瞬間でわかった。あんなに苦しむなんて、考えるとぞっとする」

「だが苦しまずにいる道はない。――そうじゃないか、サニー」

「たぶんそうだろうね」彼は微笑んだ。「でもだからといって、人がそうならないようにチャレンジするのを、やめさせることはできないよ」彼はわたしをじっと見た。「そうじゃないか?」その嘲りの混じった視線を見て、わたしは気づいた。わたしたちのあいだには、時間と赦しの力も及ばぬほど、永久に、一つの事実が横たわっているのだった。弟が助けになる言葉を求めていたとき、わたしは――あんなにも長く!――沈黙し続けてきたという事実だ。彼は窓を背にしてふり返った。「そりゃ、苦しまないでいる道はない。でも人はその中で溺れ死なないためにどんなことでもやってみるんだ。その波のてっぺんに乗り続けようとして。それでなんとか、――そう、兄さんみたいになろうとするんだよ。だって兄さんは確かに何かをやり遂げただろ。でもいまも苦しんでる。そうじゃない?」わたしは何も言わなかった。「ねえ」じれったくなって彼は言った。「なんで人は苦しむのかな?　たぶん苦しみに理由をつけるためには、何かをやる方がいいんだ。どんな理由でもね」

「でも俺たちはいま一致したばかりじゃないか。苦しまずにいる道はないって。それなら、いっそましなんじゃないのか、ただ――受け入れる方が?」

「でも、ただ受け入れるなんて、誰だって無理なんだ」サニーは叫んだ。「俺はそれを言ってるんだよ！　誰だってそうじゃないようにしたいんだ。兄さんがこだわってるのは、他の人たちのやり方だよ——兄さん自身のやり方じゃない！」

顔に生えたすべての毛が逆立ち始めた。顔中に汗が出ている。「それは間違ってる。そうじゃない。俺は他人が何をしようが気にしない。そいつらがどう苦しもうとかまわない。俺が心配なのはお前がどう苦しむかなんだ」するとサニーはわたしを見た。「信じてほしい」わたしは言った。「俺は見たくない——お前が苦しむのを避けようとして——死んでいくのを」

「俺は絶対」きっぱりとサニーは言った。「苦しむのを避けようとして死んだりはしない。少なくとも他の誰かより早く死んだりはしない」

「だが、そんな必要はないんじゃないか？」わたしは笑おうと努めていた。「自分を殺す必要は？」

わたしはもっと何かを言いたかったが、言えなかった。意志の力についてとか、人生がどんなに——そうだ、美しくなり得るかについて、わたしは語りたかったのだ。すべては心の中の問題なのだと言いたかった。だが、そうなのだろうか？　というより、それこそがまさしくトラブルの元なのではないか？　そしてわたしは、もう決してお前を裏切ったりしないと、約束したかった。けれどそうしても、それはただの空疎な言葉、そして嘘として響いたに違いない。

だから自分だけにその約束をして、わたしがそれを絶対に守れるようにと祈った。

「ときどき心がどうしようもなくなる。それがトラブルなんだ。ここいらのストリートを、暗くてカビくさくて冷たい通りを歩いても、話を聞いてくれる相手もいない、やる気にさせるものもない、外に吐き出す方法もない――心の中で荒れてるこの嵐をね。それを話すことも、それと寝ることもできない。なんとかそれに追いついて、プレイしようとすると、聴いてる奴なんか誰もいないって知らされる。だから自分だけは聴かなきゃならない。自分は聴く道を見つけなきゃならない」

そう言うと彼は、窓から離れてソファに戻った。まるでありとあらゆる風が、いきなり彼の中から弾き出されたかのようだった。「ときどき人は、それを演奏できるならどんなことでもやってやるって思う。おふくろの喉をかっ切ったって」笑い出してわたしを見た。「いや、兄貴の喉でも」そのあと真顔になった。「自分の喉でもね」それから言った。「心配ないよ。俺はいまは大丈夫だし、これからも大丈夫だよ。でも忘れられないんだよ。自分がどこにいたのかってことをね。物理的な場所のことだけじゃない。本当に俺がいたところのことさ。それに自分が何だったかってこともね」

「お前は何だったんだ、サニー?」

弟は微笑んだが、ソファに横向きにすわり直しただけだった。片ひじをうしろに回し、指で口とあごをいじり、わたしを見なかった。「俺は自分でもわからない何かだった。そんなもんになるなんて思いもしなかった何か。誰でもそんなもんになれるとは思わなかったようなもの」言いよどみ、自分の内側を覗きこむようになり、無防備なまでに若く、そして年老いて見えた。「いまそれを話す気にはなれない、たぶんやましいような気分になるからだろう。話したほうが気分がよくなるのかもしれないけど、どうかな。どっちにしても、俺にはどうしても話すことができないんだ。兄さんにも、誰にも」顔を上げてわたしを見つめた。「ときどきね、実際自分が一番世の中から抜け出たって感じるようなときなんだけど、実はその中に入ってて、実際は世の中と一緒になってるって思う。そんなときはプレイがうまくいく。いや、わざわざプレイする必要もないんだ。サウンドはただ自然に俺から出ていく。それはそこにあるんだ。いま思い返そうとしても、自分がどんな演奏法をしてたかわからない。でも確かに俺は、あの頃、ときどきまわりの人間に対して、ひどいことをしたよ。いや、他人にほんとに何かをしたっていうより、誰もリアルじゃなかったんだと思う」缶ビールを取り上げたが、空だった。両手の掌で挟んで缶を転がした。「別のときには、そうだな、ちゃんとしたものが欲しくなった。寄っかかれる場所が欲しかった。耳を傾けるために、居場所をきれいに片づけたくなった。でもそんなもんは見つからなかった。それで——気が狂っちまったんだ。自分に対してひどいことをした。自分で自分が恐ろしかった」両手で缶を押しつぶし始めた。缶が曲がり始めるのが見えた。もてあそばれて、それはきらっと光った、まるでナイフみたいに。手を切るのではないかと思ったが、わたしは何も言わなかった。「そうさ。絶対に兄さんには言えない。俺は何かのどん詰まりの底に、一人っきりでいたんだ。いやなにおいを出して、汗だらけで、泣き叫んで、震えてたんだ。そのにおいを自分で嗅いだんだ。わかるかい？　俺のにおいだよ。もしここから出られなかったら死んじまうって思った。でも、一方で、いま自分がやってること全部が、ただ自分をここに閉じ込めるだけだってわかってた。どうなんだろう」ちょっと口をつぐんだ。まだ空き缶をつぶしていた。「よくわからなかった。いまでもわからない。どこかで何かが言う、お前自身のくさいにおいを嗅ぐのはひょっとしたらいいことなんじゃないかって。でも、それが自分がやりたいと思ってたことだなんて、思わなかった。それに、そんなもんに誰が耐えられる?」突然サニーはぐしゃっとなったビール缶を落として、かすかな、静かな笑みを浮かべてわたしを見た。それから立ち上がり、窓が天然の磁石であるかのように、そこに歩いて行った。わたしは彼の顔を見ていた。彼はアヴェニューを見ていた。「ママが死んだときには言えなかったんだけど、あんなにハーレムを抜け出したかったのは、ドラッグから逃げたかったからだ。そのあと俺が出ていったとき、それこそ俺が逃げ出そうとしてたものだった――ほんとに。ここに戻ってきたら、何にも変わっちゃいなかった。俺自身が変わってなかったんだ。俺はただ、前より歳をとっただけだった」サニーは黙りこんだ。窓ガラスの上で、指でドラミングをし始めた。太陽はもう沈んでいて、もうすぐ暗闇がやって来る。わたしは彼の顔を見続けた。「それはまた近づいてくるかもしれない」ほとんど自分自身に語っているようだった。そしてわたしを見た。「またやって来るかもしれないよ」彼は繰り返した。「兄さんにそれだけは知っておいてほしい」

「わかった」最後にわたしは言った。「また来るかもしれないんだな。わかったよ」

彼は微笑んだが、その微笑みは悲しそうに見えた。「どうしても言っておかなきゃいけなかったんだ」

「そうだな。わかるよ」

「だって兄さんだからね」まっすぐにわたしを見て言った。もうまったく微笑んではいない。

「そうだな」わたしは繰り返した。「そうか、わかるよ」

サニーは窓の方に向き直り、外を見た。「ものすごい憎しみがあそこにある」彼は言った。「あそこにあるすごい憎しみと惨めさ、それと愛。アヴェニューがそれで爆発しないのが不思議だよ」


わたしたちが行ったのは、ダウンタウンのとある小さくて暗いストリートに一軒だけあるナイトクラブだった。狭い上に混み合って騒がしいバーを、なんとか押し割って通ると、メインの部屋へ通じる入口があって、その奥にバンドスタンドがあった。わたしたちはそこにちょっとのあいだ立っていた。ライトがとてもぼんやりしていて、部屋の中がよく見えなかったからだ。すると、「ヘロー、ボーイ」と呼ぶ声がして、すごく大きな黒人の男が、歳はサニーやわたしよりもずっと上に見えたが、その照明の靄の中からぬっと浮かび出てきた。彼は片腕をサニーの肩に回した。「ここにすわってたんだ。待ってたよ」

声も大きかった。暗がりの中でみんなの顔がこっちを向いた。

サニーはにやりとして、少し体を離して言った。「クレオール、ぼくの兄さんだよ。前に話したよね」

クレオールはわたしの手を握った。「会えてうれしいよ」と言ったが、彼が喜んでいたのは、その場所でわたしに会えたからであり、それもサニーのための喜びであることがわかった。彼は微笑んだ。「あんたの家系には本物のミュージシャンがいるね」そしてサニーの肩から腕を離すと、手の甲でその肩を叩いた、軽く、やさしく。

「よう。みんな聞いてたぜ」うしろから声がした。やはりミュージシャンで、サニーの友人だった。まっ黒い肌をした、陽気な感じの男で、すごく小さい体をしていた。彼は間髪をいれずあらん限りの声を張り上げて、サニーのひどく行儀の悪い話を打ち明け始めた。その歯は灯台みたいに光って見え、その笑いは地震の始まりみたいだった。それからバーにいたほとんどすべての者がサニーを知っているのがわかった。その中にはそこで働いていたり、近くで働いていたり、働き口がなかったりするミュージシャンたちがいたし、また常連客もいたし、サニーのプレイを聴きに来た人たちもいた。わたしは彼ら全員に紹介され、誰もがわたしに礼儀正しかった。けれど、その人々にとってわたしがあくまで「サニーの兄」でしかないのはあきらかだった。ここでは、わたしは「サニーの世界」にいるのだ。というよりも、「サニーの王国」にだ。ここでは、弟が王家の血統を引いていることは、まったく疑問の余地のないことだった。

もうすぐ演奏が始まるので、クレオールがわたしを席に導いた。暗い隅のテーブルに、わたし一人という席だった。見ているとクレオールとあの小柄な男とサニー、それに何人かが、ステージのすぐ下のところに集まって、からかい合っていた。ステージからの照明が届くのは彼らのすぐ傍までで、彼らが笑いながらジェスチャーをし、動き回る様子を見て、わたしは、彼らがその光の輪の中に、あまり唐突に入ることを、とても注意して避けているのだと感じた。あまりすぐに、考えもなしにそのライトの中に入れば、自分たちは焔の中で消滅してしまう、という感じだった。やがて、一人の男、あの小柄な黒い男が、ライトの下に入り、ステージを横切って、ドラムをいじくり始めた。それから、おどけながら、でも同時に極度に礼儀正しく、クレオールがサニーの腕をとってピアノまで導いていった。女性の声でサニーの名前がコールされると、あちこちで拍手が起こった。サニーは、やはりひょうきんでなおかつ丁重に応じ、とても感動して見えた。そのために泣き出してもおかしくないのに、その気持ちを隠すのでも見せるのでもなく、一人前の男のように受けとめて、にやっと笑った。それから両手を胸に当て、深々とお辞儀をした。

クレオールがウッドベースまで歩き、痩せぎすのとても明るいブラウンの肌をした男が、ステージに跳び上がってトランペットを持った。これでメンバーはそろい、ステージの雰囲気とクラブの空気が変わり始め、張りつめてきた。司会役がマイクの位置につき、彼らが紹介された。するとあらゆる種類のざわめきが沸き起こる。バーにいる客はシーッと言い、ウェイトレスは駆け回ってラストオーダーをとろうと必死になる。カップルで来た客たちは体を寄せ合う。そしてステージ上のクァルテットを照らすライトが、インディゴ・ブルーに変わった。いまや彼らの感じがすっかり違って見える。クレオールが最後にメンバーを見回す。その様子は囲いの中にすべてのニワトリが入っているのを確かめるかのようだ。そして彼は、ジャンプしてベースを弾き始めた。演奏が始まった。

音楽についてわたしが知っているのは、本当にそれを聴いたことのある人間はたくさんはいない、ということだ。聴いているとき、何かが内側で開き、音楽が入りこんでくるのだが、そんなまれな場合でも、主にわたしたちが聴いているのは、あるいは聴いて確かだと思えるのは、せいぜいがパーソナルでプライベートな、消えてしまいそうな喚起である。しかしその音楽を創り出している者が聴いているのは、もっと別の何かだ。ミュージシャンは虚無から沸き上がってくるどよめきと渡り合っており、それが空気を打つとき、それに秩序の形を与える。だから彼の中で呼び起こされるものは、わたしたちが聴いているのとは異なる秩序を持っており、それに見合う言葉がないだけ余計に恐ろしくて、それだけいっそう勝ち誇ったものになる。そして勝利が勝ち獲られるとき、その勝利はわたしたちのものにもなるのだ。わたしはただサニーの顔を見ていた。その顔は当惑していた。彼は懸命に演奏していたが、まだ自分のものにはできていない。ある意味で、ステージ上の誰もがサニーを待っている、そんな気がした。彼を待ちながら、彼を押し出している。だがクレオールに眼を転じたとき、わたしは彼がメンバーみんなを押しとどめているのがわかった。手綱を引き締めているのだ。ステージの上で、全身でビートを刻みながら、ベースを絶妙に操って、瞳を半分閉じて、すべてに耳を傾けていた。だが特に彼が聴いているのはサニーなのだ。彼はサニーとダイアローグしている。サニーが海岸線を離れ、深い海に乗り出すのを彼は望んでいる。彼はサニーに対して、深い海とそこで溺れることとは別のことだ、と証する者だ――俺もそこに行った、よく知っている、と。彼はサニーにもそのことを知ってもらいたいのだ。鍵盤によって、自分に対して、いま水の中にいると知らせてくれるのを、クレオールは待っているのだ。

クレオールが耳を澄ましているうちに、サニーが内側の奥深いところで、動いた。苦悶を味わう者のように。いままでわたしは、音楽家と楽器とのあいだの関係が、どんなに恐ろしいものになり得るかを、考えたこともなかった。彼はこの楽器を、命の息で、彼自身の息で、満たさなければならない。彼は楽器に、彼がやりたいことを、させなければならない。だがピアノは所詮ピアノでしかない。たくさんの木材とワイアーと大小のハンマーと、象牙でできた物だ。ピアノでできることはたかが知れているにもかかわらず、そのやり方を見出す唯一の方法は、自分で試してみることだけだ。やってみて、ピアノにどんなことでもさせねばならない。

それにサニーはほとんど一年以上ピアノに触っていなかった。自分の人生との折り合いがうまくいってはいなかった。いま眼の前にひらけそうな人生は別にして。彼とピアノは吃っていた。一つの方向に向かうと怖くなって止まり、別の方向に向かうとパニックになって足踏みし、スタートしなおす。それから方向を見つけてはまた狼狽して行き詰まる。そのときのサニーにわたしが見た顔は、いままで一度も見たことのないものだった。すべてが顔から焼け落ちてしまい、同時に、いつもは隠れているものが焼きつけられていた。そこ、ステージの上で、彼の内部で生じている、戦闘の火と熱狂とによって。

が、最初のセットが終わりに近づいたとき、クレオールの顔を見てわたしは、何かが起こった、何かわたしにには聞こえなかったものが起こった、という感覚を抱いた。そしていったん演奏が終わり、まばらな拍手が聞こえ、そのあと、一瞬の前触れもなく、クレオールが新しい曲を弾き始めた。ほとんど嘲るように。それは「アム・アイ・ブルー」だった。すると自分が命じたかのように、サニーはプレイし始めた。何かが確かに起こっていた。クレオールは手綱を緩めた。あの辛辣で背の低い黒い肌の男が、ドラムで何かひどいことを言った。クレオールはそれに答え、ドラムが言い返した。そこでトランペットが出てきて、甘く、高く、たぶんわずかに突き放すように鳴った。クレオールは聴いていていて、ここというときにコメントを返す。湿っぽくなく押し出すように、美しく落ち着いて年老いたように。また彼らはみんな一つになり、サニーはファミリーの一員に戻った。その顔からそれがわかった。まるで、いままさに指の下で、すごくまっさらのピアノを見つけた、というふうだった。それをまだコントロールできないみたいだった。それから、しばらくのあいだ、ただサニーと一緒にいることがうれしくて、彼らは確かに新品のピアノはいいもんだ、と同意しているように見えた。

クレオールが前に踏み出て、いまプレイしているのはブルースだということをメンバーに思い出させた。彼は全員の中の何かを打った。いや、わたし自身の中の何かをも打った。音楽は引き締まり、深まり、気がかりが空気を震わせ始めた。ブルースとは何を語るものかを、クレオールは伝えようとしていた。ブルースは取り立てて新しいことを言っているのではない。彼とメンバーたちが、ステージでそれを新しくしているのだ。破滅、破壊、狂気、そして死という危険を冒しながら。わたしたちの耳に届くように、新しいやり方を探しながら。なぜなら、わたしたちがいかに苦しみ、いかに喜び、いかに打ち勝ったかという物語自体は、決して新しいものではないとしても、それはどんなときでも聴き手に届かなければならないのだから。それ以外に語るべき物語などない。それは、このすべての暗闇の中で、わたしたちが手にした、たった一つの光なのだ。

そして演奏しているあの顔、あの肉体、絃を弾くあの力強い手で語られるこの物語は、あらゆる国で異なる形をとり、あらゆる世代で新たな深みを獲得するものだ。聴け。クレオールはそう言っているようだった。聴け。さあ、これが「サニーのブルース」だ。それを彼は、ドラムを叩いている小さい黒い男にも、トランペットを吹いている明るいブラウンの肌の男にも知らせる。クレオールはもうサニーを海の中へ引きこもうとはしていなかった。彼はサニーの成功を祈っていた。やがて彼は、とてもゆっくりとうしろへ下がり、サニーがいまから自分のために語ります、という限りないほのめかしで、あたり一帯を満たした。

それからメンバーたちはサニーのそばに集まり、サニーのプレイが始まった。タイミングを逃さず、彼らの誰かが「アーメン」と言っているようだった。サニーの指は空気を生で満たした。彼の人生で。だがその人生は、彼以外のとても多くの人生を含んでいた。サニーは曲をずっと後戻りして、本当にこの唄の開始のフレーズの、切り詰めた素っ気ない主題から始めた。それを彼は自分のものにし始めた。決してあわててはいなかったから、とても美しかった。それはもはや嘆きではなかった。そこにわたしは聴きとったのだ——どんな焔によって彼がそれを自らのものにしたか、どんな焔によってわたしたちはこれからそれを自分たちのものにしなければならないか、どうやってわたしたちは嘆くことをやめるのか。自由が、わたしたちのまわりにひそんでいて、わたしはついに理解したのだ、彼はわたしたちが自由になるのを助けることができるということを。わたしたちが自由にならない限り、彼もまた自由にはなれないということを。しかし彼の顔にはもう戦闘はなかった。彼がこれまで、どんなものを乗り越えてきたか、大地に埋められる日まで、彼が何を乗り越えていこうとしているか、それをわたしは聴いた。あの長い血統、わたしがそのうち父と母しか知らないそれ、それを弟は自分のものにしたのだ。彼はそれを返そうとしていた。どんなものも返されなくてはならないのだから。そうやって、死を通り越して、それは永遠に生き続けていく。わたしにはいま、母の顔が見えた。そして生まれて初めて、彼女の歩いた道の上の砂利が、どんなふうに足を傷つけたかを感じた。わたしは父の弟が死んだ月明かりの道を見た。それは他のものもわたしに取り戻してくれ、それを通り越えさせてくれた。わたしはふたたびわたしの小さい娘を見た。イザベルの涙を感じた。わたし自身の涙が湧き始めるのを感じた。だが同時に、これはほんの一瞬間なのだということをわたしは知っていた。世界は外で、虎のように腹をすかせて待ちうけている、そしてトラブルはわたしたちを越えて、空よりも彼方まで伸びているだろう。

そうして、演奏は終わった。クレオールとサニーは息を吐き出した。二人とも汗だくで、笑顔だった。拍手がいっぱい沸き起こり、一部は本物の称賛だった。暗がりの中でウェイトレスが近づいたので、わたしはステージのみんなに酒を注文した。長い間があって、そのあいだ彼らはインディゴの光の中でしゃべっていた。しばらくするとウェイトレスがスコッチ・アンド・ミルクをサニーのピアノのてっぺんに置いた。彼は気づいていない様子だったが、演奏を再開する直前に、グラスから一口飲むと、わたしの方を見てうなずいた。それからそれをピアノの上に戻した。演奏が始まったそのとき、グラスが光り、震える聖杯そのもののように、わたしの弟の頭上で震えるのが見えた。

解説

ジェームズ・ボールドウィン（一九二四〜八七）が生涯にわたって小説で書きたかったことはとてもシンプルなことだ。「苦しまないでいる道はない。でも人はその中で溺れ死なないためにどんなことでもやってみるんだ」というサニーの言葉に、それは端的に示されている。どんな人間でも、生を享けた以上は、その生を大切にして、成長しなければならない、たとえそれを阻むものとほとんど捨て身で闘わねばならないとしても……ということ。そして「生を大切にする」とは彼にとって、自己（と他者）の怖れや怒りやコンプレックスをまっすぐに見つめ、人を愛することができるようになることだった。それを、理屈ではなく、情緒的な流れに沿って、血と肉をもった個人たちのかけがえがない物語として、いかに創り出せるかが、彼の課題だった。感情あるいはハートの、ぶつかり合いの物語と言ってもいい、ときには息苦しくなるほどの。

ボールドウィンといえば、リチャード・ライトやラルフ・エリソンと並んで、いわゆる「アメリカ黒人文学」を代表する作家の一人であり、六〇年代前半の黒人公民権運動の盛んだった時代に、白人に向かって果敢に黒人の立場を表明したスポークスマンだというふうにしばしば見做される。けれどもそうしたレッテルを貼ることを最も嫌悪していたのはボールドウィンその人だったし、彼がいわゆる「ニグロ」の状況について（他に並ぶ者がないくらい優れた）エッセイを書き続けたのは、プライヴェートな生にはパブリックな事柄がいやおうなく絡まりあっていることを知っていたからだ。自分のアイデンティティが、どうしてもアメリカ黒人であることと切り離せず、充全に生きるためには、アメリカ白人の認識を現状のままにしておけないと考えたからだ。だから政治の側からなされるどんな批判も、実はボールドウィンの真価とは関わらない。むしろそれは、「サニーのブルース」のような文学作品によって発揮される。

ボールドウィンの短編小説の中でも最高作と言っていい「サニーのブルース」は、一九五七年、彼が三三歳のときに発表された。長編第一作『山に上りて告げよ』（一九五二）同様に、彼が生まれ育ったハーレムを舞台としており、黒人のコミュニティだけで展開するという点では珍しい部類に入る。時期的に言えば、パリで生きるゲイの白人を主人公にした長編第二作『ジョヴァンニの部屋』（一九五六）と、黒人白人の複数の男女の交錯を通してアメリカの状況を提示しようとした長編第三作『もう一つの国』（一九六二）の間に挟まれた、作家としてきわめて充実した頃の作品である。ハーレムから芸術的才能によって抜け出ようとするサニーは、十代の頃から作家になろうと努力していた若き日の作者と重なり、実際に年の離れた弟たちの世話をする兄でもあった境遇は、語り手と共通する。ボールドウィンは兄弟のどちらにも感情移入することができたはずだ。

作品の内容について、解説めいたことを付け加える必要があるだろうか？　さまざまな問題が重ね合わせられているこの厚みのある小説の核にあるのは、弟の苦闘に共鳴する道筋を見出した男の内部の変化であり、成長の萌しである。それは一日のうちでなされるような、かんたんなものではない。ひとが生きてきた時間の痛みすべてが堆積して、初めて生ずる他者への心の〈開け〉。〈それを「愛」と呼んでもかまわない。〉それを無理なく、ていねいに、会話の場面を中心として描いていく筆致は、決して論理的な思考を使って到達できるものではない。そこにボールドウィンが信用できる根拠がある。「暗闇の中で、わたしたちが手にした、たった一つの光」としての、ブルースという物語——これは「ジミーのブルース」でもある。

白いアンブレラ

ギッシュ・ジェン
平石貴樹 訳・解説

一二歳になる中国系アメリカ人の「わたし」と妹のモーナはピアノのレッスンに行く。レッスンを終えたユージニーが忘れていったらしい白い傘が、「わたし」にはうらやましくて……。

わたしが一二歳のとき、お母さんはわたしにも妹のモーナにも言わないでパートに出はじめた。

「お父さんだけじゃお金が足りないってわけじゃないの」とすまし声で言うお母さんの声が、キッチンからわたしとモーナが聞き耳を立てている階段の上まで昇ってきた。

「そうとも」と答えるお父さんの声はよく聞こえなかった。「うちはリー一家とは違うんだからな」

リー一家はうちを除くと町で唯一の中国系だった。リーさんのお母さんが一年前、ダウンタウンでウェイトレスの仕事を始めたとき、うちの両親がものすごく気の毒がっていたことをわたしは覚えていたから、お母さんの帰りが遅くなりだしても、わたしは何も言わなかったし、モーナにもなるべく何も言わせないようにした。

「でもどうして言っちゃいけないの?」と妹は口答えした。「お母さんが働いているのなんて、べつに珍しくないよ」

「それはアメリカ人の話でしょ」とわたしは言った。

「え、それじゃあたしたちは何だって言うの? ホームルームの『忠誠の誓い』だって、あたしは目をつぶってても言えるのよ」

そうではあったけど、妹もなんとか聞き入れてくれた。五時半を過ぎてもお母さんが帰らないときは、夕食が遅くならないように二人で支度を始めた。モーナは野菜を洗ってご飯を炊き、わたしは包丁を使った。

何週間ものあいだ、いったいお母さんは何の仕事をしているのだろうとわたしたちは話しあった。香水を販売したり、地元の新聞にデザートのレシピを紹介したりしているのだろうとわたしは想像した。それともひょっとしてお花屋さんかしら。お母さんは車の免許を取ったんだから、バラの花束をあちこちに届けているのかもしれないわね。

「それは違うな」とモーナは言った。放課後二人でピアノのレッスンに行く途中だった。「それだったら、とっくに事故を起こしてるはずだもの」

強い風が吹きつけて木の葉が道にたくさん散らばった。

「急いだほうがいいかもね」とモーナは空を見て言った。「夕立ちになりそうよ」

「だってまだ早すぎるじゃない」妹のレッスンは四時からで、わたしは四時半からだったので、ふだんわたしたちはできるだけゆっくり歩くようにしていた。「それに、あれは雨になる雲じゃないのよ。ああいうのは積雲《せきうん》っていうの」

わたしたちは息を切らせてびしょ濡れになって到着した。

「まあまあ、かわいそうに、お嬢ちゃんたち、かわいそうに」とミス・クローズマンは言った。

「お天気がこんなだったら、今度からうちに電話をかけてね。お母さんに送ってきてもらえないときは、先生が迎えに行ってもいいのよ」

「いいえ、いいんです」とわたしは答えた。モーナは髪を絞ってミス・クローズマンの敷き物の上に水をしたたらせていた。「うちの車の屋根が、ちょっと閉まらなくなっちゃっただけなんです。去年の夏に海に行ったとき、システムに砂が入っちゃって」わたしは「システム」という言葉を特にていねいに発音した。わたしの嘘を信じてもらえるかどうか、その言い方にかかっている、というような気分で。「それ以来、ずっと調子が悪いんです」まだ言い残したことがないかどうか、わたしはちょっと考えた。「コンヴァーティブルの車なんです」

「わかったわ、それじゃゆっくりしていてね」ミス・クローズマンはユージニー・ロバーツと顔を見あわせた。いまはユージニーのレッスンの最中だったのだ。ユージニーは、いいのよ、という感じでにっこり微笑んだ。「タオルはお手洗いの向かいのクローゼットにありますからね」

ミス・クローズマンの三メートルもある革模様のカウチの端に並んで座って、モーナとわたしはユージニーがピアノを弾くのを見学した。ユージニーはわたしより一年上で、高校生のボーイフレンドがいると学校で噂されていた。わたしはその噂は本当だと思っていた。風船みたいな胸のふくらみ、それは彼女がピアノを弾くあいだいまにもキーボードに衝突しそうだったし、それだけじゃなく彼女は栗色の髪と青い目をしていたし、おまけに、わたしが特別うらやましかったのは、まっ白な折りたたみ傘を持っていたのだった。

「よく見えないんだけど」とモーナが小声で言った。

「メガネを拭いたらいいじゃない」

「メガネはきれいだよ。お姉ちゃんが邪魔なんだよ」

わたしは妹を見た。「よごれてるようなんですけど」

「それはお姉ちゃんのメガネがよごれてるからよ」

ユージニーは指もからだも弾ませて曲の終わりを迎えた。

「まあ、最っ高！」ミス・クローズマンは彼女を抱きしめ、それからわたしたちを見やったところへユージニーのお母さんが入ってきた。「最っ高！」とミス・クローズマンは繰り返した。「ミセス・ロバーツ！ ほんとにこの子には才能がありますわ、本物の才能です。こんな子を教えられるなんて光栄ですわ」

ミセス・ロバーツは満面からプライドを発散しながら、娘がまるで王室の出で生まれながらのピアニストであるみたいに肩を抱きしめて部屋から出ていった。ユージニーの歩き方を見ながら、わたしは姿勢を直し、なるべく深く息を吸っておなかをへこませようと夢中になっていたので、ロバーツ親子がいなくなってしまうまで、ユージニーが傘を忘れていったことに気がつかなかった。ちょうどモーナが弾きはじめたところだった。わたしは飛び上がって、窓に駆け寄って声をかけようとしたけど、彼女の乗った車はブレーキ・ランプがちょっと点いただけでまた消えて、角の信号を過ぎていくところだった。まるで彼女なら通ってもいいと言わんばかりに雨は止んで、かすかな陽差しが行く道を照らしていた。

青いカーペットの上で王様の杖のように輝いている白い傘《アンブレラ》。わたしがそれを見つめているあいだに、モーナはピアノにむかって、なんとかネコの喧嘩程度のものを演奏した。その曲が終わると、ミス・クローズマンはモーナを椅子から立たせた。

「じっとしてるのよ」とミス・クローズマンは言って、やがてタオルを持ってきて椅子の上に敷いた。「寒いでしょう」と彼女は言った。「お母様に電話をかけて着替えを持ってきてもらいましょうか?」

「ううん」とモーナは答えた。「来られないの、だってお母さん――」

「すごく忙しいんです」とわたしは後ろから割り込んだ。

「そうなの」とミス・クローズマンは言って、ため息をついて少し首をふった。「メガネも汚れているわね」と彼女はモーナに言った。「拭いてあげましょうか?」

わたしは姉として恥ずかしかった。メガネを拭けって言っといたのに、どうしてモーナは言うことを聞かなかったんだろう? モーナがまたピアノに悲鳴を上げさせはじめると、わたしは傘をじっと見つめた。それを開いてみたかった。ほっそりした銀の柄を持って、くるくる回してみたかった。手首からぶらさげて学校に行きたかった。ほかの女の子たちもみんなそうしているのだ。この傘を、あした学校でユージニーに返してあげるって、ミス・クローズマンに言ってみたらどうだろう? わたしが友だち思いだって感心してくれるんじゃないかしら。ユージニーだって傘が戻ってきてよろこぶだろうし、わたしはこの傘を、一晩まるまる自分のものにしていられる。わたしはそれをあらためて見やりながら、こういうのをクリスマスのプレゼントにおねだりしてみてはどうかしら、と考えてみた。でもお母さんが何て言うか、見当はついていた。「なんだかんだと」とお母さんは言うだろう。「レインコートがあるじゃないの。なんだかんだと物ばかり欲しがって、おまえ、アメリカ人と一緒なのね」

自分の番が来て椅子にすわると、わたしはタオルの上からずれないように、まっすぐすわるように気をつけた。

「あなたもそれじゃ、何にも見えないでしょう」とミス・クローズマンは言ってわたしのメガネに手を伸ばした。「それにもっとリラックスしていいのよ、かわいそうに」と先生はわたしの胸に——相手がユージニー・ロバーツだったらぜったい触らないところに手を当てた。「ここは兵隊の養成所じゃないんだから」

ミス・クローズマンがようやくわたしにピアノを弾かせてくれたとき、わたしはすごく上手に、できる限り上手に弾いてみせた。見てください、とわたしは指で先生に話していた。わたしのこと、かわいそうに思ってくれなくていいんですよ。

「すばらしかったわ」とミス・クローズマンは言った。「ほんとにすばらしい！」

わたしの心の中では演奏会場が総立ちで拍手を送ってくれた。

「これだけじゃないんです」とわたしは自信たっぷりに先生に告げた。「先生をびっくりさせるものがあるんです」

わたしは二つめの曲を弾いた。それは先生にも言われていなかった、もっとずっと難しい曲だった。「まあ、最高だわ！」と先生は言ったけど、わたしを抱きしめることはしなかった。「最高よ！あなた、天才よ、お嬢ちゃん。お母さんがもっと早く始めさせてくれてたら、きっといまごろはユージニー・ロバーツみたいに弾いていたわね！」

わたしはピアノを見つめ、さらにもう一曲、もっともっと難しいのを先生に聞かせてあげられたら、と考えていた。わたしは学校の単語コンテストで優勝したんだということも教えてあげたかったし、くすぐられても我慢できることも、カラテができることも伝えたかった。

「うちのお母さんは、プロのピアニストなんです」とわたしは言った。

先生はわたしを長いあいだ見つめていた。それからとうとう、何も言わないまま、わたしを抱きしめた。ユージニーに学校で傘を返すことについて、わたしは何も言わなかった。

玄関の階段はもう乾いていたので、モーナとわたしはそこに腰をおろしてお母さんを待ちはじめた。

「中で待ったほうがいいかしら？」ミス・クローズマンは心配そうに空を見あげた。

「いいんです」とわたしは言った。「お母さんはもうすぐ来ますから」

「しばらくしたらね」とモーナは言った。

「もうすぐよ」とわたしはもう一度言った。お母さんがパートに行くようになってから、毎週かならず最低二〇分は遅くなることはわかっていたのだけれど。

通りの向こうの教会の時計で二五分たったとき、ミス・クローズマンがまた出てきた。

「わたしが家まで送りましょうか?」

「いいんです」とわたしは言った。「お母さんはもうすぐ来ますから」

「それじゃせめて電話をかけて、お母さんに来てくれるように言おうかしら。忘れてらっしゃるのかもしれないから」

「忘れたわけじゃないと思うな」とモーナが言った。

「とにかく電話をしてみましょう。確認のために」

「もう家を出たことは間違いないんです」とわたしは言った。「お母さんがわたしたちのことを忘れるはずないですから」

それでもミス・クローズマンは中に入って電話をした。

「誰も出ないわ」と先生は外に戻ってきて言った。

「だから、もう家を出てるんです」とわたしは言った。

「ほんとに中で待たなくてもだいじょうぶ?」

「いいえ」とモーナは言った。

「はい」とわたしは言った。妹を指さして、「この子も『はい』っていう意味で言ったんです。つまり『いいえ、中に入らなくていいです』っていう意味で」

ミス・クローズマンは腕時計を見た。「いま五時半でしょ。ね、あと十五分もすれば、ポットローストができあがるわ。中に入って少し食べていくことにしたらどう?」

わたしたちは何度も何度も通りを見わたした。お母さんがいまいったい何をしているのか、わたしはいろいろ想像してみた。空に飛行機雲でメッセージを書いているんじゃないか、というようなことまで想像してみた。お母さんが飛行機嫌いだということは知っていたのだけれど。ミス・クローズマンの家の大きなヤナギの木の枝が揺れはじめた。枝はどれも同じ長さに切りそろえられていて、風になびく髪のようできれいだった。

雨が降りだした。

「先生がまた出てくるよ」とモーナが言った。

「誘いに乗って中に入っちゃだめよ」とわたしはささやいた。

「どうしてだめなの?」

「そんなことしたら、ママがほんとうはすぐ来ないんだって認めることになるでしょ」

「だって来っこないじゃない」とモーナは言った。「お仕事に行ってるんだもの」

「しーっ。先生に聞こえるでしょ」

「お仕事に行ってるんだ!　お仕事に行ってるんだ!　お仕事に行ってるんだ!」

わたしは妹の口を手でふさいだけど、妹がその手を舐めたので、わたしは手を引っ込めて雨に濡れた服で拭いた。そのときまた玄関のドアが開いた。

「さっきより濡れちゃった」とモーナはすぐに言った。「どんどん濡れてくるの」

「中に入る?」ミス・クローズマンはモーナに手を貸して立たせた。「このままじゃ二人とも肺炎になっちゃうわ。もう一時間もここにいるんだもの」

「こごえそうなんです」とモーナは先生を見あげた。「ホット・チョコレートとか、あります? あたしたち肺炎になりかけてるんです」

「わたしはいいです」とわたしは言った。「お母さんがもうすぐ来ますから」

「いいかげんにしなよ」とモーナは言った。「アタマを使いなよ」

「もうすぐだもん」

「いらっしゃい、モーナ」ミス・クローズマンはドアを開けた。「あなただけ先に入ることにしましょう」

「じゃあ、病院で会おうね」とモーナは中へ入りながら言った。「病院で会おうね、肺炎のお姉ちゃんと」

わたしは誰もいない通りをじっと睨みつけていた。からだじゅうに雨が当たって、寒かった。わたしも中に入りたかった。意地を張らないで、自分が中に入るのを認めてあげたかった。今度ミス・クローズマンが出てきたら、わたしも入ろう、と決心した。

先生は出てきたけど、毛布と、あの白い傘を持っていた。

自分でも信じられないまま、わたしはその傘を手に取って、開いていた。それは自分からパッと開いた。まるで生きているみたいで、開きたいから開いたのよ、と言っているみたいで、わたしの手に取られて頭の上に広がるのが、いかにも自然という感じだった。わたしはその銀の骨組みをじっと見あげ、それからくるくる回してみた。くるくる、くるくると。とてもきれいで、まっ白で、まわりのすべてをきらきらと照らしてくれるみたいだった。

「きれい」とわたしは言った。

ミス・クローズマンはわたしの隣の毛布が余ったところにすわった。先生が雨をよけられるように傘を差しかけた。左側の肩にまた雨が当たってわたしはふるえた。先生はわたしの肩に手を回した。

「かわいそうに、かわいそうにね」

先生にそれ以上同情の言葉をかけられるのは嫌だったので、わたしはじっと傘を覗き込んで聞こえないふりをした。

「あのね、わたし、若いころ、とっても子どもが欲しかったの」と先生は続けた。

「そうですか」

先生はちょっとのあいだわたしを見つめていた。先生の顔は一日たったケーキのフロスティングみたいに乾いて固そうだった。

「そう。でもわたし、結局結婚はしなかったから」

わたしはまた傘をくるくる回した。

「こんなにきれいな傘、わたし見たことがありません」とわたしは言った。「ぜったい、生まれて初めてです」

「傘は持ってるの?」

「いいえ。でも、ちょうどこんなのを、クリスマスにお母さんに買ってもらうんです」

「そうなの? じゃあいいことがある。クリスマスまで待たなくてもいいわ。これをあなたにあげるわよ」

「でもこれ、ユージニー・ロバーツの傘でしょう」とわたしは反論した。「わたし、あした学校であの人に返さなくちゃ」

「ユージニーのだって、誰が言ったの? これはユージニーのじゃないわ。わたしのよ。でももうあなたにあげたから、あなたのもの」

「ほんとに?」

先生はわたしを抱いた手に力を込めた。「ほんとうよ。すっかりあなたのものよ」

「わたしの?」わたしは何て言ったらいいのかわからなかった。「わたしの?」突然わたしは飛び上がって雨の中を飛び跳ねた。「きれいだわ! ああ、きれいだわ!」わたしは声に出して笑った。

ミス・クローズマンも、いまでは雨に打たれ放題だったんだけれど、笑っていた。

「ありがとう、先生。ほんとにありがとう。百万回ありがとう。これ、とってもきれいです。最っ高！」

「それはよかったわ」と先生は言った。

「ありがとう」とわたしはまた言ったけど、それでもまだ足りない気持ちだった。突然わたしは先生がよろこんでくれそうな言葉を思いついた。「先生がわたしのお母さんだったらいいのにな」

すぐにわたしは嫌な気がした。

「そんなこと、言わなくていいのよ」と先生は言ったけど、先生の顔はくずれて満面の笑顔になっていった。そのときお母さんの車のヘッドライトがそろりそろりと角を曲がってきた。わたしはすばやく傘をたたんで、スカートの中に隠し、スカートの上からそれを掴んだ。

「モーナ！」とわたしは家の中に呼びかけた。「モーナ！　急いで！　ママが来たから！　すぐ来るって言ったでしょ！」

それからわたしは車道の縁まで走って出ていった。お母さんの車が先生の家の前に来るころには、モーナもわたしの隣に息を切らせて立っていた。それからお母さんが歩道に乗り上げても轢《ひ》かれないように、わたしたちは後ろに何歩か下がった。

「だけど、どうしておまえもモーナと一緒に中で待たせてもらわなかったんだい？」とお母さんは帰り道の途中でわたしにきいた。お母さんはコートを脱いでわたしをくるみ、ヒーターを強にしてくれていた。

「お姉ちゃんはアタマを使わなかったのよ」と後部座席のわたしの隣でモーナが言った。

「この次は電話をかけなくちゃね」とお母さんは言った。「ただ、こっちの居場所を言いたくないのよね」

そのとき初めてお母さんは、スーパーマーケットのA&Pでレジ係をしているということをとうとうわたしたちに話した。早番の約束なのだけれど、ほかの店員がいいかげんなので、給料を上げるから、遅番が来るまで店に出てくれと店長に頼まれたということだった。

しばらくのあいだ、だれもなにも言わなかった。この真相にはモーナもがっかりしたらしかった。

「もうお給料が上がったの!」とようやくモーナは言った。

わたしはフロントガラスのワイパーの音を聞いていた。

「あなた、ずいぶんおとなしいのね」お母さんはリア・ミラーの中からわたしを見ていた。「どうしたの?」

「仕事、辞めればいいのに」としばらくしてからわたしは言った。

お母さんはため息をついた。「中国にこういう諺があるのよ。『梁一本では屋根は支えられない』って」

「でも、ユージニー・ロバーツのお父さんは一人で家族を支えてるわ」

お母さんはもう一度ため息をついた。「ユージニーのお父さんはユージニーのお父さんでしょ」

とお母さんは言った。

ダウンタウンにさしかかると、車が右に曲がるたびにモーナは思いきりわたしに寄りかかって横倒しにしようとした。ミス・クローズマンに言ってしまったことを思い出しながら、わたしはモーナに感づかれないように、傘をあちこち動かしてなんとか脚の下に隠しておこうとした。

「スカートの下にあるのは何？」車が信号で減速しはじめたときモーナはきいてきた。お母さんはゆっくりブレーキを踏みながら、またリア・ミラーの中からわたしたちを見やった。

「どうしたの？」とお母さんは言った。

「お姉ちゃんのスカートの中になにかあるの」とモーナは言ってわたしを引っ張った。「スカートの中」

そのとき通りを渡っていた男の人がわたしたちにむかって怒鳴りはじめた。「おばさん、どういうつもりなんだい」とその人は言った。「横断歩道をまるっきり塞《ふさ》いじゃってるじゃないか」

わたしたちはみんな凍りついた。ほかの歩行者たちも立ち止まってわたしたちを見た。

「聞いてるの？」とその男の人はさらに言いながら、こぶしでボンネットを叩きはじめた。「英語がわかんないの？」

お母さんはバックしはじめたけど、すぐに後ろの車がクラクションを鳴らした。さいわい、それからすぐ信号が青に変わった。お母さんは安堵のため息をついた。

「何て言ってたの、モーナ」とお母さんはきいた。

後ろの車が前へ動いてなかったらそれほどひどくぶつからなかっただろうけど、動いていたのでガクンとすごい衝撃があって、わたしたちはみんな後ろへ、それから前へ投げ出された。

「あーあ」と車が停止したときモーナは言った。「また事故だ」

わたしはみんなの注意が傘から逸らされたのでホッとした。それから、お母さんの頭があおむけに背もたれに乗っかっているのに気づいた。目もつぶっていた。

「ママ!」とわたしは叫んだ。「ママ! 起きて!」

お母さんは目を開けた。「怒鳴らないでよ」とお母さんは言った。「それでなくたってこれからあちこちで怒鳴られるんだから」

「だってお母さんが死んじゃったと思ったんだもの」と言ってわたしは泣き出した。「死んじゃったと思ったのよ」

お母さんはふり向いて、わたしをじっと見つめ、手を伸ばしてわたしの額に当てた。

「熱があるのね」とお母さんはうなずいて言った。「どこか悪いせいで、そんな突拍子もないことを考えるのね」

後ろの車を運転していた男の人がわたしたちの車の窓をコツコツ叩きはじめると、わたしは脚の下から傘を取り出した。そのときモーナとお母さんは車から降りようとしていた。わたしも二人のあとから降りた。そしてわたしたちの車がぶつけた後ろの車のダメージをみんなが調べているあいだに、わたしは傘を脇の下水溝にこっそり投げ捨てた。

解説

中国系アメリカ作家は映画にもなった『キッチン・ゴッズ・ワイフ』のエイミー・タンがよく知られているが、そのほかにも才能のある作家が何人かいて、一九五六年生まれのギッシュ・ジェンもその一人である。

「白いアンブレラ」（一九八四）はジェンのデビュー当時の短編の一つで、ご覧のように、お母さんとの絆を再確認する方向で話がすっきりまとめられている。主人公も素直ないい子だ。ほのぼのとした、誰にでも似たような経験がありそうな身近な話だと言えるだろう。身近すぎて、小説としてはちょっと小ぶりであるように見えるかもしれない。それでもその中でいろいろなことを感じさせ、考えさせる深さをこの作品がそなえているのは、アメリカにおける中国系家族の状況が、きちんと踏まえられているからだろう。

中国系作家をはじめ、世界中のあちらこちらからアメリカに移住した少数派の人種系作家が共通してかかえるテーマは、移住の苦労、貧困との闘い、そしてアメリカ社会への適応の問題である。適応と言っても、白人の主流社会にひそむさまざまな「見えない壁」の差別や圧力にどう対応するのかは難しい問題で、人種によっても個々の作家によっても答えはさまざまだ。アジア系の人たちはだいたい、「長いものには巻かれろ」の諺どおり、おとなしく主流社会にしたがうことを選んで、「模範的な少数派（model minority）」などと呼ばれてきた。

ただしおとなしくしてもしなくても、アイデンティティの問題は残る。アメリカ生まれの若い世代はすっかりアメリカ人になりきってもいいのか。はたしてそんなことは可能なのか。アメリカ人になりきれない親や祖父母の考え方、彼らが支えてきた文化的・道徳的伝統をどう引き継いでいけばいいのか。そういった問題が、アメリカナイズされた若い世代の心にわだかまっていく。「白いアンブレラ」は、これだけ短い、さりげない作品の中で、こうした難しい問題の構図をすっきり浮かびあがらせている。親と子の世代差だけではなく、姉と妹のわずかな年齢差によって、アメリカへの同化をめぐる対応が微妙に分かれていく事情までをさらりと伝える実力はなかなかのものだ。

細部もきちんと書かれている。たとえば、作品の冒頭でお母さんが働きに出ることに同意するお父さんの声が「ほとんど聞きとれない」のも、プライドと現実のあいだに板ばさみになったお父さんの困惑をきっと映し出しているからだろう。こうした細部をいろいろ解釈してみることも、リアリズム小説の愉しみの一つであり、この作品はそんな水準も満たしてくれている。

ただし主人公の姉妹のアメリカでの人生はまだ始まったばかりであり、これからさまざまな困難に彼女たちが出会わなければならないことは目に見えている。実際ジェンはこの姉妹をめぐる物語をその後も書きつづけ、やがて穏やかな姉よりも活発な妹を主人公として、彼女の思春期を描いた長編第一作『モーナは約束の地で』を完成させることになった。

アトランティス　そのほか

マーク・ドウティ
堀内正規　訳・解説

HIVを宣告された最愛のパートナーと過ごしたプロヴィンスタウン。そこには潮の満ち干により水中に没しては再び姿を現す湿地がある……。

猶予

眼が覚めると真夜中で
ぼくは思った、夢だったんだ、
ぼくたちの未来を引き裂くものは何もなく、
懼れとともにこの数年を
生きてきたわけでもない、それは起こらなかった、
すべて夢で見たことなんだ。そのあとで
このものすごい圧力の感覚がもたげてきた、
それは起きてみたら

荷を降ろし軽くなっていく最中の、昔の
釣鐘型潜水器の中にいるようだった。いままで

ぼくの人生がどんなに重くなっていたか　気づかなかった
――こんなに多くの不安、こんなに少ない知識。まるで

もう一度若くなったようだ。けれどいま理解したこと
自分がどんなに軽いか、どんなに何の足かせも無いか――

そのぶんぼくは若いだけでなく醒めてもいる、
ほんとうに若かった頃には

けっしてこうは感じなかった。カーテンが動く
――まだ夏で、窓はすべて開けっ放し――

ぼくは思った、自分もあんなふうにかろやかに動ける。
何年も、十年間も、夢が続いていたのだ。

夢はそんなふうに見えるときがある。
ぼくは思った、まだこれからとても沢山の時間がある……

ほどなく、もちろん現実が
漂うように戻って来た。

知ってるかい、子どもたちは物語を
どんなふうに終わらせるのが好きかを。

彼らはみんな夢だったことにするんだ。ずっと以前、
小さい子どもたちに作文を教えていたころ、
ぼくはよく言ったものだ、この終わり方じゃだいなしだ、
これまで起こったことをまるごと

説明して片づけてしまうなんて。でもいまはわかる、
その閉じかたの身ぶりを選ぶなんて

彼らはなんと賢かったのだろう。
彼らの物語のしめ括りは眠りによってではなく
目覚めによってなされるのだ。ほかのどんな才能が
これほどまでに猶予に近づけるだろうか?

ウォリーが話してくれた夢はこうだ、
ぼくはトンネルの中にいた、彼は言う、
出口の所にほんとうに光があって、
その輝きの中に大きな怪物が立ってた。

彼の両腕は人間をいっぱいに抱えてる、男も女も。
でもそいつのプロポーションはまったくふつうなんだ。
つまりやつはぼくや君と同じサイズなんだ。
それで人間たちは言うんだよ、いっしょにおいで、

これからダンスをするんだよって。みんないっしょに行くのを
とても喜んでた、ぼくを仲間に加えることを
とても喜んでた、でもぼくは答えた、
まだぼくは準備ができてないって。彼が話し終えたとき、

どうしたらいいのかわからなくて、
ただ腕の中で彼の容赦のない
体重を抱きとめた。何を言ったらいいのか
わからなくてただ言った、それは夢だよ、
もういやなものは何もない、
それはただの夢だったんだ。

アトランティス

君の病気は溶剤みたいなものだとぼくは思っていた、
いちどきに少しずつ、未来を溶かしていくものだと。

わかっていなかったんだ、これからやって来るものは
いつでもすぐ前の微かな光なのだということが。

あの湿地のようにヴェールのかかったもの、
穏やかなさざ波の立つアルミニウムの

潮の満ち干のシーツの下に隠れたあの湿地。
海の塩からの隔たりだったところが

いま塩の移動してくる場所になる。
銀色の起伏のないいちめんが移り

具体的なかたちになる。たとえば島状に
すっくと立ついくつかの草むらのカーヴ、

いっとき肩はばになるいくつもの川、
そこで鷺たちは探り求め合う

番いの営みに精を出す。ぼくは見た、
二羽の白い使者がひろげていく、

まっさらで、すごく大きい、天国のリネンのような、
流れる呼気を。春はあさく、

緑になるにはまだ寒く、去年の季節の
積み重なりと残骸が、兆し以上のものになるには

早すぎる。けれども空中にはたしかに
白いチューリップが見えた。

驚くべきもの、あらゆる開花の歓び、頭をもたげた
魂。もしもぼくたちが魂の存在をなお

信じられるなら、これほどすべてが乏しくなったいまも……。
息が、見込みのなさそうな水面から、

立ち昇る、池を越え二車線のハイウェイを横切り、
純粋な意志が、砂丘を越えて、

過ぎていく。明日はこの輝く土地と
おなじくらい読むことができず、

未来はただこの瞬間の
わずかに光るふち以外の何ものでもない。

いま潮汐は引きはじめる、
時計回りの動きで注がれる、

昼間の水時計になって、
この世界の向こう側へと。

そしてぼくたちの、頼みになる湿地がまた現れる。
——糊のきいた角張ったうつくしさが抜けていく。

空気を活気づけていたもの、それは減るけれど、
ここにある。そしてぼくたちは先へと進んでいく。

そのあとぼくたちの何が残るだろうか？　ごらん、
ぼくの好きな人、失われた世界が

水の中からもう一度浮き上がってくるよ。
ぼくたちの陸地だ、いつもそれが在った場所に、

ほの明かりから現れてくる。忘れようもなく、
しっとりと濡れて、かわらない姿で。

あたらしい犬

ジミーとトニーが
ディーノを飼えなくなった、
彼らのコッカースパニエル。
トニーの病状が悪化して、
毎日の散歩は
悦びというより
プレッシャーになった。
果たすことのできない
もう一つの義務になった。

それでぼくたちにはすでに
一匹の犬がいたけれど、ウォリーは
引き取りたいと言う、
小さい、やまぶき色のものが
ほしいと言う、

すぐ横で眠り
顔を舐めてくれる生きものが。
彼はもう麻痺が始まっていて
腰から下が動かない。

彼を侵している何かは
上へと昇ってきており、
ぼくたちにはわからない。
あとどれくらいのあいだ
彼が犬をさわれるのか。
いったい何人のひとが
いまにもこの世界を去ってゆこうと
するときに、もう一つの
愛情の対象をほしがるのだろうか？

ウォリーは幾夜もベッドで体を起こし
言いつのる、トカゲなんかが

ほしいな、言葉を話す鳥でもいい、
それとも魚、小さいネズミ。
それでぼくはヴィレッジまで
車を走らせてジミーとトニーの
住まいに着くと、彼らは
戸口でぼくを迎えて言った、
ぼくたちにはできそうにない、

この犬を手放せそうにないよ。
ぼくは迷子の犬の収容所に行った、
——ただちょっと見るだけ——するとそこに
ボーがいた。跳ねまわり
ほとんど際限なく動き、
舌の先からしっぽまで
真鍮色のひとかたまり、
仲介を受けつけないエナジー、
あまりに大きな、あまりに野生で

あまりに完璧な。彼はただウォリーの
顔を舐めるだけではなくて
頭の部分のどんな場所も
くまなく唾液で濡らした。
もうウォリーには
自分で餌をやる力は
残ってなかったけれど、手を
上げることはできて、それを
毛むくじゃらで金色のわき腹の上に、

そこがじっとしているあいだは、
置いておくことができた。
こんなにも思いつめられた接触を
ぼくは見たことがない。
それは何かを摑むようなものではない。
手そのものがもう

ぼんやり薄まって
やわらかく見える。なにか
ためらいがちに見えたけど

それはこれ以上ないくらいの意志が
呼び出される必要があったから。
その接触のためにもたらされた
これほどまでの注意――それがいまの
彼のすべてだ。このしぐさ、
疲れを知らぬ耀きへ向けられた。
手に負えぬもの、こんじきのもの、
生きたもの、あたらしいものへの。

抱擁

君は元気というわけでもないけど深刻な状態でもなかった。
ただちょっと疲れていて、端正な顔立ちは
かなしみか、悪いことの予期で翳っていて、それで君の顔は
考えぶかい奥ゆきのある美しさを帯びていた。

君がもう死んでいることをぼくは一瞬も疑わなかった。
夢の中でもそれが、やはり本当であると知っていた。
君はきょうは出かけていた——たぶん仕事で?——
いい一日を過ごしたらしい、ほとんどエネルギッシュな。

どうやらぼくたちは前に住んでいたどこか古い家から
引っ越したばかり。いたるところに箱があり、物が
散乱している。それがぼくの夢の〈ストーリー〉だった。
でも眠りの中でさえ、ぼくは物語を超えたショックを受けた。

それは君の顔だ、君の顔というフィジカルな事実だ。
ぼくの顔から数インチ、きれいに剃られた、愛らしい、敏感な顔。
なぜこんなに難しいのだろう、君のありのままの顔を
想い出すことが？　写真なしでは、努力なしでは？

それで君の無防備でたしかな顔を見て、
見まがいようのないそのまなざしがあらゆる温かさと明晰さを
ひろげていくのを見て——温かい紅茶のように——
夢が続いているあいだだけ、ぼくたちは抱き合った。

ありがとう。君は戻ってきてくれた、ぼくがもう一度、
はっきりと、君を見られるように。ぼくが君に凭れかかれるように。
このしあわせが何かをおとしめるなんてまったく思わないで、
君が生き返ったなんてまったく思わないで。

解説

一九八九年五月のある日、詩人マーク・ドウティのパートナー、ウォリー・ロバーツはHIV検査の結果を告げられた。ポジティヴだった。そのときから二人の人生は大きく変わっていく。一年後、ヴァーモントからケープ・コッドの突端に位置する小さな町、プロヴィンスタウンへと居を移したあと、ウォリーはAIDSを発症し、一九九四年一月二三日に、最愛のパートナーと愛犬たちに見守られて、しずかに息を引きとった。二人が出会ってから、十二年以上の時が経っていた。——ここに訳出した詩のうち、最初の三編はウォリーの闘病の最後の一年間を振り返って書かれた六編の詩からなる連作「アトランティス」の一部で、一九九五年刊の同名の詩集から採られた。「抱擁」は、次の詩集『スイートマシーン』（一九九八）から採った。いずれも、ウォリーの死後に書かれたものである。

ドウティは一九五三年、南部テネシーに生まれた。父親の仕事の関係で、アリゾナ、南カリフォルニア、フロリダの郊外を転々とする子ども時代を過ごす。一九八七年に最初の詩集『タートル、スワン』を出して以降、今日まで計七冊の詩集と四冊の散文の著作などがある。特に一九九三年に出た第三詩集『わがアレクサンドリア』は高い評価を得た。緊密で繊細な、選び抜かれた言葉が織りなす彼の詩の世界は、こわれやすい人間の経験をそっとさしだす。その詩を最も特徴づけるのは、たぶん、intimacy、親密さの感覚だと思う。ウォリーの死という経験を中心とする二冊、『アトランティス』と回想記『天国の汀』（一九九六）は、ドウティの作品歴の中でも、読者の心を率直に深く動かすという点で、特別な位置を占めている。

「アトランティス」に出てくる「湿地」はプロヴィンスタウンの尖端部分にあり、海岸線の砂地が潮の満ち干によって一日に二度、海水に沈み、また顔を出す。ドウティたちの家はそのすぐそばにあって、彼らは愛犬を連れて、毎日のようにそこを散歩していたことが、『天国の汀』を読むとわかる。「猶予」と「あたらしい犬」で語られるできごとも、同書に散文体であらためて書きこまれている（ボーの犬種はゴールデン・レトリバーだ）。この二編のように、物語を詩の形で語ることが、第一詩集以来ドウティのきわめて得意とするところで、ここには訳出しなかったが、『スイートマシーン』の「白いキモノ」という傑作もある。なぜ「物語」なのかといえば、決して輪郭のくっきりとした完結したパターンをつくりたいからではなく、おそらくそれが、かけがえのない人間が時間の中で生きていく軌跡であるからだ。書きとめておかなければいつか消えてしまう生に、固有の形を与えたいと希うからだ。だが詩という形が選ばれるのは、ときとして物語では掬いとれないものがあるからでもある。「抱擁」はそのことを示している。そこでは愛する人の顔という「フィジカルな事実」が、詩人をつかのま（だけ）救う。

「ぼくたちは死者たちがどこにいるのかを知らない。でも、けっきょく自分がほんとうにどこにいるのかを知らないというのも、同じように真実なのだ」とドウティは言う。確固としていないのは死者だけではない。こちら側に残されたぼくたちこそ、いつも愛する死者の照り返しを受けて、「眼の前の微かな光」を見るしかないのかもしれない。ものごとは、くっきりとした節目のように変わっていくのではない。記憶とともに生きるのだから、すべてはあの現れては消えていく、境界地帯の「湿地」のように進んでいく。ウォーリーの死の一年後、彼はその遺灰をそこに撒いた。「太陽が海の上につくる輝く小道は、死者が逝った道、故郷へ帰る道だった。でもいま、ウォリーがその小道になった。」（これをセンチメンタルとはぼくは決して呼ばない。）その後ドウティは、ポールという新しいパートナーを得た。奇蹟的なエッセイ『牡蠣とレモンのある静物画』（二〇〇一）で、そのことについてこう書いている。「悲しみが消え去ったわけではない——まったくそうではない——ただ、それはいつしか悦びと共存しはじめる。経験において何をいつくしむべきかという再発見のすぐ隣に、悲しさがすわるということなのだ」。

夏の読書

バーナード・マラマッド
本城誠二 訳・解説

高校を退学したものの、職にありつけず家でぶらぶらしている少年ジョージ。姉のソフィーに、一日じゅう何をやっているのと聞かれたジョージは、本をたくさん読んでいると言うのだが……。

ジョージ・ストヨノヴィッチは近所に住む少年で、一六歳の時に辛抱しきれずつい高校をやめてしまった。就職の面接で卒業をしたのかと聞かれて「いいえ」と答えるたびに、恥ずかしい思いをしたけれど復学はしなかった。その夏は就職が難しく、彼も職につけなかった。時間があまるほどあったので、夏季学校へ行こうと思ったが、クラスの生徒は自分よりもずっと年下になる。夜間高校への入学も考えてみたが、先生にあれこれ指図されるのが嫌だった。彼らは自分のことを尊重してくれないような気がした。結局、外にも出ず日中は部屋に閉じこもった。彼も二〇歳近くになり、近所の女の子とつきあいたいと思ったが、お金がない。父親が貧乏なので、ときどき数セントをもらうのが精一杯だった。彼によく似た姉のソフィーは、二三歳の背の高い痩せた女性で、稼ぎは少なくそれを自分のためにとっておいた。母親はすでに亡くなっていて、ソフィーが家のきりもりをしている。

父親は朝早く起きて魚市場へ出かけて行く。ソフィーは長い時間をかけてブロンクスにあるカフェテリアまで地下鉄に乗って行かなければならないので、八時には家を出る。ジョージは自分でコーヒーを入れ、家の中でぶらぶらしていた。肉屋の二階にある廊下のない五部屋続きのアパートにいていらいらする時は、掃除をはじめる。濡れたモップで床を拭き、片付けをした。でもたいていは部屋の中でのんびりして、午後は野球の試合をラジオで聞く。そうでなければ、ずっと前に買った数冊の『世界年鑑』を好んで読んでいた。カフェテリアのテーブルに客が置いていった雑誌や新聞をソフィーが持ち帰るので、それも読んでいた。雑誌は映画スターやスポーツ選手の写真が主であり、新聞は『ニューズ』や『ミラー』といった大衆紙だった。ソフィーは手元にあるものは何でも読んだが、時にはちゃんとした本も読んでいた。

あるときソフィーがジョージに一日じゅう部屋で何をしているのと訊くと、彼は本をたくさん読んでいるんだと答えた。

「わたしが持ち帰ったもののほかに、何かまともな本も読んでいるの？」

「少しはね」とジョージは返事をしたが、本当は読んでいなかった。彼は姉が持っている本を何冊か読もうとしたが、好みでないことがわかった。最近では作り物の話が気にさわって我慢できなかった。何か趣味があればいいと思った。子どもの頃は大工仕事が得意だったが、いまはそんな場所がない。ときどき日中散歩をしたけれど、たいていは暑い陽が沈んで、通りが涼しくなってから歩いた。

夕方食事が済むとジョージは家を出て近所をぶらついた。蒸し暑い日には、店の前の分厚いコンクリートがひび割れした舗道に店主や妻たちが椅子を持ち出して、うちわをあおぎながら座っていた。ジョージは彼らや菓子屋のある角にたむろしている男たちのそばを通りすぎた。何人かはずっと前から知っていたが、お互いに声をかけることはなかった。特に目的の場所はなかったが、たいてい最後に行くのは近所から数ブロック離れたうす暗い公園だった。鉄の柵に囲まれた木とベンチがあり、一人きりになれる。そのベンチに座って、柵の内側に生えている葉の茂った木や花を眺めながら、いまよりもましな生活を思い描く。高校を退学してからやってきた仕事についても考えた。配達、倉庫番、走り使い、最近は工場で働いたこともあったが、そのどれにも満足していなかった。いつか並木通りに面したポーチのある一戸建ての家に住みたいと思った。おこづかいがあってデートの相手がいればいいと、さびしい土曜の夜など特にそう思った。人に好かれ、尊敬されたいと思った。そんなことが頭に浮かぶのはたいてい一人ぼっちの夜だった。真夜中近くになると立ち上がって、暑い無表情な近所へと引き返していく。

あるとき、ジョージは散歩から戻る途中、仕事から遅くに帰宅するカタンザラさんと出会った。ジョージは彼が酔っているのかと思ったが、すぐにそうではないとわかった。カタンザラさんはがっしりとした、頭の禿げた人物で、地下鉄の区間快速線の両替所で働いていた。隣の通りにある靴修理の店の二階に住んでいた。暑い時期は、夜になると下着姿でアパートの入口に座り、店の窓からの明かりで『ニューヨーク・タイムズ』を読んでいた。新聞をすみからすみまで読み、それから二階に上がって床につく。彼が新聞を読んでいるあいだ、彼の太った妻が青白い顔で窓から乗り出し、太い白い腕をたるんだ胸の上で組んで、通りを見ていた。

時々カタンザラさんは酔って帰ってきたが、静かな酔い方だった。一度も騒ぎを起こしたことはなく、こわばった調子で通りを歩いてきて、ゆっくりと石段を上がり玄関に入る。酔っていてもいつもと同じで、ただ歩き方がぎこちなく、穏やかで目がうるんでいた。ジョージは子どもの頃カタンザラさんにレモン・アイスでも買いなさいと小銭をもらったことを覚えていて彼のことが好きだった。カタンザラさんは近所の人たちとは違っていた。彼はジョージと会った時にも、他の人が聞かないようなことを質問してくる。新聞を読んで世の中で何が起きているかを知っているように見えた。病気の太った妻が窓から外を眺めているあいだ、彼は新聞を読むのだった。

「この夏はどうしている、ジョージ?」カタンザラさんは尋ねた。「夜散歩をしているのを見かけるけど」

ジョージは何と答えていいのかわからずまごついた。「散歩が好きなんです」

「じゃ、昼間は何をしている?」

「いまのところは何も。仕事が見つかるのを待っているんです」仕事をしていないと認めるのが恥ずかしくて、そう言った。「家にいますけど、教養を身につけるためにたくさん本を読んでいます」

カタンザラさんは興味をもったように見えた。赤いハンカチで顔をふいて聞く。

「どんな本だい?」

ジョージはためらいながら言った。「以前、図書館で推薦図書のリストをもらったんです。この夏はそれを読もうと思って」彼は不安な気持ちになったが、カタンザラさんに自分を尊敬してもらいたくてそんなことを言ってしまった。

「そのリストには何冊くらい載っているのかな?」

「数えたことはないんだけれど、百冊くらいです」

カタンザラさんはヒューと口笛を吹いた。

「もしそれができたら」とジョージは熱心に続けた。「自分の教養になると思うんです。高校で受けるような教育とは違う、そういう所では教えてくれないようなことを知りたいんです。僕の言いたいことがわかってもらえるといいんですが」

カタンザラさんはうなずいた。「だとしても、ひと夏で百冊とはかなりの量だね」

「もっとかかるかも知れません」

「何冊か読み終えたら、それについて話したいものだね」とカタンザラさんは言う。

「全部読み終えた時にでも」ジョージは答えた。

カタンザラさんは家路につき、ジョージは散歩を続けた。その後も、ジョージは何とかしなければと思いながらもそれまでの日常を変えはしなかった。彼は小さな公園を終点とする恒例の夜の散歩も続けていた。しかしある晩、隣の通りの靴屋がジョージを呼びとめ、彼を感心な若者だとほめた。ジョージはカタンザラさんが読書について話したのだと思った。靴屋はその噂を通りに広めたようだった。数人のひとが、面と向かって話しかけはしなかったけれど、彼に微笑みかけたのだ。彼はずっとそこに住み続けようと思うほどではなかったが、近所の人たちに好感をもち前よりも好きになった。彼は近所の人を必ずしも嫌いというわけではなかったが、好きでもなかったのだ。驚いたことに、ジョージの父も姉のソフィーも読書について知っていた。父は内気で口に出さなかった。もともと言葉数の少ない人だった。しかしソフィーはジョージにそれまでよりも優しく接し、彼を誇りに思っていることがわかった。

夏が過ぎていき、ジョージは楽しい気分でいた。毎日ソフィーへの感謝の気持ちから部屋を掃除し、野球の試合を聞く回数が前よりも増えた。ソフィーから週一ドルのこづかいをもらった。それは十分とは言えず注意して使わなければならなかったが、それでもたまに二五セントもらうよりはずっとましだった。そのお金で買うのはたいてい煙草で、ときおりビールか映画の券を買ったが、それでかなりいい気分になれた。人生も楽しみ方を知っていれば、そんなに悪いものではないと思った。たまに新聞売りのスタンドでペーパーバックを買ったが、自分の部屋に本があることがいい気分というだけで読みはしなかった。しかしソフィーの持ってくる雑誌や新聞は全部読んでいた。そして夜がもっとも楽しい時間だった。店の前ですわっている店主たちのところを通り過ぎる時、彼らが自分のことを感心したように見るのがわかったからだ。彼は背筋を伸ばして歩き、お互いにあまり言葉をかわさなくても、周囲から認められていると感じた。いい気分で近所を歩きまわり、いつも最後に立ち寄るはずの公園に行かないこともあった。その付近では草野球をする時にはいつも参加していた子どもの頃のジョージを皆が知っていた。そのあたりを散歩して、家に戻り、いい気分で服を脱いでベッドに入った。

数週間のあいだにカタンザラさんと口をきいたのは一度だけだった。彼は読書については何も言わず、質問もしなかった。そのことで彼は不安になり、しばらくのあいだ、ジョージはカタンザラさんの家の前を通らないでいた。しかしある晩、うっかりしていつもとは違う道を歩いて彼の家の前に来てしまった。もう真夜中を過ぎていて、通りには一人か二人しかおらず、ひっそりとしていた。ジョージはカタンザラさんが街灯の明かりで新聞を読んでいるのを見て驚いた。思わず玄関口で立ち止まって、話しかけようかと考えた。何を話せばいいのかわからなかったが、とにかく話し始めれば言葉が出てくると思った。しかしそのことについて考えれば考えるほど、不安を覚え、ついにはそうしない方がいいのだと決めた。別の道を通って帰ろうとも思ったが、カタンザラさんの近くまで来ていて、ジョージが走り去るのを見たら、変に思われるかも知れない。それで彼はそっと通りの向こう側に行き、店のショーウィンドーを見ているふりをした。さらに歩き続けたが、自分のしている事が居心地わるく感じられた。カタンザラさんが新聞から目を上げ、通りの反対側を歩いている自分のことを変な奴だと大声で罵るのではないかとびくびくした。しかしカタンザラさんはシャツに汗をにじませ、その場にすわったまま、薄暗い明かりの中ではげ頭を光らせながら『ニューヨーク・タイムズ』を読んでいた。彼の太った妻は窓にもたれかかり、二階から夫の新聞を読んでいるように見えた。ジョージは彼女が自分を見つけ、カタンザラさんに大声で知らせるのではないかと恐れたが、夫から目を離そうとはしなかった。

ジョージは何冊か本を読むまでは、カタンザラさんに近づくまいと決心した。しかし読み始めてみると、それは作り物の話なので関心をなくして最後まで読み終える気にならなかった。ほかの本も読む気がしなくなった。ソフィーの新聞や雑誌も読まなくなった。彼女はジョージの部屋の椅子に雑誌類が積んであるのを見て、どうして読まなくなったかと聞いたが、ジョージは他に読まなければならない本があるからと答えた。ソフィーはそうだろうと思ったと言った。それで日中はラジオを聞き、人間の声に飽きると今度は音楽を聴いていた。彼はいつも家をきちんと片付け、そうしない時にもソフィーは何も言わなかった。彼女は相変わらず親切で、彼に余分の一ドルをくれることがあったけれど、ジョージにとって事態は以前ほど快適ではなくなっていた。

とは言うものの、考えてみるとそんなに悪い状況でもなかった。日中がどんなに気分のいいものでなくても、夜の散歩は相変わらず彼の元気を取り戻してくれた。そんなある晩、ジョージはカタンザラさんが通りを自分の方に向かって歩いてくるのが見えた。ジョージはあやうく向きを変えて逃げようとしたが、カタンザラさんが酔っているのがわかった。もしそうなら自分に気づかないだろう。そう考えて、ジョージはまっすぐ歩き続け、カタンザラさんのすぐそばまできた。彼は飛び上がってしまいそうなほど緊張していたが、カタンザラさんがこわばった様子で、一言も言わずゆっくりと彼のそばを通り過ぎたときには意外にも驚かなかった。苦境をのがれてジョージはほっと一息ついた。その時、自分の名前が呼ばれた。すぐそこにカタンザラさんがビール樽のようなにおいをさせて立っていた。ジョージを見つめるその目は悲しげだった。ジョージはとても不快に感じ、目の前の酔っ払いを押しのけて散歩を続けたいと思った。

しかし、そんなことはできなかった。その上カタンザラさんはズボンのポケットから五セントを取り出し、彼に渡そうとした。

「これでレモン・アイスでも買いなさい」

「もうそんな年じゃないんですよ、カタンザラさん」ジョージは言った。「もう子どもじゃありませんから」

「いや、そうではないな」と言うカタンザラさんに、ジョージは返事をすることができなかった。

「例の読書はどうなってる？」カタンザラさんは聞いた。しっかりとしようとしているが、体が少しふらついていた。

「順調にいっています」ジョージは答えながら、顔が赤くなった。

「本当かな？」彼はこれまで見たことのないような、意地悪そうな笑みを浮かべた。

「順調です、本当に」

頭は少しぐらついているものの、カタンザラさんの視線はしっかりしていた。その小さな青い目をじっと見ているとこちらが痛くなりそうだった。

「ジョージ」と彼は言った。「例のリストの中で、この夏読んだ本の題を言ってくれないか、その本に乾杯するから」

「他人に自分のことで乾杯なんかしてほしくないですね」

「題名を教えてくれればそれについて質問ができるじゃないか。でなければ、いい本なのか自分でも読みたくなるような本なのか、わからないだろう?」

自分の外見はいつもと変わらないだろうけれど、心の中では何かが崩れ落ちそうなのがジョージにはわかった。

答えることもできずにジョージは目を閉じた。とてつもなく長い時間が過ぎたような気がした。目をあけると、気の毒に思ったのかカタンザラさんはいなくなっていた。しかしジョージの耳には、彼が去り際に言った言葉がこびりついていた。「ジョージ、わたしのようになるんじゃないぞ」

次の晩、彼は部屋を出ようとはしなかった。ソフィーがいくらうるさく言っても、ドアを開けようとはしなかった。

「そこで何をしているの?」彼女は聞いた。

「何も」

「本を読んでいるんじゃないのね?」

「ああ」

彼女はちょっと黙ってから聞いた。「読んだ本はどこにしまっているの? あんたの部屋には安っぽい、つまらない本しかないじゃないの」

彼は答えようとはしなかった。

「それなら、あんたに苦労して稼いだお金を上げることはないわね。どうしてわたしがあんたのために苦労して働かなくちゃならないの？　外に出て行って仕事を見つけなさい、この怠け者」

ジョージは誰も家にいない時、台所にこっそりと行く以外は、ほとんど一週間のあいだ部屋に閉じこもりっきりだった。ソフィーははじめ彼を叱り、それから部屋から出て来てちょうだいと懇願した。年老いた父親は泣いた。しかしジョージはがんとして動こうとはしなかった。ひどい暑さのため、部屋の中は息苦しかった。苦しくて息をするたびに胸の中まで燃えるように暑かった。

ある夜、ジョージは暑さに耐えきれず、やつれ果てた様子で夜中の一時過ぎにそっと通りに飛び出した。人目につかないように、あの公園に行こうと思った。しかし通りじゅうに人がいて、ぐったりと物憂げに、涼しい風を待っている。ジョージは目をふせ、恥ずかしい思いで彼らをさけるようにして歩いた。しかしすぐに彼らがまだ自分に親切であるのがわかった。カタンザラさんはきっと自分のことを話さなかったのだろう。もしかしたら、翌朝酔いから醒めたとき、ジョージと会ったことさえ忘れているかも知れない。彼はゆっくりと自信が戻ってくるのを感じた。

その夜、通りの角にいた男が、ジョージにそんなにたくさんの本を本当に読み終えたのかと聞いた。そうだと答えると、相手は君のような年齢の若者がそんなに本を読むなんて素晴らしいとほめてくれた。

「ええ」と答えながらジョージは内心ほっとしていた。もう本のことには触れられたくなかった。

数日後、ジョージは偶然カタンザラさんとまた出くわした。カタンザラさんは本のことを聞かなかった。でもジョージが本を全部読み終えたという噂を流したのがカタンザラさんであることは間違いなかった。

秋になったある日の夕暮れに、ジョージは家を出て、何年も行っていない図書館に駆けつけた。そこには本があふれていた。彼ははやる心を抑えながら、楽々と百冊の本を数え上げ、机に向かって読みはじめた。

解説

「夏の読書」は、戦後アメリカの代表的なユダヤ人作家バーナード・マラマッド（一九一四〜八六）の第一短編集『魔法の樽』に収められた作品である。全米図書賞を受賞した上記短編集の中ではホロコーストやユダヤ人迫害の物語とはいささか趣きの異なる「いつか読書をする日」とでも呼びたいような、しみじみとした後味をもつ作品となっている。

ニューヨークの下町（たぶんブルックリン）に住む高校中退の若者の孤独・無為・焦燥がさりげなく描かれ、「読書」がそこから脱出するためのきっかけとなっている。無口で人はいいが頼りない父親のキャラがいかにもありそう。母亡きあと家を切りもりする、勝気だけれど弟思いの姉もいい味を出している。そして近所に住むカタンザラは読書を通して近所の若者ジョージを励まし続ける。しかも近所の人たちが読書を立派な、感心すべき行為であると思っているのも面白い。ユダヤ人の知的好奇心の現れだろうか。

カタンザラを感心させようとして一夏で百冊の本を読む予定だと思わず言ってしまったジョージ。しかしジョージがすぐに読書を実行するというように物語は直線的には進まない。読書をする感心な若者という評判をうれしく思いながらも、ジョージはぐずぐずと無為の生活を続ける。散歩の途中、偶然カタンザラが新聞を読んでいる近くまできてしまい、何とか相手に気付かれずに逃げようとするユーモラスな場面もある。

そしてついに避けていたカタンザラと出会い、彼に「自分のようになるな」と言われたジョージは動揺する。無償の好意を見せるカタンザラの一瞬の厳しい叱責がひとつのクライマックスで、何かの啓示のようにジョージの心に響く。さらにその葛藤により家に閉じこもり、夏が過ぎて図書館に駆けこむ部分が、さわやかなエンディングを作り上げている。

それにしてもこの読書好きのカタンザラがどのような過去を背負ってニューヨークの下町に暮らしているのか興味をそそられる。登場人物の描かれていない人生に思いをめぐらせるのも、短編を読む楽しみの一つである。ともかく、地下鉄の両替所に勤め、靴屋の二階に妻と住むカタンザラにとっての人生は、若者に「自分のようにはなるな」と言わざるをえない、不本意な結果であることは想像に難くない。懸命に生きつつも失意の男にとって、多少は見所のありそうな近所の若者が、目的もなく無為に過ごしていることが見過ごせない。その無償の好意（お節介とも言えるか）がついには若者を動かして、読書へと向かわせる。「いつか読書をする日」のいつかが現実へと変貌する最後の数行は、さりげないけれど本物の文学のみが持つ静かな力に満ちている。

アメリカの短編には「家族」の話が多い。短編という制約から社会や天下国家の主題は少ない。家族の物語、またはその崩壊のテーマが目につく。それは血縁のさけられない結びつきや確執の物語でもあり、その濃さゆえかうっとうしさもどこかにある。その中で、「夏の読書」のように、近所の人との交流が一人の若者を立ち直らせるという作りが、妙にべたつかずさわやかである。少量のせつなさも含まれていて、これもまた一つの「しみじみ」と言えようか。

砂漠の聖アントニウス

ローリー・コルウィン
畔柳和代　訳・解説

無計画に暮らすわたしは、ある日、ふとしたきっかけから古代の修道士アントニウスに興味を抱く。やがて妻帯者のオールデンと知り合って……。

無計画は人生の一状況としてそれなりに有効だが、その期間は限られている。ここに記す一時期、わたしの人生はすべて無計画の産物で、それを享受してはいけない理由にわたしはまだ遭遇していなかった。無計画であり幸運であった。このふたつの状況は金と黄鉄鉱のようにしばしば混在するものだ。たとえば、わたしは金銭管理が下手だった。お金はポケットから飛んでいき、週の終わりには支出の明細を説明できない。あなたの小切手帳は出納の記録というより自由詩みたい、と言われたこともある。当然ながら、悪意はなくても、小切手はよく「残高不足」と記されて送り返されてきた。だが、銀行から「帳簿のつけ方がどうしようもなく杜撰《ずさん》なため、今後お取引はいたしかねます」という書き出しの手紙が届く人々とは違って、わたしはダン・ピロッタという悩める広報担当から電話をもらった。「グリーンウェイさん、今度午後にお立ち寄りいただければ、小切手帳をつける方法をお教えいたします」

わたしには財布を失くす癖もあった。カウンターやタクシーに置き忘れても必ず戻ってきて、お金は手つかずということも多かった。お金同様、教育も哀れなものだった。わたしの取り組み方では、教育の結果あらゆる適性を失った。陽気な学生で、短時間ならば猛烈に集中できて、科目のほうから飛び込んできてくれるのを待っていた。しかしそんな科目はなかったため、講座から講座へ漂い、雇われようのない人材になった。アメリカ詩を愛読し、天文学をかじり、文化人類学の原理に惹かれてはいるが理解するにはほど遠い。そんな資質を持つ者に与える仕事など、誰も持ちあわせていないようだった。大学中退後に見つかったのは、美術館のギフトショップで絵葉書やカレンダー、複製画を扱う売り子の仕事だった。

そこに二年勤め、銀行でピロッタさんの講義も受けて、わたしはパリ行きの資金をどうにか貯めた。それまでの人生で一番真剣な行動だった。

向こうに着いてからは従兄チャールズの慈悲にすがった。彼は歳のはなれた親戚で建築家としてユネスコに勤めていた。パリ行きを決めた理由はとくになく、強いて言えば、数少ない特技のひとつが中途半端なフランス語をひけらかす能力だったからだ。昔、チャールズはベビーシッターをしてくれたことがあった。ひさしぶりの再会だったが、わたしのことを一目見て、冒険を求めてパリにくるアメリカ娘の一人というレッテルを貼った。何か手を打つべきことはあきらかだったので、彼はわたしを教会と大聖堂めぐりの徒歩ツアーに出すことにした。あの種の建築に足を踏み入れれば、多少は分別が備わると思ったのだろうか。毎日午後に連絡を入れさせ、迷子になってやしないか、道をはずれてはいないかを確かめた。彼が驚き安堵したことに、わたしはこれにすっかり魅了された。生涯をかけうるテーマかもしれないと思った。わたしはノートを一冊買い、目に映ることを詳細なメモに綴った。

見た目ほど絶望的ではなかったごほうびに、チャールズはドライブ旅行でルーアンにあるベネディクト派修道院、聖ワンドリーユに連れて行ってくれた。途中立ち寄ったいくつかの荒れた修道院と違い、そこには本物の修道士が暮らしていた。礼拝堂の公開されている部分まで夕べの祈りを唱える声が届いた。この建築に生身の人間が住んでいるという事実にわたしは驚愕した。いったいどんな人生を送っているのだろう？　誰が建てたのだろう？　宗教建築を設計するとき基盤となる原理はあるのだろうか？

パリへ帰る道すがら、わたしはチャールズを質問攻めにした。大聖堂と教会の違いは？　大修道院と小修道院の違いは？　チャールズはわたしにどう思うかと尋ね、脈絡のない長い話に辛抱づよく耳を傾けてくれた。ときどき、話が意味をなしていないことにはたと気づくとわたしは黙り込んだ。

「続けて」チャールズは言ってくれた。「とてもおもしろいよ」

そこで、ノートにびっしりメモをとっていることを明かした。従兄は言った。「形や空間に対するセンスがいいみたいだな。それで何かやってみたら？　進路が決まらないって言ってたね。建築学校に行ったら？」

わたしは従兄に言った。数学はほとんどできない、じっと座っているのがやっとだし、学校はうんざり、建築家にはなりたくない。だって、お兄さんは大聖堂、小修道院、大修道院を造ってる？　それに、形や空間に対するセンスが自分に少しでもあるかどうか、よくわからなかった。どのくらい興味があるかさえわからなかった。ただただ、ああいう建物の中にいるのが好きだった――あの冷気、畏敬の念がわく感じ、高尚なものに対するささげ物の華麗さ。姿の見えない修道士たちが唱えるグレゴリオ聖歌を聴いて、気持ちが高揚したのだ。何しろわたしは浮ついていて、あがめるものもなく、楽しみを我慢した経験もなかった。人生に対する真摯さは微塵もなく、愚かすぎて自分の魂もまったく気にならないくらいだった。

関心はあれど行動に移せないという状態はチャールズには理解不能だったが、書店を営む友人を紹介してくれた。ピート・エスリッジという人で、店の名は「建築家と旅行者のブック・サプライ」という。そこを訪ねて助言を受けることになった――読むべき本、聴くべき講義、お金があったらすべき旅などについて。かくしてチャールズはわたしを道につかせてくれた。紙切れのように軽くふるまっていれば、自分の傾向を解明しなくても、その方面へ人生が漂わせてくれることがあるのだ。

ニューヨークに戻ってピート・エスリッジを訪ねると、雇ってくれた。助手が前日に辞めたばかりだった。従兄の名前以外にわたしを推してくれるものはごくわずかだったとはいえ、レジの扱い方は心得ていたし、ピートは即働ける人を求めていた。彼は製図工の資格を持っていて、旅が大好きだった。新刊、古本、希少本を扱っていた――建築家と旅行者が必要としそうなものは何でも。お気に入りが並ぶ棚もあった――建築にまつわる紀行や小説で『旧道』『黙すに時あり』

『トレビゾンの塔』などである。仕入れ、棚づくり、発注、営業マンとのやりとり、簿記のやり方がだんだん身についた。書店の運営全般を学びはじめたわけで、わたしが使い物になってくると、ピートは個人蔵書の買いつけに行くときにお伴させてくれた。

彼からごくわずかな指導を受けつつ、読書をはじめた。テーマは宗教建築だったが、それを愉快に研究したなどと言ってもよければ、実際愉快だった。二年間でたらめに、だが着実に読んだ。仕事以外することはなかった。安アパートはかなり居心地がよく、当時の友だちはにぎやかな遊びを好み、みな最小限の仕事についていた。女優がウェイトレスをしたり、詩人が出版社で原稿閲読をしたりして、学生は論文題目をいじくりまわしていた。わたしは何度か人に熱を上げたことはあり、ささやかなロマンスはいくつかあったが、大恋愛は未経験だった。時おり堅実な好青年に慕われた。ベルヴュー病院の研修医、バロック期の礼拝堂に関する講演で出会った弁護士、注文した本が届いたかどうか見に来たという口実で店を数週間うろついた若き建築家。でもこの好青年たちには少しも興味がわかなかった。人生設計が整いすぎているように思われた。自分が無事結婚して祝いの銀器と食器をダイニングテーブルに並べ、親戚のために大がかりで礼儀にかなった、だが大成功ではないディナーをこしらえる姿は想像できなかった。

わたしは当時の暮らしに満足していた。夜、早く帰ったときにはナスで奇妙な夕食をこしらえた。ピートの葉巻が香る店で働くのが好きだった。読むものも気に入っていた。仕事以外、予定はなかった。いつうちにいるかなんてわからなかった。午前四時にチャイナタウンに行こうと言われれば、名案だと思った。映画を日に三本観るのは普通だと思っていた。誰かのアパートに五人そろえば、たちまちパーティがはじまった。ある晩、二人の男の子が別々に迎えに来て鉢あわせしたが、結局うまくいった。三人で映画を観て飲みに行き、二人に学生時代の共通の友人がいることがわかった。

この楽しいカオスのただなかで修道院と教会建築の本を読むことにした理由は、よくわからなかった。信心深いわけではないし、建築家でも中世研究家でもなかった。ピートはかつてチベットとラップランドの原住民の建造物についていずれの国も訪れずに研究した経験から、わたしの研究もまったく合理的だと考えていた。このテーマについてわたしが感じていたのは、実質性、不朽性、伝統性という三つの魅力が備わっているということだ――自分の人生に著しく欠ける三点である。永続性、人生に定まったコースがあること、信仰という概念に慰められた。従兄ピートからもらった題目だから研究を続けているんじゃないかともしょっちゅう思った。幸運な者はしばしば迷信にとらわれがちだ。わたしの迷信は、護符を信じる人々と運命をともにする類のものだった。この興味こそ、わたしの幸運を招くお守りだった。

ある寒い雨の日、もう名前も思い出せないが、あるお客さんがすばらしい助言をくれた。店が暇な日で、わたしはピートの机に向かい、ギャスケイ枢機卿の『英国修道院での生活』を読みながら煙草を吸っていた。客はその本に目を留めた。そこから会話がはじまり、聖人の生き方について読んだことはありますかと訊かれた。『聖ベネディクトの戒律』は読みましたが、それくらいですと答えた。聖アントニウスは面白いかもしれない、修道生活の創始者の一人と見なされているから、とお客さんは提案してくれた。

ひと月ほど過ぎて、この聖人に関する研究論文を古物商で見つけた。著者はドイツの神学者で、論文は五〇セントで買えた。持ち帰って、読む予定の本の山に加えた。

ある寒い土曜の午後、落ち着かない気分が募って、その論文を読むことにした。晩は従兄チャールズの友だちに夕食に招かれていた。カレンとフィリップ・ブリッジズ夫妻だ。ある意味、二人はわたしの守護天使だった。わたしにご飯を食べさせてくれるのが好きで、幸福できちんとした家庭生活を垣間見せることは自分たちの義務だと考えていた。夫妻の夕食会に行く前は、なるべく非の打ち所のない状態をめざして、午後は服を選び、髪を洗い、話題を準備しながら風呂に寝そべって過ごすのが常だった。あおむけに寝て、説明することを練習する。なぜピートはわたしを書店の見本市に連れていってくれなかったか。なぜわたしの役目は増えていないか。下級の共同経営者にしてもらう件についてピートになぜ提案していないのか。夫妻はそういう話題に興味を持った。だがまだ時間も早く、支度をはじめなくてもよかったので、研究論文を手にとって読みはじめた。

聖アントニウスの物語はよく知られているが、当時のわたしはほとんど知らなかった。この裕福なエジプト人男性は若いころ福音を知り、真摯に受け止めた。まず妹の将来を固め、次いで資産を全部人手に譲り、洞窟へ赴いた。そこで独居生活を送り、ひたすら祈るつもりだった。だが、ヨーロッパの名画に描かれている悪魔たちにつきまとわれてしまう。悪魔たちはあらゆる姿形で襲ってきた。ありとあらゆる悩みの種や誘惑がアントニウスの眼前にくりひろげられた。三五歳のとき、彼は新たな形の隠遁生活を送るべく砂漠に飛び込んだ。そこで庭を作ったが、野獣たちに踏みにじられてしまう。彼はもっとも粗悪なパンを食べた。アントニウスはその神聖さと賢さで弟子を引き寄せ、彼らを素朴な修道院生活にまとめあげ、平静さのうちに高齢で亡くなった。

驚いたことにわたしはこの記述にすっかり心を動かされた。聖アントニウスの性急に見えるところが気に入った何もかもいっぺんに人手に渡したのだ。福音の力もあるとはいえ、それはこの若々しい聖人を一種の短気者に思わせた。洞窟で暮らす聖人に対してわたしが抱いたイメージは生真面目な男の子というもので、現代版は眼鏡をかけて計算尺を手にしているかもしれない。その無邪気さの眼前で悪魔たちが華々しく行進するさまを思うと、守ってあげたくなった。実際、聖人としての彼にはほとんど興味はなく、自ら発明した試練だらけの人生を送る、愛すべき人に対して反応していた。とりわけ砂漠の庭を蹂躙した動物たちに対する叱責が気に入った。「なぜ害をなす」と譴責したのだ。「わたしはお前たちの誰にも何もしていないのに？　去れ、そして主の名にかけて、二度とここのものに近づくな」この叱責は効いたと伝えられている。聖人とは、信仰の名において英雄ばりの偉業を成し遂げたり奇跡を起こしたりした並外れた人物だと思っていたが、聖アントニウスは修道院生活の一形式をたまたま創始したほか、世の中でさほど業績を挙げたわけではない。ただ生きて、身を挺したにすぎない。わたしは神聖な義務にほとんど興味はなかったが、あきらかに生きることと身を挺することに関心があった。聖アントニウスはなぜか、わたしみたいな者にもいくらか希望があるかもしれないという気にさせてくれた。

そんな思いはブリッジズ家の玄関を入ったとたん、消散した。わたしにとって外国に足を踏み入れるも同然だった。夫妻はあらゆる点で大人の生活の象徴だった。どっしりした家具と銀器がそろっていた。休暇にはパーティを開き、招待客は夜会服で訪れる。夫婦ともにウォール街で働き、それぞれ趣味に磨きをかけていた。カレンは読書会で有名哲学者の作品を読み、論じていた。フィリップはステレオ装置をたえず高性能なものに替え、オペラと交響楽団の会員券を購入していた。二人とも食通だった。ワイン試飲会に行き、グルメクラブにも属していた。出してくれる食事はつねに正しく、美味だった。

わたしはよく頭数を四人にそろえるためにディナーに招かれた。年下で、その分予測がつかないからだろう。ブリッジズ夫妻はより保守的で堅苦しい友人たちにわたしを混ぜ、成り行きを見るのが好きだった。すごいことは一度も起こらなかった。だが、計画性のない不精な書店員に実社会を説明するチャンスを得て投資銀行業者たちは喜び、わたしは自分の半年分以上の稼ぎを月々の家賃として払う謹厳な大人連中に対して優越感に浸るチャンスを得た。

平時には悪魔たちも平凡である。洞窟ではなく夕食会で、わたしたちは素敵な異性の姿をした彼らと出会うのだ。ブリッジズ夫妻はオールデン・ロビンソンというきわめて魅力的な人も招いていた。名前に聞き覚えがあった――フィリップの旧友だ。夫妻の棚に著作がずらりと並んでいた。版元はある大学出版会。著書に正式な氏名が記されている。オールデン・C・W・ロビンソン。カリフォルニアの教職を投げ打ち、優秀な頭脳を世界経済委員会に貸すべく東部に移ってきたばかりだった。

きっとブリッジズ夫妻の名高い堅物の一人だろうとわたしは決め込んでいた――わたしにとってはいないも同然。というのもわたしは子どもみたいに世の中を大人と、自分みたいな人とに分けていた。たとえば出会った男の子たちについて、内心こう問うていた。ダンスはできそう？ 面白そう？ 大胆そう？ キスは上手そう？

オールデンは男の子ではなかったが、大人にしては笑顔が素敵だった。髪はつややかな茶色、眼は青。ダンスはたいしたことなさそうで、面白いかどうかはまだ不明だったが、キスはすごく上手そうだった。カクテルのあいだ、彼はブリッジズ夫妻と話しながらこちらを見つめていた。わたしは注目されていることには気がついていたが、こちらから注目はしなかった。ディナーのあいだじゅうわたしにすっかり焦点を合わせていたから、夜も更けたころ、車で送りましょうと言われても驚かなかった。大人に車はつきものだし、食事中、オールデンは自分の車で田野を横断した話をつぶさに語っていた。そして遠回りにもかかわらず、わたしを玄関まで送ってくれた。

あがって一杯いかがですか、と言うのはためらわれた。立派な社会経済学者には遅すぎるだろうか？　生意気だと思われないだろうか？　果たして、彼がわたしに尋ねた。

「おそろしく疲れています？」

「ぜんぜん」

「では寝酒をいただいてもいいですか？」

ひどくどぎまぎして、一年前に人からもらったどうしようもない古いシェリー酒しか寝酒はありませんと言えなかったが、出してみると不満でもなさそうだった。わたしが自分の紅茶を淹れるあいだ、オールデンはアパートを見渡していた。家具はわが一族が放出したものばかり――古びているとはいえ良質だが、どれも壊れているか疵物で、見事に調和していない。ロッキングチェアの座部は籐製で穴が二つあいていた。ソファは脚が欠けたため辞書を支えにしていた。彼が何もかも見てとっていることはあきらかだった。ソファの横に雑然と積まれた本の山、テーブルに置いてあるコーヒーカップと灰皿をどう思っているだろう、とわたしは恐れた。壁にかけてある数少ない絵の前で彼は立ち止まった――ロンドンのカルトゥジオ修道院の設計図を額に入れたものだ。それから腰をおろした。わたしは紅茶を飲んだ。向こうはシェリーを飲んだ。どちらも一言も言わなかった。

「ここに座ってあなたを見ているだけで楽しい」ついに彼は言った。

これには赤面してしまった。「社会学のことも経済学のこともちっともわからないんです」わたしは言った。「だからわたしを見ている羽目になるんです」
「いや、実に面白い。近々またうかがってもう少し見るチャンスはありますか」

当然彼は再び訪れ、わたしは恋をした。古い自分から引っぱり出され、新しい生き物に変わっていく気がした。オールデンは大人の世界へ入るためのパスポートのように思われた──物事が予定され、計算されている世界だ。彼に恋をしているので、移動に痛みは伴わないはずだった。これ以上の案内人は望むべくもなかった。オールデンには確たる地位があった。意見を請われる人だった。多くの学術誌に寄稿していた。生活ぶりは驚くほど几帳面。机は片づき、勘定は払い、定期健診を受け、半年ごとに歯もクリーニングしてもらう。秋には車のシャシーにさび止め入りのペンキを塗ってもらう。何でも整理し、ファイルする。にもかかわらず退屈な人ではなかった。これまで慕ってくれた好青年たちとは大違い。たとえば、彼は一度結婚し、現在は別居中だった。試されたことのない男の子ではないのだ。これは彼を魅力的に思わせた。何といっても、わたしの知りあいに既婚者はいなかった。誰一人、何のコミットメントもなかった。それにオールデンは猛烈にエネルギーがあった。彼の整然とした生活は豪胆と冒険の産物に思われた。

きみが人生に現われてほっとした、と彼は言った。彼が暮らすきちんとした世界を乱してくれたと言うのだ。人生の不意打ち(オールデンにとっては交通渋滞、曲がるべき角を間違えること、飲み物をこぼすこと、電車の遅延、狂人に道で話しかけられること等)をきみは難なく乗り越える。何も期待していないからどんな経験にも満足し、喜ぶ。僕たちは最高の道連れだろう。旅程は僕が作って、きみが僕らを迷子にするんだ。かくして旅行者が見るべきものを少なくともいくつかは見、冒険もする。それぞれ好きにしたら、わたしは歴史的建造物を絶対に見つけられず、オールデンには面白いことが何も起こらない。翌年の秋に二人でフランスを旅する計画を立てた。

きみが体験にちゃんと応じられることに励まされる、と彼に言われた。ある晩、彼は美しい愛情に満ちた表情を浮かべ、言った。「僕みたいに準備万端な人間の問題はね、ひとつ措置を誤ると世界の終わりって気分になることだよ。先週、鍵をなくしたとき、自分はもう崩壊するんだと思ってたの、覚えている？　でもきみは――まったく準備していないから、僕より生きるのがうまいんだ。あのときゃきみが一緒じゃなかったら、ぼろぼろだったよ。きっと錠前屋に大金払ってた。いま来た道をレストランまで辿って椅子の下に落ちてる鍵を見つけるなんて、絶対しなかった。だから備えがあるのはきみのほうで、僕は準備過剰かもしれない。きみは僕にとって、すばらしい実物教訓だよ」

人格の不運な特徴と見なしていたものを美点と見てもらえるのは、なんてすばらしいことだろう。鍵や財布をなくしてしまうことにわたしは辟易していた。無論、物を見つける名人でもあった。だがオールデンはそれを柔軟性、エスプリ、軽やかさと見てくれた。ずっと続いていた怠惰な浮遊感が、突如として役に立つ美徳と化した。

わたしの役目は彼を元気づけることだった。彼をダンスに連れて行った。レストランのサービスが悪いときは、なだめすかして怒りを静めた。互いに師であり弟子だと思った。わたしはオールデンから次のことを学んでいた。いかに人生に形を与えるか。社会で真の仕事はいかになされるか。計画に精力を注ぐ方法。楽天的でもよいが、だらしなく生きる必要はないことにも気づいた。そこで机の上を片づけた。勘定は期日までに払うようになった。ノートを一冊買い、読んだ本を体系化し、たまったメモを整理した。一年ほど前からピートは店を改装しようかと言っていた。案があったら概要を教えてと頼まれていたのに、わたしは真に受けていなかった。今度はまじめに受けとめた。入念な企画を立てたら、ピートはおおむね賛成してくれた。

オールデンがわたしから学んでいたことは、いかに漂うか、厳密な規則抜きにいかに人生を味わうか、ということだった。それぞれ最良の自己が表われているように思われた。二人の異なる性質はまるで芸術のようだった——光と陰。ときどきオールデンのペットみたいな気分になったが、ぜんぜんかまわなかったのは、ある意味彼もわたしのペットだったからだ。向こうは外国産で、わたしとは異なる人生を送っている。こちらの起伏量図は谷、丘、堆石があるが、彼のほうは固い一本道で、指定された都市まで導いてくれる。オールデンはわたしの起伏量図に満足していた。自分が曲がったことのない曲がり角だらけなのだ。わたしは彼の一本道にうっとりしていた。わたしたちに接点は何ひとつなかった。

端正な外貌を一皮むけば、オールデンは変人だった。そのとっぴさを溺愛することが彼のためになるだろうと思った——だって、わたしの役割は彼をくすくす笑わせて夢中にさせることでしょう？　だから奇癖を選びぬき、溺愛した。猫が喉をごろごろ鳴らす真似ができること。髭剃りをひそかに恐れていること。電気かみそりが大嫌いで、喉をかき切ってしまうんじゃないかと恐れるあまり、気を紛らそうとしてひげを剃りながらリビングルームを歩きまわること。靴を履くのが大嫌いなこと。これぞ個性でしょう、とわたしは思っていた。オールデンにとっては些事だなんて、考えもしなかった。世界は裏のない提案だとわたしは思い込んでいた。自分がもっと整理整頓し、オールデンがこうるさくなくなれば、二人でいつまでもとてもうまくやっていけるのだ、と。

ある晩、オールデンはわたしに、座って、まじめな話があるからと言った。それまで全部まじめな話だと思っていたが、間違いだったわけだ。彼がソファに座っていたので、隣に腰かけた。「机の横の椅子に座ったほうがいいだろうな」オールデンは言った。

部屋の向こう側に行き、机の横の椅子に座った。オールデンは黙ってソファに座っていた。そして口を開いた。妻がニューヨークに来るんだ。なんでまた、と思った。オールデンの別居にはさほど関心がなかった。別居したら終わりだろう。本人もさほど考えていないようだった。ところが彼女は一緒に住みに来るのだという——物事を丸く収めるために。物事？　その考え方に心底驚いた。一度でうまく収まらなきゃ、二度目で収まることはない。

オールデンは説明してくれた。どこが悪いか、医者が教えてくれるときのまじめな口ぶりで、自分のほうが理解していると承知し、相手は専門知識不足で到底わかり得ないことも承知している話し方だった。医師は机の向こう側——専門知識を持っている側——に座り、こちらは自分も自分の体も悪い子だという気分にさせられてしまう。

「とても感謝している」ともオールデンは言った。「おかげで自分を少し解き放てた。でも僕の行動原理はコミットメントで、結婚はとくに重大だ。一縷の望みもなくなるまで、履行のために全力を尽くすのが責務なんだ」

わたしは黙っていた。続いて、オールデンは妻の話をした。エレノアといってやはり経済学者だ。二人の思い出が山ほどある。共有しているアイデアや目標もある。別居は双方合意の上だったが、復縁はエレノアが提案した。ただちにもっともだと思えたという。わたしと一緒にいるときでさえただちにもっともだと思えたのか？　わたしが彼のことを見つめ、彼があれほど愛しく見えた夜も、結婚に対する責務を考えていたのか？

オールデンがわたしのことを束ねてファイルし、「愉快な女の子との軽いお遊び」という項目に入れつつあることはまだ把握できていなかった。一緒に楽しく戯れていたあいだじゅう、彼が実社会だと考える場所で、わたしとは別にまことの人生を生きていたということを認識していなかった。一瞬、思った。オールデンはわたしを読み違えている——上機嫌を浅さと受け止めている。彼のことをどれほど真剣に思っているか、わかっていないのかもしれないと思ったから、彼にそのことをを伝えた。神聖な言葉だった——何もかも一変させるはずの言葉。オールデンはそのとき背面の横木が一本足りなくてぐらつく椅子にかけていた。とても感謝している、と繰り返し、一緒に過ごした時間はすばらしかったと言った。

「でも真剣なのよ、オールデン。愛してる」

「いまに忘れられる」そう言って彼は出て行った。


この情事の余波に対してわたしは準備ができていなかった。嘆きは抑えがたく思われた。店では気づけばトイレで涙を流していた。ピートに聞こえないよう、蛇口から水を出しっぱなしで。傍目にも決して見落とせる類の不調ではなかったから、一週間休むか、とピートは言ってくれたが、この悲嘆とともに一人きりで過ごすと思うと恐ろしかった。

勘定を期限までに支払おうと、机が片づいていようと、驚くことに研究が形をなしはじめていようと、自分の案に基づいて店が改装されようと、ピートがついにわたしを共同経営者にしようと考えていようと、それがどうした？　わたしはあたりを見回して、人生がようやく形をとりつつあることを見てとりはしなかった。昼がとても長く、夜は耐えられないということしかわからなかった。

わたしは存在すら知らなかった悪魔たちに襲われていた。悲嘆、激怒、切望、純然たる欲望。次々とわく衝動に耐えた。オールデンの職場と自宅に電話して話したい。道で彼と向きあいたい。追い詰めて、わたしをしかと見させたい。

この容赦ない苦痛が半年続いたころ、オールデンはわたしの前に再び登場した。ある晩呼び鈴を鳴らし、入ってきた。どうしているかなと思ったという。わたしがすっかり上機嫌で、元気で威勢もいいものだから、順調に違いないと決め込んだ。彼のほうは五分五分で順調──重要語は「五分五分」だよ、とのことだった。自分もエレノアも物事を丸く収めようと努めている。難業だが、やりがいはある。こういうふるまいは必要だし、努力はたいてい報われるから。今日は完全な思いつきで来てね──健常者に対する医師の健診というわけか。最初の晩と同じくわたしの本、絵、机をかぎまわったが、今度はすっかりくつろいでいた。彼がわたしのアパートでくつろいでいることに打ちひしがれた。わたしは砂漠の聖アントニウスのように言いたかった。「なぜ害をなす？わたしはお前たちの誰にも何もしていないのに？　去れ、そして主の名にかけて、二度とここのものに近づくな」

彼は去り、あれきり一度も会っていない。

わたしの暮らす通りでは、ペットは自由に歩いている。わたしの住まいは、かつて瀟洒《しょうしゃ》なタウンハウスが並んでいたブロックのみすぼらしいはずれだ。ある家の前にはX脚のアイリッシュセッターが座っていた。この犬は華麗な鉄製の門の掛け金を鼻でひょいと上げるよう仕込まれていて、通りを行き来したあと門を通って戻り、あとは日がな一日玄関前の階段で寝て過ごしていた。黒と白のたいそう間抜けな子猫は一階の窓から二階の窓に飛びうつっては、人が近づくとミズグモみたいにさっと逃げた。作曲家の飼い猫だったが、ご近所じゅうのほとんどの家に一晩泊めてもらっていた。野良だと思うおめでたい人たちが泊めてやるのだ。

大きな太った白い猫も一匹いて、毎朝飼い主の門の脇に座っていた。誰もが立ち止まり、なでていく。すると猫は通りの半ばまでその人についていき、元の場所に戻り、次の通行人を待つ。オールデンをめぐる悲しみのどん底だったのは冬で、白い猫は屋内にいた。春になり、どうにか生きていけそうな気がしてきた。白い猫は再び路上に現われた。

ある朝、白い猫をなでようと足を止めた。横にひざまずき、耳をかいてやった。この猫は分け隔てする猫ではなかった。わたしが何かしたというより猫の気まぐれゆえにわたしの腕に飛び込み、前肢をわたしの首の両側に置いた。人は感傷にいつまでも抗えるわけではない。猫が頬をなめてくれた。わたしはわっと泣き出した。

何ケ月も洞窟の中でわたしの小さい悪魔たちと暮らしていたのだ。いま、砂漠に出る準備が整った。砂漠はわたしの人生で、つまずきながら進むものと決まっていた。わたしは聖アントニウスと違って、苦痛に耐えるために携えていける信仰の闘争性は持ちあわせていない。悪魔ととことん勝負しても、誘惑と悲嘆から解放されることはない。あの猫に流した涙は、二度と自分のものにならず、二度と人に与えることのないものへの嫉妬の涙にすぎない。あの無分別な、ほとばしる愛情。貪欲に、目的もなく応じられること。あの無邪気。

解説

幸せになろうとしてあがく四人の男女をめぐる長編小説『いつも幸せ』（一九七八）に代表されるように、ローリー・コルウィン（一九四四〜九二）はニューヨークを舞台に恋、友情、結婚、出産を好んで描く「家庭的」な作家である。そして「砂漠の聖アントニウス」が収録されている第二短編集『孤独な巡礼者《ピルグリム》』のいくつかの作品に見られるように、ひとり暮らしの女性をあたたかく見つめる作家である。

表題作「孤独な巡礼者」の語り手は独身イラストレーターで、友人知人の家によく招かれ、ベビーシッターとして重宝されたり、魚をうまくさばいたりしつつ、さまざまな家庭で暮らす自分を想像する。別の作品では、日常生活の細部に喜びを見いだす文学者が好みの雑貨を集め、手料理を楽しみ、研究も多少している。だが恋をした相手が金持ちでけちで禁欲的で、人生哲学の不一致に苦しむ。「旅」という作品には、ピアニストと結婚し、夫婦で旅をしている海洋生物学者が登場する。ヴェトナム帰還兵である夫の過去を想像し、自分が簡素に暮らして静かに藻の研究に打ち込んでいた日々を回想するうちに、彼女はこの旅は夫婦としての思い出作りの旅であることを改めて思う。

コルウィンの短編の多くでは時間が幾重にも重なり、語り手たちの省察は人生は旅だという意識に裏打ちされ、旅人としての感慨がこもる。知人や友人の家庭が外国にたとえられたり、新たな体験が別の空間や境界の向こう側への移動として表現されたり、都会と田舎を比較する中でふとこぼれ出たりする。「砂漠の聖アントニウス」の語り手は実際にあてどなくパリへ出かけ、ヨーロッパの石造りの建築を目の当たりにしてその空間に引き込まれる。あるいは見えないものに憧れ、それを具現する宗教建築についてひたすら読むことになる。どこかへ行きたい、何かを見つけたいという気持ちが思いがけないテーマをもたらし、語り手は本を通じて更なる旅を続けているように思われる。コルウィン自身も本の虫で、編集や翻訳に携わったことがあり、作品には本を作る側の人々もよく登場する。

コルウィンには『グルメ』という雑誌に連載していた文章をまとめた料理エッセイ集が二冊ある。友人に話すような文体で、思い出、日常生活、失敗談を綴り、身も心もあたためるスープ、時差ぼけの人に出すメニュー、多忙な人でも作れる三皿、子ども時代に食べたもの等をテーマに、友人知人から教わったレシピ、創作料理、愛読する料理本のレシピを紹介している。露店で買った正体不明のパンを再現するために努力を惜しまず、幼いひとり娘のために安全な食材を取り寄せておやつを作り、人をもてなすのも好きな一方で、手間を省いてもおいしさは変わらないからもう鶏肉に糸を巻くのはやめようと手抜きを勧め、料理した人は一番おいしい部分を助手と一緒にこっそり食べてよいとする。人間はひとりのときは（人に言えないような）変わったものを食べているというのが持論で、それを聞き出すのを喜びとした。食と人と暮らしに対するあたたかい好奇心にあふれた、読み物としても楽しい本だ。

この料理エッセイの中に「ナスをおともにキッチンにひとり」という一編がある。狭い部屋でひとり暮らしをしていたころ、そこで人をもてなした体験が面白おかしく綴られている。当時ナス料理をよく作ったこと、結婚し母親となってからもひとりで夕食をとる晩は変わったナス料理を作って食べるのが好きだとも書いている。「砂漠の聖アントニウス」の語り手は、少なくともこの点においてはコルウィンの分身である。

一九九二年一〇月にコルウィンはマンハッタンの自宅で急逝した。料理本の続編は死後に出版されたから、料理助手でもあった娘（当時八歳）に対する愛情に満ちた記述はかえってせつない。コルウィンの死後、友人のひとりはスパイスケーキを手土産に共通の知り合いの料理研究家を訪ね、ケーキのレシピとその由来を託した。お菓子を作れないその友人に、これはあなたのケーキよ、と言ってコルウィンがある日おいしいスパイスケーキと簡単なレシピを届け、このケーキのことは書かないと約束したという。

コルウィンはいまなお新たな読者を得ており、五編の長編小説、三冊の短編集、二冊の料理本のほとんどはペーパーバックで手に入る。既訳短編は大橋悦子訳「孤独な放浪者」（片岡義男編『アメリカ小説をどうぞ』晶文社）、松野玲子訳「パーカー先生」（中田耕治編『レイチェルの夏』青弓社）がある。最初の料理エッセイ集も『わたしの陽気なキッチン』という題で邦訳がある（飛田野裕子訳、晶文社）。二〇二三年春には『ニューヨーカー』誌に短編“Evensong”が掲載され、話題となった。

最後の記念日

アースキン・コールドウェル
舌津智之 訳・解説

バーで酒に酔って荒れるアニー。周囲の客は放り出せとバーテンダーのニックに文句をつけるが、ニックは酒を持っていく。アニーは「記念日のお祝いをしている」と言うが……。

バーテンダーのニックは、店の片隅で空になったビール瓶をけたたましくテーブルに叩きつけているアニーのところへ行った。

「何がお望みかな、アニー」ニックが聞いた。

「ビールもう一本！」彼女はしゃがれた大声を出した。

「だめだ、アニー」彼は首を横にふった。

「ビールもう一本って言ってんのよ！」

「だからだめだって言ってるんだ」

「地獄に落ちな！」彼女は吐きすてるように言った。

ニックはテーブルの向かい側に座った。

「いいかい、アニー」彼はやさしく話しかけた。「君の友人だから、悪いようにはしたくない。今夜はこれくらいにしよう。わかるだろ？　もう十分飲んだんだから。明日の夜また来ればいい」

「地獄に落ちな！」彼女はニックに向かって叫んだ。

彼はしばらく間をおいてから、彼女の方に身を傾けた。

「言葉に気をつけてくれよ、アニー」彼は嘆願し、思いやりのある手つきで彼女の手をそっと叩いた。「すっかり僕の言うとおりにしてくれれば、何も心配ない。ここで騒ぎを起こしてほしくないんだ。君が面倒に巻き込まれるだけだからね。警察が来たらどうなるか、君にもわかるはずだ。それに、このバーで問題が起きたら、こっちだって営業停止だよ。さあ、いい子だからちゃんと家に帰ろう。僕のためだと思って、頼むよアニー」

彼女は手持ちのバッグをニックの顔めがけてふりまわしたが、彼は当たらないようにうまく身をかわした。

「家なんかないわよ――わかってるくせに！」

「じゃあ夜いつも眠る場所に帰るんだ」

「あんた、出てけって命令してるわけ？」彼女は強い口調で言った。

「命令してるんじゃない」彼は辛抱強く答えた。「お願いしてるんだ」

「もういっぺん地獄に落ちな――今度は二度と戻って来るんじゃないよ！」彼女は大声で怒鳴った。

近くのテーブルでトランプをしていた男の一人が、ふり向いてニックに声をかけた。長身で、骨ばった顔に不機嫌な表情がはりついている。

「そのうるせえババアを追い出してもらおうか」彼は言った。「そいつの話はもう聞き飽きたぞ」

「この場は収めます」ニックは彼に言った。

何ごとかと肩越しに見つめる客もいるなか、ニックはアニーの腕をとって通りまで見送りに出ようとした。アニーはがんとして動かず、体を激しく揺らして彼の手をふりはらった。

「自分でつまみ出せねえなら」長身の男は言った。「できる奴に頼めよ。もうそいつにはうんざりだぞ」

「いいかい、アニー」ニックは穏やかに言った。「おとなしくしてくれるなら、こうしよう。もし、もう一本飲んだら店を出るって約束してくれるなら、ビールを持ってくるよ。どうだい、それなら文句はないだろ、アニー」

「ああ」彼女はテーブル越しに微笑んだ。「ああ、それなら文句も冗句もないわ。どうして文句も冗句もないかわかる？　教えてあげるわ。今日は記念日で、お祝いしてるからよ」

「何のお祝いかな、アニー」彼は聞いた。

「二十周年記念。やっぱり二十周年ってのは、これまでで一番おめでたいでしょ？」

「そうだろうね、アニー」彼は同意した。「でも何の記念日かな？　結婚記念日じゃないだろ、結婚してないんだから」

「それ、まさにそのお祝いよ」彼女はゆっくりと頷いて言った。「まさしくそれそのもの」

「どういうことだい、アニー？」

「結婚してない記念日」

事情が呑み込めず、ニックはひとりで首を横にふった。

「話が混乱してるよ、アニー」彼は言った。「そんなお祝いする人がいったいどこにいるんだい？」

「あたしの勝手でしょ」彼女は吐きすてるように言った。「他人《ひと》のことに首を突っ込まないでほしいわね」

「詮索するつもりじゃなかったんだ」彼は椅子から腰を上げて謝った。「不思議に思っただけだよ、これまでそんな話は聞いたことがないから。それ、僕に聞かせたくない話かな？」

「故郷の地獄に帰りな——二度と戻って来るんじゃないってさっき言っただろっ！」

「おおい、冗談じゃねえ！」近くのテーブルにいる長身の男が気色ばみ、椅子の上で向き直ってニックを睨みつけた。「その酔っ払いババアを黙らせるか、そうじゃなきゃ通りに放り出すかしろよ！」

ニックはカウンターへ行ってビール瓶の栓を抜いた。そして、瓶を持って引き返すと、アニーの前のテーブルにそれを置いた。彼女はバッグから何枚かの小銭を数えて出し、テーブルの上に無造作に投げた。ニックは小銭を集めてカウンターに戻った。

アニーは、冷たいビールをぐっと飲み干すと、テーブルに突っ伏した。自分の腕に顔をうずめ、彼女は泣き出した。どれほど必死に説明しようとしたところで、その胸に宿る悲しみの深さと痛ましさは、誰にも決してわかってはもらえなかった……。

まだ若く美しい娘だった頃、彼女は生まれて初めて恋に落ちました。シドニーのそばにいられないときの空っぽな時間をやり過ごすたった一つの方法は、彼のことをどんなに愛しているかを想い、いつか二人が結ばれて自分たちの家を持つことになる、その日を夢にみることなのでした。

そんな頃、彼が遠くの大学へ行くときがやって来ました。夏の終わりのことで、二人とも、そのあとはもう長い間会えなくなるのを知っていました。彼が旅立つ前の日の夜、二人は浜辺に横たわり、夜明けが近づくまで愛しあいました。毛布にぎゅっとくるまって抱きしめあう二人に、明るい至福の月光が降り注いでいました。

「僕に約束してくれる、アン?」シドニーは、眠れない夜更けに問いかけました。「これがこの世でたったひとつのお願いなんだ。約束してくれる、アン?」

「何だって約束するわ、シドニー」彼女は心からそうしたいと願い、彼を抱きしめる腕に力をこめました。「こんなにも愛してるんだから、あなたの望むことなら、それが何かを聞かなくっても約束できるわ」

しばらく彼は何も言わず、アニーのほてった頬と熱い唇に長いくちづけをしました。

「本当に約束してくれる、アン?」

「ええ、シドニー」彼女はささやきました。「何なの?」

「ずっとね、僕の君のまま、待っててほしいんだ」彼は言いました。「どんなことがあっても、君はずっと僕のものだって思っていたいんだ、アン」

「ずっとあなたのものよ」彼女は答えました。

「約束してくれる?」

「もちろん約束する」彼女は素早く言いました。「もちろん——もちろんよ! わたしの愛はずっとあなたのもの——だって今夜それをあなたに捧げたんだもの、生きてる限りずっとあなたのものよ。あなた以外に愛を向けたりしない——何があっても——あなたが愛をわたしに返してくれるなら——それがわたしの約束よ、シドニー」

「たとえ、僕が遠く離れて何かが起きて、ひょっとしたら、もう戻って来ないことになっても?」

彼の腕の中で彼女は身を震わせました。

「そんなこと言わないで、シドニー」彼女は怖くなって嘆願しました。「お願いだからそんなこと言わないで!」

「もちろん、戻ってくるよ、アン」彼はアニーをなだめました。「でも、ときには、何が起こるかわからない——どうしようもないことが——わかるよね」

「かまわない」彼女は抱きしめる腕に力をこめて言いました。「わたしの愛は取り消さない——でもそれを返して——もしそれが要らなくなったときには。それだけわたしはあなたのことを愛してる」

二人は長いあいだじっと黙って横たわり、頭上の明るい月を見つめていました。浜辺に寄せては返すやさしい波のささやきが、遥かな響きに聞こえました。

「僕たちみたいに、長いあいだ離れて孤独になる恋人たちの話を聞いたことがあるんだ」彼はしばらくすると言いました。「そうなると、もう孤独に我慢できなくなって、別の誰かを見つけることもあるんだって。そういうことが起こるかもしれないよ、アン。四年って、待つには長い時間だから」

「わたしは待つわ、シドニー」彼女は一生懸命に誓いました。「わたしはあなたを待つ――どんなに長い時間だって。たとえあなたが、ここを離れてて孤独になって結婚したいと思う別の人を見つけて、戻って来なくても、それでも待つわ、だってわたしはあなたに愛を捧げたから、その愛は持っていてほしいの。わたしは待てるの、十年でも――十五年でも――二十年でも！」

「ほんとにそんなに長く待っててくれる、アン？」

「ええ、ほんとに――二十年よ！」

耳をつんざく叫び声がバーの片隅に響き、誰もが何ごとかとふり返った。アニーが立ち上がり、空のビール瓶をテーブルに叩きつけていた。数秒後、瓶は粉々に砕け散り、ガラスの雨がテーブルと床の上に降った。

「愛を返しな！」アニーは苦悶に満ちた叫び声を上げた。「いますぐ返してもらおうじゃないの――でなきゃこれ以上生きてたって惨めってもんよ！　あんたはそれを二十年も持ってて――こっちはちゃんと約束どおりに待ったんだから！　返しな！　返しな！」

「黙れ、この酔っぱらいババア！」近くのテーブルにいた長身の男が彼女に向かって叫んだ。

ニックは店の隅へ駆け寄り、アニーの両腕をつかむと、穏やかに、けれどもしっかりと、彼女の体を揺さぶった。やがてアニーは力なく椅子にへたり込んだ。

「ねえ、アニー」彼はなだめるように言葉をかけ、彼女の肩をそっと叩いた。「しばらくのあいだ、座って気持ちを落ち着けよう」

「でもあたしの愛は――どこなの？――返してほしいのよ――これまでずっと待ったんだから」

彼女は哀れな口調で言った。

「何の話かわからないけど、アニー」彼は首を横にふりながら言った。「ひょっとしたら力になれるかもしれないよ、もし僕にも事情がわかれば」

「わかるもんか――わかるもんか！」彼女は叫んだ。「わかるのはあたしだけ！　お願い――あたしの愛を返して――いま返してもらわなきゃいけないの！」

バーにいる誰もがアニーの言葉を聞き、いったい何の話かと思い、数人の客は様子を見ようとにじり寄っていた。

不機嫌な顔をした長身の男は、席から立ち上がってニックのかたわらに詰め寄った。

「酔っ払いババアが好き放題か？」彼は強い口調で言った。「お前があいつをすぐにつまみ出さねえなら、俺がここから出ていくぞ。こんなバーがあるかよ」

「この場は収めますから」ニックは彼に言った。

「じゃあ行動で示してもらおうか」長身の男は、きびすを返して席に戻りながら言った。「さすがに俺はうんざりだぞ。世の中、このテのババアが多すぎるぞ、だいたい」

ニックは若い従業員を呼び、ビールを一本持ってくるように言った。それを待つあいだ、彼はアニーの肩をそっと叩いた。

「もう大丈夫だよ、アニー」彼は励ますように言った。「悪い夢を見ただけさ、でももう終わったんだ」

「夢じゃない――現実よ！」

「わかった、アニー、君がそう思いたいならそれでいい。とにかく、もう終わったんだ」

「返してもらうまで終わりようがない――わからないの？」彼女はすがるようにニックを見つめた。「返してもらわなきゃ！　もう耐えられない――もうこれ以上は一晩も！」

ニックは若い従業員からビールを受け取って、グラスにいくらか注いだ。

「冷たいビールを飲みなよ、アニー」彼はそう勧めて、グラスを彼女の唇の前に差し出した。彼女は、それをぐいぐいと飲み干した。「さあ、これでもう大丈夫だ、アニー。君をタクシーに乗せて見送るから。家についたらすぐお休み、そうすれば明日は元気になってる」

彼に感謝して微笑みかけながら、彼女はもはや抵抗をやめ、彼に支えられるまま、席を立って戸口へと向かった。通りに出ると、ニックは舗道わきでタクシーに乗る彼女に手を貸して、運転手に代金を手渡した。

「おやすみ、アニー」ニックは、彼女の腕をそっと叩いて言った。「家に帰ったら、眠ってゆっくり楽しい夢を見るんだよ」

彼女の瞳がにわかに涙でうるんだ。

「もしいまキスできたら、取り返したって思えそう」彼女はそう言ってニックの手をつかんだ。

不意に身を投げ出してきたアニーは、彼の首に腕をからめると、何度も繰り返しキスをして、最後にはニックが彼女を座席に押し戻した。

「これで取り返したわ——やっと戻ってきた——二十年が過ぎ去って」涙に濡れた彼女の表情には、穏やかな安らぎの色が浮かんでいた。「これでまたすっかりわたしのもの——二十年経って」

ニックが運転手に目配せをして、タクシーは夜霧の中へと消えていった。

バーに戻ると、彼は戸口にたたずんで、アニーの座っていたテーブルに目をやった。客の誰かがコインを入れたレコードプレーヤーから、愛する人のいる喜びを高らかに歌い叫ぶ女性歌手の声が響いていた。その歌を聞けるところまで聞いたニックは、おもむろに、プレーヤーの方へ行ってレコードを止めた。

解説

故郷を離れた恋人に捨てられる女——どこにでもある、陳腐なストーリーである。いっそ、どちらかが非業の死でもとげれば、世界の中心で愛を叫ぶこともできようが、遠く離れていつしか忘れられた、というだけでは、バーの片隅でビールをあおるしかないし、そこに物語としての商品価値は生まれない。しかし、文学がまだ、娯楽ではなく、生きる糧としての意味を完全には失っていないとすれば、物語の値段はどうでもよい。なぜなら、我々の人生とは、そもそも売り物ではないからである。そして、本質的に生きることとはたぶん、いつもすでに陳腐（でリアル）な物語と向きあうことである。

アースキン・コールドウェル（一九〇三～八七）は、主としてアメリカ南部の田舎の風俗描写に定評があり、本作品のように、都会のバーを舞台にすることは比較的珍しいかもしれない。ともあれ彼は、偉大なるヒーローや、非凡な冒険を描くタイプの作家ではなく、一般庶民の何気ない日常に寄り添いながら、人間のグロテスクな欲望と差別意識、あるいは初々しい抒情とたくまざるユーモアをあぶり出す書き手である。この短編の主人公であるアンという女性は、陳腐でありつつある種の尊厳を持っている。それは、彼女が、己の抱える問題の陳腐さについて、十分自覚的であるからだろう。通常の酔っ払いであれば、問わず語りの身の上話を垂れ流すところ、きわめて悪質な酔っ払いであるアンは、それでも、自分の過去を語ろうとはしない。語ったら、それが安っぽい陳腐な挿話になってしまうことを熟知しているからである。とはいえ、自分の気持ちが他人に「わかるもんか」と説明を拒否しながら、「わからないの?」と相手の無理解を嘆く矛盾はあまりに人間的である。

この作品は、コールドウェル熟年の短編集、『メキシコ湾岸物語』(一九五七)に収録されているが、マッカーシズムの吹き荒れたアメリカの五〇年代について、ここで一応の注釈が必要かもしれない。当時は、「非アメリカ的」な共産主義者と同性愛者とが、厳しい弾圧を受けていた時代である。それは、国家の物質的な繁栄を背景に、結婚の強迫と豊かな家庭のイデオロギーとを浸透させた時代でもあった。そうした歴史に照らすとき、この短編の幕切れで、愛の賛歌を歌うレコードを止めるニックは、時代に対する抵抗者として立ち現れる。バーテンダーとしての責務以上の共感をもってアンに接する彼は、愛する人を見つけて家庭を持つ、という〈常識〉の暴力性を静かに見据えているからである。少子化を悪とし、いわば恋愛教と結婚教と出産教とに人々を導く資本主義社会のなか、ニックは、友愛という名の目的なき合目的性にこそ信を置く。さらにいえば、「長身」の男に、自分で女をつまみ出せないのか、とその非力を揶揄されるおそらくは小柄で繊細に見えるのであろうニックが、はたして通常の異性愛者なのかを疑ってみる余地もなくはないだろう。何か騒ぎが起き、「警察」がやって来て「営業停止」になることを危惧するニックの言葉からは、この店がゲイ男性の密かな溜まり場になっているという可能性も見えてくる。そうした警察権力への抵抗が頂点に達し、性的少数派の解放運動を世間に知らしめたのが、ストーンウォールの反乱（一九六九）だったのである。

　もちろん、作品中のアンが、男女の対幻想に絡めとられていたのは間違いない。しかし、保身的な結婚制度の信仰者であれば、実を結ばない過去の記憶は忘却し、〈規範〉という名のレールに再び戻ろうとするところ、彼女は果敢にも「結婚してない記念日」を長年ひとりで祝い続けてきた。この点、アンの態度はすぐれて反五〇年代的である。彼女の純情を笑うことはたやすいが、彼女は彼女なりに闘っている。闘う君の歌を、闘わない奴らが笑うだろう、と言ったのは中島みゆきだが、何なら、フラれ女・アンを、アメリカ版の中島みゆきと呼んでもよい。作品の終わり近く、ニックにキスをすることで、「最後の記念日」の儀式を終えた彼女は、かつての恋人との「約束」をまっとうしたのちに、自らの新しい人生へと歩み出していく。大学へ進む恋人を見送ってから二〇年を迎えるアンは、おそらく現在三〇代の後半である。なるほど、人生は四〇歳から始まらないかもしれない。けれどいま、四〇前の女性を「ババア」と呼ぶ世間の冷やかな風に抗い、彼女は、決意あるささやかな一歩を踏み出したのだ。

Acknowledgements

"The Eighty-Yard Run" by Irwin Shaw
Copyright © Irwin Shaw, 1942.
By kind permission of the artist's estate and The Sayle Literary Agency.

"Standing Ground" by Ursula K. Le Guin
Copyright © 1992 by Ursula K. Le Guin; first appeared in Ms. Magazine; from UNLOCKING THE AIR AND OTHER STORIES; reprinted by permissions of the author and the author's agents, the Virginian Kidd Agency, Inc.

"D. P." by Kurt Vonnegut
"D.P." from WELCOME TO THE MONKEY HOUSE by Kurt Vonnegut, Jr, copyright © 1961 by Kurt Vonnegut, Jr. Used by permission of Dell Publishing, a division of Random House, Inc.

"Tending Something" by Ann Beattie
Copyright © 2005 by Irony and Pity, Inc.
Originally published in *FOLLIES: New Stories*.
Reprinted by permission of the author.

"Design" by Richard Bausch
Reprinted by permission of Dunow, Carlson & Lerner Literary Agency.
Copyright © 1996 by Richard Bausch

"Midair" by Frank Conroy
Reprinted by permission of Donadio & Olson, Inc.
Copyright © 1985 by Frank Conroy

●訳者紹介

平石貴樹　ひらいし・たかき
1948年生まれ。作家、東京大学名誉教授。
訳書にウィリアム・フォークナー『響きと怒り』上下巻（共訳、岩波文庫）、オーエン・ウィスター『ヴァージニアン』【アメリカ古典大衆小説コレクション第4巻】（松柏社）、著書に『アメリカ文学史』（松柏社）など。

畔柳和代　くろやなぎ・かずよ
1967年生まれ。東京医科歯科大学教養部教授。
訳書にフランシス・オズボーン『リラ、遥かなる愛の旅路』（ウェッジ）、フランシス・ホジソン・バーネット『小公女』、『秘密の花園』、ジーン・ウェブスター『続・あしながおじさん』（以上、新潮文庫）など。

舌津智之　ぜっつ・ともゆき
1964年生まれ。立教大学文学部教授。
著書に『どうにもとまらない歌謡曲——七〇年代のジェンダー』（ちくま文庫）、『ブルースに囚われて——アメリカのルーツ音楽を探る』（共著、信山社）、『抵抗することば——暴力と文学的想像力』（共編著、南雲堂）など。

橋本安央　はしもと・やすなか
1967年生まれ。関西学院大学文学部教授。
訳書にジャメイカ・キンケイド『弟よ、愛しき人よ——メモワール』（松柏社）、著書に『痕跡と祈り——メルヴィルの小説世界』（松柏社）、『高橋和巳 棄子《すてご》の風景』（試論社）など。

堀内正規　ほりうち・まさき
1962生まれ。早稲田大学文学部教授。
『ジョン・レノンをたたえて——life as experiment』『『白鯨』探求——メルヴィルの〈運命〉』『生きづらいこの世界で、アメリカ文学を読もう——カポーティ、ギンズバーグからメルヴィル、ディキンスンまで』（以上、小鳥遊書房）、『エマソン——自己から世界へ』（南雲堂）など。

本城誠二　ほんじょう・せいじ
1952生まれ。北海学園大学名誉教授。
著書に『Crossing Borders——ジャズ／ノワール／アメリカ文化』（英宝社）など。

しみじみ読むアメリカ文学

現 代 文 学 短 編 作 品 集

2007年 6 月20日　第1刷発行
2023年 5 月10日　第2刷発行

編者 ■ 平石 貴樹

訳者 ■ 畔柳和代／舌津智之／橋本安央／堀内正規／本城誠二

発行者 ■ 森 信久

発行所 ■ 株式会社 松柏社

〒102-0072　東京都千代田区飯田橋 1-6-1

電話 03-3230-4813 (代表)　ファックス 03-3230-4857

装画 ■ 佐々木悟郎

装幀 ■ 伊藤弘通（sPeaks）

印刷・製本 ■ モリモト印刷株式会社

ISBN978-4-7754-0136-1